나는 될놈이다 30

글쓰는기계 게임 판타지 장편소설

초판 1쇄 찍은 날 | 2021년 1월 22일
초판 1쇄 펴낸 날 | 2021년 1월 29일

지은이 | 글쓰는기계
펴낸이 | 예경원

기획 | 위시북스
편집책임 | 이은송
편집 | 위시북스

펴낸곳 | 예원북스
등록번호 | 제396-2012-000132호
등록일자 | 2012. 7. 25
KFN | 제1-586호

주소 | 경기도 고양시 일산동구 호수로 646-24 위너스21II빌딩 206A호 (우)10401
전화 | 031-819-9431 팩스 | 031-817-9432
E-mail | yewonbooks@naver.com

ⓒ글쓰는기계, 2019

ISBN 979-11-365-4958-7 04810
        979-11-6424-237-5 (Set)

Wish Books
나는 될 놈이다
글쓰는기계 게임 판타지 장편소설
1부 완결 30
WISHBOOKS GAME FANTASY STORY

CONTENTS

CHAPTER 1

"들어라! 우리가 김태현한테 당한 게 얼마나 많았나. 그걸 생각하면 김태현을 갈아 마셔도 시원치 않다!"

"와아아아아!"

쑤닝이 내놓은 방법은 오랜만에 길드원들을 만족시켰다.

맨날 오스턴 왕국에 틀어박혀서 버티고 버티기만 했는데 이제는 반격을 할 차례가 온 것이다! 서부가 떨어져 나가고 길드원들이 대거 이탈한 길드 동맹 안이었지만 오랜만에 활기가 돌았다. 악명 스탯이 올라가고 각종 페널티를 받는 일이었지만 수많은 자원자들이 나왔다.

"그런데 김태현을 상대하는 일이잖아. 괜찮을까?"

"그러게……."

물론 이런 걱정들도 당연히 나왔다. 쑤닝은 그들을 안심시키기 위해 말했다.

"걱정하지 마라! 김태현은 혼자다. 우리는 파티별로 흩어져서 약탈할 거다. 이렇게 하면 아무리 김태현이라도 다 막을 수는 없다."

"오……!"

"그럴듯해!"

"쑤닝답지 않게!"

"어떤 새끼야?!"

다들 조용해졌다. 사실 쑤닝이 말한 전략은, 태현이 오스턴 왕국을 털어먹을 때 산적들한테 퍼뜨린 전략이었다. 상대방의 랭커들과 맞부딪히지 말고 철저하게 흩어져서 싸우기!

그걸 그대로 배운 쑤닝이었다.

"근데 저거 김태현이 우리 상대로 썼던 전략 아냐?"

"그러게. 우리가 당한 걸 그대로 쓰다니 길마도 자존심이…… 읍읍! 당신들 누구야!"

몇몇 불만종자들은 밖으로 끌려 나갔다. 안은 다시 조용해졌다.

쑤닝은 헛기침을 했다. 약간 민망하기는 했어도 이 전략은 정말 좋은 전략이었다. 길드의 체면을 세우고, 길드의 수입을 벌어오고, 김태현도 엿 먹이고…….

쑤닝은 길드원들을 좀 더 분발하게 만들기 위해 입을 열었다.

"설사 김태현이 나온다 하더라도 걱정하지 마라! 우리 랭커들이 있으니까!"

"에이……."

"랭커들이 김태현을 퍽이나 이기겠다."

"김태현 상대로 진짜 싸운다고? 안 싸울 것 같은데."

"?!"

역효과로 사기가 내려가다니! 그만큼 랭커들에 대한 불신이 높았던 것이다.

지들밖에 모르는 놈!

쑤닝은 급히 말을 바꿨다.

"랭커들이 김태현 상대로 시간을 끌어줄 거다!"

"흠…… 그 정도라면……."

"그 정도는 해줄 거 같기도 하고?"

어떻게 된 게 기대를 낮춰야 믿는 거지?

쑤닝은 새삼 길드의 문제점을 깨달았다. 랭커와 일반 길드원들 사이에 차이가 너무 크다! 서로 간의 신뢰라고는 전혀 찾아볼 수 없는 상황!

'상관없다. 이번 습격은 서로 안 믿어도 되니까!'

서로 안 믿어도 된다! 서로의 욕심이 일을 진행시켜 줄 것이다!

〈아탈리 왕국을 약탈하라!-오스턴 왕국 퀘스트〉

믿기 힘들지만, 가끔은 한 나라의 왕도 산적들을 부릴 때가 있는 법입니다! 오스턴 왕국 국왕은 모험가들을 불러 모아 아탈리 왕국을 약탈할 것을 명령했습니다.

아탈리 왕국은 강하지만 귀족들끼리 분열되어 있는 나라. 약탈하기만만한 상대입니다! 최대한 많이 약탈하십시오. 그럴수록 더 많은 보상을 받을 수 있을 것입니다!

보상: ?, ???

[악명이 크게 오릅니다!]

[대륙에 있는 다른 나라의 귀족들이 당신의 선택을 경멸합니다!]

각종 페널티 메시지창이 떴지만 쑤닝은 무시했다.

이 정도는 이미 각오한바! 지금 중요한 건 길드를 뭉치게 만들고 골드를 벌어오는 것이었다.

-길드 동맹이 길드원들 뽑아서 약탈 돌린다던데?

-와. 진짜 갈 데까지 가는구나.

-잘난 척할 때는 언제고 진짜…….

나름 길드원들 중에서 뽑아서 준비했지만, 이런 대규모 습격 소문은 새어나갈 수밖에 없었다. 대부분은 비웃었지만 몇몇 플레이어들은 솔깃해서 끼어들었다.

그렇게 결성된 대규모 약탈 파티! 그들은 나뉘어서 아탈리 왕국 국경으로 들어갔다.

“저기. 김태현.”

"?"

"혹시…… 네가 시킨 건 아니지?"

태현은 케인을 빤히 쳐다보았다. 케인은 민망해서 시선을 피했다.

"아, 아니. 의심하는 게 아니라……."

태현은 이미 플레이어들을 선동해서 산적질을 시키는 데에 일가견이 있는 사람이었다. 산적들을 동원해서 자기와 반대편에 서 있는 귀족들을 털어먹는다? 너무나도 태현이 할 법한 짓!

게다가 태현은 메시지창도 무시하고 아스비안 제국으로 가고 있는 중이었다.

"내가 한 거 아니거든?"

"그, 그렇군!"

"나도 그럴 줄 알았어!"

"맞아요! 저도 믿고 있었어요!"

태현은 일행의 반응을 보고 깨달았다.

이 자식들 전부 다 내가 했을 거라고 생각하고 있었구나!

"보니까 길드 동맹 쪽에서 지시 내린 것 같던데요."

"아……!"

"하긴! 길드 동맹이라면 하고도 남지!"

"맞아! 왜 그 생각을 먼저 못 했지?!"

태현은 일행들을 빤히 쳐다보았다. 이 자식들…….

"그런데 길드 동맹이면 위험한 거 아냐?"

"응? 아…… 뭐 좀 약탈하라고 하지. 게네도 먹고 살아야 할 거 아냐."

느긋한 태현!

그 반응에 케인과 최상윤은 깜짝 놀랐다. 당장 가서 거꾸로 매단 다음 골드가 나올 때까지 탈탈 털 줄 알았는데!

"그나저나 진짜 상황 안 좋은가보다? 체면도 다 내려놓고 이런 전략이라니."

태현도 자기 이름을 걸고 하진 않았는데, 쑤닝은 아예 자기 이름을 걸고 도적질을 하고 있었다.

'국왕 작위 들고서 저런 짓 하면 페널티가 꽤 심할 텐데?'

"이탈 때문에 길드 안이 많이 흔들리나 봐요. 게다가 골드 부족이 심각하다고……."

태현과 이다비는 길드 동맹 내부 상황을 꽤 정확히 알고 있었다. 동맹에 가입한 파워 워리어 길드원들!

첩자로 왔다가 반대로 첩자가 된 길드 동맹 길드원들까지!

물론 규모가 규모다 보니, 길드 안의 정보가 밖으로 새는 건 어쩔 수 없는 일이었다. 모든 대형 길드들이 알고 있는 일!

그렇기에 중요한 정보는 간부들만 공유하는 것 아닌가.

그렇지만 길드 동맹은 좀 심했다. 영주이자 랭커인 앨콧이 일단 첩자였고……. 최근 파격적으로 승진해서 태현 영지 감시 총책임을 맡고 있는 간부 장샨도 첩자였다.

이렇게까지 첩자가 높은 자리에 올라가는 조직은 드물었다. 태현과 이다비도 솔직히 좀 신기했다.

'이렇게까지 올라갈 줄은 몰랐는데…….'

덕분에 정말 어지간한 정보들은 다 확인할 수 있었다. 앨콧이나 장산을 거치면 안 나오는 게 없었던 것이다.

그 결과 알아낸 길드 동맹 상황은 아슬아슬 그 자체! 왕국 중앙 지역은 그나마 멀쩡했지만, 그 외가 모두 문제였다.

치안, 경제, 민심, 발전도 등 전부 바닥 상태였다. 그것 때문에 계속해서 반란군, 산적 NPC들이 나타나는 악순환!

이럴 때일수록 길드원들이 힘을 합쳐서 극복을 해야 하는데 왕국 서쪽 영주를 맡고 있는 길드들은 대거 이탈을 해버렸으니…….

'스폰서들도 꽤 끊겼다고 했지?'

대형 길드쯤 되면 외부 기업에서 후원을 받는 경우가 꽤 많았다. 개인 방송을 하는 랭커보다 훨씬 더 홍보 효과가 강한 것!

길드 동맹이야 워낙 거대한 길드였으니 후원도 엄청나게 들어온 걸로 알고 있었다. 그렇지만 그건 어디까지나 잘나갈 때의 이야기.

깨지고 터지고 쪼개지면 아무리 거대 길드라도 계속 후원하고 싶어 하는 기업들은 없었다. 다른 길드들이 많은데 뭐 하러 그런 짓을 하겠는가.

'규모를 대폭 줄이면 되겠지만…….'

쑤닝에게 해결책이 하나 있긴 했다. 지금 왕국 중앙에 건설하고 있는 건물들이나, 데리고 있는 NPC 군대들을 확 줄이는 것이다.

절약! 그러면 골드 압박이 확 줄어들 것이고 세금도 줄일 수 있을 테니 영지 상태가 좋아지리라.

가장 이상적이고 멀쩡한 방법이었지만…… 쑤닝은 그걸 선택할 수 없었다. 그런 약한 모습을 보이면 길드 동맹은 1위 길드 자리를 다른 길드에게 내줘야 했다.

그럴 수는 없었다. 결국 쑤닝이 선택한 건…….

따서 갚으면 돼!

'뭐, 따서 갚으면 되긴 하지만 그게 그렇게 쉬우면 왜 다들 망하겠니.'

태현은 그렇게 생각하며 제국으로 떠날 준비를 마쳤다.

'쑤닝. 살고 싶으면 내가 돌아오기 전에 적당히 털고 튀는 게 좋을 거다. 물론 그러지 않겠지만!'

태현은 이런 욕심을 잘 알았다. 한 번 약탈을 시작하면 눈이 돌아갈 수밖에 없었다. 한 번만, 두 번만, 세 번만 더! 하다가 훅 가는 것이다. 욕심은 조절할 줄 알아야 하는 법!

"와아아아아아!"

"용을 처치한 영웅! 김태현 폐하!"

"하하. 뭘 이런 걸 다. 쑥스럽게."

아스비안 제국 항구에 도착한 태현은 주민들의 엄청난 환영을 받았다.

[블랙 드래곤, 학카리아스를 쓰러뜨렸습니다!]

[제국에서 명성이 크게 오릅니다!]

[제국에서 구매하는 모든 아이템들의 가격이 크게 하락합니다!]

[제국의 NPC들이 숨겨진 퀘스트들을 제공합니다!]

[제국……]

“폐하! 이 선물을 받아주십시오!”

“폐하! 제 것도!”

아스비안 제국은 용들한테 멸망당한 적이 있던 제국. 용을 잡았다는 칭호를 들고 오자 그 반응은 상상을 초월했다.

와르르!

태현 앞에 순식간에 골드 무더기와 각종 아이템 무더기가 쌓였다. 생각보다 너무 많이 들어오자 태현 일행은 모두 당황했다.

무슨 길거리 상점도 아니고……!?

“……일단 챙기자!”

“네!”

태현과 이다비가 가장 먼저 정신을 차렸다. 갑작스럽게 깔렸다고 못 먹는다면 그건 판온 플레이어로서 실격!

파파파팍!

-카르릉! 카릉!

토왕이는 발버둥 쳤다. 이다비가 각종 아이템을 전부 토왕이한테 넘겼기 때문이었다.

"폐하! 모든 용들을 죽여주십시오!"

"하하. 물론이지. 용들이란 용들은 모두 싹 쓸어버리겠네! 앗, 이건 황금 조각상인가?"

용용이와 흑흑이는 태현의 가방 속에서 떨떠름한 반응을 보였다.

지금 우리 둘이 여기 있는 거 기억하고 있는 거 맞지?

태현에게 아이템을 바치는 NPC들이 모여 생겼던 긴 줄이 사라지고 나서야 일행은 나올 수 있었다.

생각지 못한 부수입!

"이야. 이렇게 날로 먹을 줄은 몰랐네. 황제가 주는 보상보다 이게 더 많은 거 아냐?"

"그러게!"

성격 좁고 더러운 아스비안 제국 황제보다, 여기 도시에 있는 NPC들한테 받은 게 더 많은 것 같았다. 한 명 한 명은 양이 적었지만 그걸 모두 합치니 무시무시한 양!

이다비는 벌써 계산기를 두드리며 견적을 매기고 있었다.

"이 정도면 영지에 건물 세 개는 새로 짓겠는데요?"

그러나 그건 시작에 불과했다.

"여봐라! 저 김태현 왕을……!"

보자마자 소리를 크게 지르는 황제, 우이포아틀의 모습에 태현은 움찔했다.

뭐지? 들켰나? 설마 우이포아틀의 왕관을 찾아오겠다고 거짓말한 게 들킨 건가?

'내가 갖고 있는 걸 알고 있나?'

하도 저지른 게 많아서 일단 찔리고 보는 태현!

"……황금으로 덮어라!"

[황제, 우이포아틀이 당신의 업적에 매우 감동했습니다!]
[우이포아틀이 당신에게 <아스비안 제국 귀족의 반지>를……]
[우이포아틀이 당신에게 <아스비안 제국 귀족의 목걸이>를……]

아스바인 제국 귀족 세트 아이템부터 시작해서 각종 포상을 화끈하게 주고 시작하는 우이포아틀! 설마 우이포아틀이 이렇게까지 포상을 줄 줄 몰랐던 태현은 살짝 감동을 받았다. 욕한 게 미안해질 정도!

좌르르륵!

시종 둘이 와서 태현 위에 금화를 뿌려대기 시작했다.

"아니. 그냥 주면……."

"잠시만 기다려 주십시오. 덮어야 하니까."

좌르륵! 좌르르륵!

태현 위로 골드 무더기가 미친 듯이 쌓였다. 그걸 본 이다비는 감동의 눈빛을 보냈다. 정말로 황금으로 덮다니!

[몸이 황금으로 덮였습니다. 움직임이 느려집니다.]

"자, 말해보도록. 김태현 왕. 학카리아스를 잡았다고?"

"예. 폐하께서 도와주신 덕분에……."

"놀랍군. 처음에는 그대가 내 힘을 빌리려는 사기꾼이 아닌가 했었는데……."

움찔!

태현은 뜨끔했다. 아니, 이 자식 어떻게 알았지?

"학카리아스를 잡은 그 실력. 의심한 것을 사과한다. 앞으로 더 많은 용들을 사냥할 것을 기대하지."

"모든 용을 잡아버리겠습니다!"

-…….

-…….

"그래서, 내 왕관을 쫓는 일은 어떻게 됐나?"

"아. 폐하께 보고를 마쳤으니 이제 돌아가서 찾을 생각입니다."

정확히는 아키서스의 권능을 찾아서 돌아간 다음 다시는 제국으로 오지 않을 생각이었다.

우이포아틀이 찾아오라고 한 잊혀진 망자의 왕관! ……은 태현이 갖고 있었다.

우이포아틀은 태현이 한 거짓말 때문에 오스턴 왕국 놈들이 훔쳐갔다고 생각하고 있었지만…….

"빨리 돌아가서 찾도록 해라!"

[우이포아틀의 기분이 나빠집니다.]

[우이포아틀의 친밀도가 크게 하락합니다.]

'까다로운 놈 같으니.'

우이포아틀은 태현이 만난 NPC 중 역대급으로 까다로운 NPC였다. 친밀도는 아주 조금 오르고 떨어질 때는 왕창 떨어지는 놈!

'어. 그러고 보니 지금 쑤닝이 아탈리 왕국 와서 설치고 있지 않나?'

깨달은 태현은 입을 열었다.

"그런데 폐하. 지금 오스턴 국왕이 저희 왕국으로 군사를 보내 약탈을 하고 있습니다만……."

"무슨 소리냐? 그게 말이 되는 소리냐?"

우이포아틀은 의심했다. 아무리 그래도 그렇지 한 나라의 왕이 남의 나라 가서 약탈질을 한다는 게 말이 되나?

물론 우이포아틀은 눈앞에 있는 사람이 약탈 전문가라는 걸 알지 못했다.

"제 명예를 걸고 맹세합니다!"

"으음. 김태현 왕이 명예를 걸고 맹세한다면……."

[카르바노그가 그런 게 어디 있냐고 어이없어합니다.]

"믿지 못하시면 확인을 해보셔도 좋습니다!"

태현은 당당했다. 거짓말한 게 아니었으니까.

"물론 김태현 왕. 나는 그대를 믿는다."

[우이포아틀은 당신을 믿지 않습니다.]

최고급 화술 스킬이 알려주는 속마음!

"그렇지만 만약, 오스턴 국왕이 군사를 보내 약탈하고 있는 거라면 도움이 필요할 것이다."

[딱히 도움이 필요할 것이라고 생각하지 않습니다. 우이포아틀은 당신이 거짓말로 핑계를 대는 게 아닌지 의심하고 있습니다.]

태현이 찾아오란 왕관은 안 찾아오고 자꾸 핑계만 대자, 슬슬 의심하기 시작한 우이포아틀!

"내 충성스러운 부하들을 빌려줄 테니 그들을 데리고 가라!"

감시를 붙여서 진짜로 왕관을 찾는지 확인해 보려는 속셈!

우이포아틀은 교활한 황제였다. 그러나 상대가 한 수 위라는 건 알지 못했다. 게다가 남의 군대 빌려서 먹튀하는 데에는 이미 이골이 난 사람이라는 것도!

"감사합니다! 폐하!"

태현은 넙죽 고개를 숙였다.

알아서 자기 부하들까지 건네주는 우이포아틀!

[<아스비안 제국 귀족 전사대>가 당신에게 합류합니다.]

[<아스비안 제국 귀족 전사대>는 오만하고 긍지 높은 자들입니다. 쉽게 명령을 듣지 않습니다.]

[만약 우이포아틀의 퀘스트를 하지 않거나 미룰 경우 귀족 전사대가 분노할 수 있습니다.]

'아…… 어떻게 요리해야 좋을까?'

뛰어난 요리사는 물 좋은 식재료를 손에 넣으면 어떤 방식으로 요리해야 할지 고민하곤 했다.

태현도 비슷했다. 이 귀족 전사대를 어떻게 요리해 먹어야 좋을까! 날로 먹어도 좋고 데쳐 먹어도 좋고 끓여 먹어도 좋을 것 같은데…….

'일단 길드 동맹 놈들하고 팰 때 써먹는 건 확정이고.'

만약 길드 동맹이 적당히 털고 튀면 내버려 두려고 했는데, 이렇게 전사대까지 받은 이상 어쩔 수 없었다. 길드 동맹은 무조건 턴다! 그래야 태현도 우이포아틀한테 할 말이 생겼다.

'팬 다음에 왕관 조각을 하나 정도 더…… 얻었다고 하면 되려나. 후. 쓰닝. 미안하다. 나도 이번에는 좀 적당히 넘어가려고 했는데 어쩔 수가 없네.'

[카르바노그가 입에 침이나 바르고 그런 소리를 하라고 합니다.]

전사대를 받은 태현은 바로 귀환하지…… 않았다.

일단 아키서스의 권능을 얻으러 온 거였으니까!

태현은 전사대의 수장을 어르고 달래고 설득했다.

[5일의 시간을 얻었습니다! 그 이상의 시간을 쓸 경우 전사대는 황제의 명을 어긴 당신에게 분노할 것입니다.]

'5일이라…… 좀 빠듯하긴 한데 괜찮겠지.'

우이포아틀의 부하니 당연히 강하겠지만, 이들을 데리고 다닐 수는 없었다.

'알렉세오스랑 마주치기라도 하면 대참사지.'

전사대는 떼놓고 움직여야 했다. 그들을 쓸 때는 어디까지나 길드 동맹을 팰 때!

"그런데 태현 님. 알렉세오스는 안 만나세요?"

"아…… 그거."

지금 태현 일행은 사막으로 들어와 아키서스의 권능이 있다고 알려진 방향으로 움직이고 있었다.

원래라면 알렉세오스를 만날 줄 알았던 것!

"알렉세오스도 보상을 주긴 줄 것 같은데…… 황제처럼 크게 줄 거 같진 않단 말이지."

알렉세오스는 학카리아스를 싫어하긴 했지만, 그냥 싫어하는 정도였다. 우이포아틀처럼 학카리아스 잡았다고 포상을 우르르 주지는 않을 것 같았다.

"그리고 솔직히 권능이랑 축복을 뺏길까 봐 걱정이야."

그랬다. 이게 진짜 이유!

현재 태현은 알렉세오스에게 알렉세오스의 권능, 알렉세오스의 축복이라는 두 사기적인 버프 스킬들을 받은 상태였다.

이 스킬들을 받은 건 '학카리아스와 싸우는데 좀 더 챙겨줘요!'라고 설득했기 때문!

학카리아스 잡았다고 보고하면 '그래? 안 그래도 힘들었는데 잘 됐다. 버프 내놔!' 하고 돌려받을 가능성이 컸다. 알렉세오스한테 우이포아틀과 싸우는 퀘스트를 받긴 했지만 태현이 딱히 성과를 낸 것도 없으니······.

'최대한 만나지 말고 피해 다녀야지.'

태현은 알아서 뺏길 때까지 최대한 개겨볼 생각이었다.

알아서 자진반납하기에는 너무 좋은 버프들!

알렉세오스 입장에서는 상상도 못 할 황당한 일이었다. 대륙을 구한 영웅 놈이 설마 버프 뺏기기 싫어서 찾아오는 걸 피할 줄이야!

"알렉세오스가 사자를 보내지 않을까요?"

"피하면 되지. 알렉세오스가 보낸 것 같은 놈 보이면 무조건 피하자."

죽은 용 알렉세오스는 부릴 수 있는 부하가 많지 않았다. 게다가 죽은 상태다 보니 부하도 일단 언데드일 가능성이 컸으니, 찾아오면 알아보기 쉬웠다.

　상상을 뛰어넘은 쪼잔함!

　케인은 경악한 목소리로 물었다.

　"너…… 너무 쪼잔한 거 아냐?"

　"쪼잔하기는 무슨. 땅 파봐라. 버프 하나 나오냐? 네가 그러니까 버프가 없는 거야!"

　괜히 한마디 했다가 구박만 듣는 케인!

　-아키서스의 화신이 오는군.

　알렉세오스는 자신의 거처에서 중얼거렸다. 축복과 권능을 받은 상태다 보니, 가까이 오면 어느 정도 알 수 있었다.

　-학카리아스를 쓰러뜨렸다니 대단하군…….

　인간으로서 학카리아스를 쓰러뜨리다니! 아무리 영웅이라지만 하기 힘든 업적이었다. 과연 아키서스의 화신…….

　'안 엮이는 게 좋지 않았을까?'

　알렉세오스는 문득 자기가 함정에 빠진 게 아닌가 하는 의문이 들었다. 원래 아키서스의 화신과 엮이지 말아야 한다는 말을 듣고 살았는데, 눈치채고 보니 엮여 있는 것이다.

　'아…… 아니. 나는 골드 드래곤 같은 놈들과 다르다. 아키서스의 화신에게 속지 않고 잘 다룰 수 있다.'

　드래곤은 기본적으로 오만한 종족! 남들이 '아키서스의 화

신한테 당했어! 놀지 마!'라고 해도 '그래? 하지만 난 드래곤인
데?'라고 받아들였다. 자기를 속일 수 있는 존재가 있다는 걸
납득하지 못하는 오만함!

그 오만함 때문에 드래곤들이 아키서스에게 탈탈 털렸다는
걸 아직 모르고 있었다.

-그래. 어서 오거…… 아니. 어디 가는 거냐!

알렉세오스는 당황했다. 점점 멀어지는 기운!

그가 있는 쪽이 아닌 다른 쪽으로 가고 있었다.

[사막의 열기가 더욱더 강해집니다!]

[지구력이 빠르게 소모됩니다.]

[이동 속도가……]

[금속제 장비를 착용하고 있을 경우……]

"으아아!"

"더워……!"

아스비안 제국의 영토 대부분은 모래사막이었다. 대현 일행
이 전에 돌아다녔던 곳들은 도시나 부족들이 머무는, 길이 잘
나 있는 곳들.

강이 있거나 오아시스가 있는 사막에서도 비교적 살기 좋은
곳이었다. 그러나 그런 곳을 떠나 길 없는 사막으로 깊숙이 들

어오자 페널티가 닥쳐오기 시작했다.

"일단 장비 벗는다?"

"나도 일단 벗고 있어야겠어."

케인이나 최상윤처럼 금속 장비를 차고 있는 플레이어는 더더욱 힘들어했다. 유지수나 정수혁 같은 경우는 가벼운 장비들이라 괜찮았지만…….

[사디크의 화염 권능을 가지고 있습니다.]

[사막의 열기에 영향을 받지 않습니다.]

'사디크……!'

태현은 감동했다. 사디크 이 녀석! 이런 부분에서는 참 쓸모가 있구나!

[카르바노그가 사디크가 들으면 감동할 거라고 말합니다.]

'하긴. 이렇게 잘 써주는데 감동하겠지?'

사디크가 들으면 뒷목 잡을 이야기!

"흠. 지도를 보면……."

이번 아키서스 권능은 사실 정말 쉬운 편이었다. 알렉세오스와 드라켄 비밀결사가 지도 정보까지 제공한 것이다.

마음만 먹었으면 언제든지 찾아올 수 있었다! 그런데도 하지 않았던 건 그 외의 일들이 너무 많았기 때문!

오스틴 왕국 가서 약탈하랴, 아다만티움 골렘 달래랴, 흡혈귀 섬 가서 봉신 만들랴…….

'점점 아키서스의 화신과는 거리가 멀어지는 것 같은데.'

원래 신의 화신은 독실하게 신을 믿으면서 교단을 퍼뜨리는, 평화로운 플레이를 해야 하는 것 아닌가?

[<끝없는 열기의 사막>에 알려져 있는 던전들은 다음과 같습니다.]

[나오는 몬스터들은 다음과 같습……]

[현재 공포가 매우 높습니다. 도적 계열 NPC들이 습격하지 않습니다.]

[현재 악명이 매우 높습니다. 도적 계열 몬스터들을 섭외할 수 있습니다.]

'이건 넘기고.'

쓸데없는 메시지는 무시하고, 태현은 중요한 것만 확인했다. 위협적인 몬스터와 아키서스의 권능이 있는 유적의 위치!

[아키서스이 권능은 <모래의 심장> 던진에 있습니다.]

[<모래의 심장> 근처를 지키고 있는 건 <사막의 꽃> 부족입니다.]

"사막의 꽃?"

"오. 평화로워 보여."

"혹시 엘프인가?"

태현 일행은 〈사막의 꽃〉이란 이름에 기뻐했다. 원래 이름이란 건 상대가 어떤 건지 대충 알게 해줬다.

〈폭풍의 인도자〉 같은 이름이면 무시무시할 것 같았고, 〈케인〉 같은 이름이면 왠지 호구 같았고……. 〈사막의 꽃〉이면 왠지 되게 평화로울 것 같다!

-덥다. 덥다.

"……??"

이 두 번 반복하는 익숙한 말투는……?

태현 일행의 고개가 확 돌아갔다. 저 멀리서 거인족 전사 하나가 헥헥대며 걸어오고 있었다.

"여기 거인족도 나오나 보네요."

"거인족은 원래 황량한 곳이면 다 나오니까."

"음. 그래도 〈모래의 심장〉 근처에는 없었으면 좋겠네!"

일행은 그렇게 말했다.

-주인이여.

"왜 그러니. 용용아."

-……저 거인, 머리에 꽃을 매달고 있는데…….

"……아니. 꽃을 좋아할 수도 있지. 아니면 약간 맛이 갔던가."

-……사막의 꽃 부족이 거인 부족 아닌가? 애초에 거인족 전사가 있다는 건 거인 부족이 있다는 거고…… 다른 종족은 거인 부족이 있으면 접근을 안 할 텐데…….

"아니야! 그럴 리가 없어!"

태현은 강하게 부정했다. 5일 안에 끝장을 봐야 하는데 거인족이 있다면 매우 귀찮아졌다.

일단 종족 전투력부터 판온에서 손꼽히는 수준!

-꽃에 물 준다. 꽃에 물 준다.

콰직!

거인족 전사는 사람만 한 거대한 몽둥이를 휘두르더니 지나가던 몬스터를 하나 짓뭉갰다. 그리고 피를 쫙 짜내더니 머리에 단 꽃에 물을 줬다.

"……젠장."

태현은 직감했다. 모래의 심장 근처를 지키고 있는 건 저놈들이 확실했다. 어쩐지 쉽게 간다 했지!

"애들아. 장비 입어라."

태현은 말과 함께 거인에게 접근했다.

'아…… 5일 안에 해결 봐야 하는데…….'

태현의 머리가 복잡해졌다.

5일이 지났을 경우 페널티가 해결이 될까? 설마 황제가 항구에 있는 배에 가서 난리 치지는 않겠지?

황제가 워낙 성격 개 같은 NPC라 조금의 실수도 걱정이 됐다.

'거인족과 싸우게 되면, 거인족 전사들 동네에서 싸우면서 유적지까지 5일 안에 뚫어야 한다. 안에 뭐가 있는지도 모르는데…….'

판온의 던전은 들어가 보기 전까지는 얼마나 어려울지 알 수 없었다. 그걸 알기에 태현의 머리는 복잡했다.

'일단 최대한 평화롭게 설득해 보자. 얼마나 통할지는 모르지만…….'

최선의 방법은 싸우지 않는 것! 태현에게는 막강한 화술 스킬이 있었다.

문제는……. 거인족이 화술 잘 안 통하기로는 손에 꼽히는 종족! 멍청한 놈들이 많다 보니 화술을 걸어도 '난 잘 모르겠다!' 하거나 '우어어! 쪼그만 놈이다! 쪼그만 놈 말 안 듣는다! 죽어!' 하면서 무기부터 휘두르는 놈들이 수두룩한 것이다.

저번에 자이언 산맥에서 외눈 거인 부족들을 데리고 온 건 정말 운이 좋았던 경우! 정확하게 말하자면 사디크 성기사단장이 거인들과 친해지기 위해 했던 노력을, 태현이 사칭해서 날름 잡아먹은 것이었다.

[카르바노그가 어쩔 수 없었다고 위로해 줍니다.]

'하긴. 어쩔 수 없었지? 그치?'

하지만 이번에도 그런 행운을 기대할 수는 없으리라. 살라비안 교단이나 사디크 교단이나 카르바노그 교단이나 시이바 교단이나 아키서스 교단에서 나온 놈들이 미리 거인들과 친해졌을 리는…….

'어라. 이렇게 나열하니까 의외로 확률이 높아 보이는데?'

"장비 다 입었지? 상대가 공격하면 바로 반격한다."

태현은 일행에게 지시를 내렸다. 거인족 전사가 무기를 휘두

나는 플레이어다

르면 바로 반격에 들어가야 했다.

"자…… 간다! 어이!"

태현은 꽃에 피, 아니 물을 주고 있는 거인족 전사를 불렀다. 거인족 전사는 멍청한 얼굴로 고개를 돌렸다.

-으어?

"대화하자!"

쉭!

'빠르다!'

케인, 최상윤은 당황했다. 상대 거인족 전사가 생각보다 레벨이 높은 게 분명했다. 팔을 휘두르는 속도가 장난 아니었다.

'막아야……!'

'아냐! 태현이를 노리고 있어!'

'어? 그러면 괜찮지 않나?'

'어라? 그러게?'

탁!

거인은 태현을 붙잡고 양손으로 들어 올렸다. 태현은 어이가 없어서 뒤의 둘을 보며 물었다.

"……너희 왜 안 움직이냐?"

"미, 미안."

"널 노리길래 네가 알아서 잘할 줄 알았어."

무한 신뢰!

태현이 그냥 가만히 있었던 데에는 이유가 있었다. 상대 거인이 딱히 공격하려는 것 같지 않았던 것이다.

근데 그건 그거고, 뒤에 있던 둘이 가만히 있던 건…….

'이 자식들이 진짜…….'

저런 신뢰 필요 없어!

-사제다! 너 사제다!

"……?"

-……?

[……?]

태현, 용용이, 카르바노그 모두 의아한 말?

사제?

'화신인데? 사제는…… 사제인가?'

"혹시 아키서스를 믿나?"

-아키서스? 먹는 건가?

"음…… 아무것도 아니야."

괜히 민망해지는 질문을 했다 싶었다.

-넌 사제다! 확실하다!

"……그래! 난 사제다!"

태현은 일단 OK하고 봤다. 뭔지는 잘 모르겠지만 거인족하고 싸우지 않고 지나갈 수 있다면 대충 사제인 척하지 뭐!

[괴식 요리 스킬을 가지고 있습니다!]

[신성 요리 스킬을……]

[몬스터들의 마음을 아는 요리사 스킬을⋯⋯.]

[<사막의 꽃> 거인 부족이 당신을 신이 보낸 사제로 여깁니다!]

태현은 당황했다.

사제잖아? 그런데 왜 신성 스탯이 아니라 요리 스킬 관련 메시지창이 뜨지?

-우어어! 사제다! 신난다!

"그, 그래. 알겠으니까 마을로 안내 좀 해줄래?"

-사제 안내한다! 내 위에 타도 된다!

"꽃이 위험하지 않나?"

-그 꽃 먹으려고 키우는 거다. 별미다.

"⋯⋯그, 그래."

[<사막의 꽃> 거인 부족의 마을에 도착했습니다!]

[명성이 오릅니다.]

[경험치가⋯⋯.]

[이 사실을 알려줄 경우 탐험가 NPC들이 매우 놀라워할 것입니다!]

[<사막의 꽃> 거인 부족은 흉폭히고 난폭한 전사들로, 외부인들을 좋아하지 않습니다.]

오싹-

태현은 정말 운이 좋았다는 걸 새삼 느꼈다. 사제 대우를 못 받았으면 여기 있는 거인족 전사들과 목숨 걸고 싸워야 했겠구나!

'레벨이…… 설마 평균이 300대인가?'

최상위권 랭커들이 레벨 300을 노린다고 말은 많았지만 아직 300을 찍은 플레이어들은 없었다. 레벨 300의 몬스터면 다른 일반 필드에서는 보스 몬스터 수준!

-사제가 나타났다! 사제!

"선배…… 혹시 사제가 먹이를 말하는 거 아니죠?"

유지수가 불안한 목소리로 물었다. 예전이었다면 이런 발상을 절대 하지 못했을 유지수였지만, 이제 유지수도 어엿한 판온 플레이어였다.

태현과 같이 다니면서 훨씬 더 혹독하게 적응한 것!

"아, 아닐걸."

[카르바노그가 그럴 수도 있겠다고 손뼉을 칩니다.]

태현은 부정했지만 유지수의 말이 그럴듯하게 느껴지는 건 어쩔 수 없었다. 뒤의 일행들은 벌써 수군거리고 있었다.

"진짜 태현이를 요리하려고 하는 건가?"

"요리하면 독 나오지 않을까?"

"그보다 지금 여기 싸우기 너무 안 좋지 않아? 사방에서 다굴 맞을 것 같은데……."

-사제! 사제! 데려왔다!

부글부글-

거인족 전사가 태현 일행을 데리고 온 곳은, 마을 한가운데의 넓은 공터였다. 그리고 공터 한가운데에 있는 건…….

팔팔 끓는 거대한 가마솥!

"먹이 맞잖아?!"

"선배! 쏴버릴게요!"

일행들은 기겁했다. 설마 설마 했는데 정말!

그러나 거인족 전사는 불쑥 국자를 내밀며 말했다.

-사제! 요리해 줘라!

"나, 나를?"

-무슨 소리냐?

거인족 전사는 무슨 소리를 하냐는 듯이 멍청하게 쳐다보았다.

-사제는 혹시 스스로의 몸을 잘라서 요리하는 건가?

"세상에 그런 요리를 하는 놈이 어디 있어!"

-아니었구나! 그럼 빨리 요리를 해줘라.

'혹시 이놈들은 요리사를 사제라고 하나?'

태현은 문득 의심을 품었다.

진짜 요리사를 사제라고 하는 거 아냐?

그러면 아까 뜬 메시지창도 설명이 갔다. 태현만큼 거인족들이 좋아하는 요리를 할 수 있는 요리사도 드물었으니까!

"후. 좋아. 내가 뭔가 보여주지!"

태현은 예전에 만났던 거인족 NPC들을 떠올렸다.

다들 달랐지만 한 가지는 확실했다. 괴식 요리를 매우 좋아한다는 것!

"저, 저거……!"

"말려야 하는 거 아니냐?"

케인과 최상윤은 두려워서 떨었다. 태현이 팔을 걷어붙이면서 의욕적으로 요리를 하겠다고 나서는 모습이 심상치 않았던 것이다.

사실 태현이 현실에서 요리를 못하진 않았다. 오히려 잘하는 편이었다. 숙소에서 재료 사다 놓고 요리해 팀원들을 먹이는 게 바로 태현!

밖에 알려진다면 '충격! 사장이 밥 해주는 게임단이 있다?!'라고 화제가 될 정도!

그러나 게임에서만 요리를 하면 태현은 달라졌다. 정확히 말하자면 '괴식 요리' 스킬을 얻고 나서 사람이 달라졌다. 원래는 정상적이고 멀쩡한 요리를 하던 사람이 미쳐 버리기 시작한 것!

'효과가 짱이지! 맛? 그런 게 뭐가 중요해! 밖에서 먹어! 게임은 효과야!'

괴식 요리의 압도적인 효율에 반해버린 태현은 주야장천 괴식 요리를 해서 일행에게 먹였다. 혀에는 더럽게 쓰지만 몸에는 좋은 괴식 요리!

덕분에 일행들은 거절할 수도 없었다. 확실히 효과 하나는 대단했던 것이다.

그런 태현이 척척 재료를 꺼내면서 의욕적으로 '뭔가 보여드리겠습니다!' 하고 나서자, 일행들은 벌벌 떨었다.

저거…… 설마 우리도 먹어야 하는 건 아니겠지?

-츄르릅. 맛있겠다.

-사제, 군침 돈다.

그러나 거인들은 꺼내놓은 흉흉한 음식 재료들을 보며 군침을 흘렸다.

"저…… 저기 철광석은 왜 넣냐?"

"요리에 묵직한 맛을 더해주거든."

-과연!

-사제 대단하다! 많은 것을 안다!

일행들은 침묵했고 거인들은 감탄했다. 사제라고 생각해서 데려왔지만, 거인들이 태현을 완전히 인정한 건 아니었다. 제대로 된 능력을 보여주기 전까지는 널 사제라고 완전히 인정할 수 없다!

〈사막의 꽃 거인 부족들의 인정-허기진 거인들의 사제 전직 퀘스트〉

거인 종족은 신을 잊은 종족들 중 하나다. 다른 종족들은 대륙에서 신들이 사라질 때 그들을 기록하고 기억했지만, 거인 종족은 자신들의 신을 잊어버렸다.

자기들의 신을 잊어버린 거인들은 나름대로 신 비슷한 걸 믿기 시작했다. 그중 하나가 요리사!

요리를 할 줄 모르는 거인들에게 가끔 니오는 기인 요리사는 신의 선택을 받은 존재로 보인다. 원래 다른 종족은 거인의 요리를 할 줄 모르지만, 가끔 거인의 요리를 할 줄 아는 선택 받은 요리사가 나오곤 한다.

거인들의 시험을 통과해 그들의 인정을 받아라!

보상: ?, ???, ????, 〈허기진 거인들의 사제〉로 전직.

[<허기진 거인들의 사제>로 전직할 수 없습니다.]

'뭐. 이 정도는 예상했지.'

전직 안 되는 게 한두 번이냐!

태현은 담담하게 요리에 집중했다. 전직은 안 되어도 상관이 없었다. 중요한 건 거인들과 친해지는 것! 그것 하나면 이 요리를 할 가치가 충분했다.

'기다리고 있어라. 거인들아. 내가 뭔가 보여주마!'

태현은 질 좋은 철광석을 넣고, 매콤한 맛을 내기 위해 어디선가 구했던 악마들의 피를 뿌렸다. 그러자 가마솥 안에서 끓던 수프가 걸쭉해지며 탁탁 불꽃을 튀기기 시작했다.

"괜찮군!"

살라비안 교단 괴수들의 살코기도 좋은 재료였다. 괴수들의 살코기는 언제나 괴식 요리에 잘 어울렸다. 돼지고기나 닭고기가 전 세계 모든 요리에서 쓰이듯이, 괴수고기는 모든 괴식 요리에 잘 쓰인다!

풍덩, 풍덩!

"흠. 균형이 좀 부족한가?"

태현은 고개를 갸웃거렸다. 생각해 보니 너무 고기만 넣은 것 같았다.

"야채도 좀 넣어야겠군."

일행들은 안도했다. 그래도 좀 멀쩡한 게 들어가는…….

"어. 야채가 없네."

"제가 빌려 드릴까요?"

"아냐. 괜찮아. 찾았어."

태현은 땅바닥에서 모래를 대충 한 국자 펐다.

"야채 역할을 해주겠지."

"???"

촤아악!

자기가 먹을 거 아니라고 대충 넣는 태현!

"다 됐다! 와서 한번 먹어봐라!"

-우어어! 사제 대단하다!

거인들은 신이 나서 줄을 섰다. 태현이 크게 한 국자를 퍼줄 때마다 거인들은 신이 나서 어쩔 줄을 몰라 했다.

-맛있다……!

-역시 사제가 맞다! 신이 보내준 사제다!

-신이…… 근데 우리 신이 누구였지?

-기억 안 난다. 기억 안 난다.

"혹시 아키서스 아니니?"

-그건 아니다. 그건 아니다.

단호한 거인들!

태현은 혀를 찼다. 은근슬쩍 넣으려고 했는데…….

[카르바노그가 포기하지 말라고 조언합니다.]

'맞는 말이야.'

태현은 포기하지 않고 다시 말을 걸었다.

"나는 아키서스가 보낸 화신이다!"

-아키서스……?

-누군지는 모르겠지만 좋은 신인 것 같다.

-우리는 언제나 배고프다. 배부르게 만들어주면 좋은 신이다!

-배부르게 만들어주는 아키서스!

-배부르게 만들어주는 아키서스!

"……그런 호칭은 없지만 뭐 어쨌든 아키서스가 그렇게 좋다는 거지. 믿어라!"

생각해 보니 이렇게 전도하기 쉬운 종족도 없었다.

다른 종족 NPC들은 각자 믿고 있는 신들이 기본적으로 있어서, '아키서스 믿으세요!' 하면 '아 안 사요, 저리 가요'란 반응이 돌아오기 마련. 그러나 거인들은 '우리가 누구 믿고 있었지? 에이, 모르겠다. 대충 믿자' 하는 놈들이라 전도가 쉬웠다.

-신이 보낸 사제가 말한다면 믿겠다.

-저렇게 말하니까 아키서스를 믿었던 것 같기도 하다.

거인들은 눈을 끔뻑거리며 태현의 말에 넘어가려 했다.

그러나 모든 거인들이 멍청한 건 아니었다.

-아직 안 된다!

늙은 거인 중 하나가 꼬장꼬장한 목소리로 바닥을 발로 굴렀다. 쿵하는 굉음이 났다.

-장로다. 장로다.

-언제나 화나 있는 장로다!

[거인족 장로 전사, 네덴멘이 당신의 요리에 불만을 표합니다!]

-이 요리는 훌륭하지만 한 가지가 부족하다!

-……?

-장로. 이 요리가 뭐가 부족한가?

-늙어지면 욕심만 많아진다.

-슬슬 장로를 내다 버려야 한다! 버려야 한다!

순식간에 쏟아지는 젊은 거인족 전사들의 야유!

그러나 거인족 장로는 저런 야유에 흔들리지 않았다.

-이 요리에는 매운맛이 부족하다. 진정 신이 보낸 사제라면 이것보다 더 대단한 요리를 만들어야 한다!

-장로. 장로. 침 흘리고 있다.

-더 먹고 싶어서 저러는 거 아닌가?

-헉. 장로 똑똑하다. 저렇게 트집 잡으면 사제 요리 한 그릇 더 먹을 수 있다.

거인족들은 감탄했다. 과연 장로는 뭔가 달라도 다르구나!

-그렇지만 사제가 화나서 떠나 버리면 우리는 굶는다.

-한 번은 괜찮다! 한 번은 괜찮다!

거인족들은 알아서 괜찮을 거라고 떠들어댔다.

물론 옆에 있는 태현에게 다 들리도록!

태현은 어이가 없었지만 참았다. 일단은 참고 달래야 할 상황이었으니까.

"좋다! 내가 매운맛을 보여주마!"

-오오! 츄르릅!

-꿀꺽!

거인족들이 침을 흘리고 삼키는 소리가 요란하게 울려 퍼졌다.

'그나저나 매운맛을 뭘로 낸다?'

괴식 요리는 워낙 맛이 괴팍한 요리라, 일반적인 향신료로는 매운맛을 낼 수 없었다. 태현이 일반적인 향신료를 갖고 다니는 사람도 아니었고…….

"이다비. 혹시 뭐 갖고 있는 거 없니?"

"매운맛을 내는 재료들이라면 가지고 있는데, 이걸로 도움이 될까요?"

"아냐. 더 강력한 게 필요해."

-카르르릉!

둘이 토왕이의 입에 손을 넣고 휘젓자 토왕이가 비명을 질러댔다.

"앗. 이건……!"

태현은 아이템 하나를 발견하고 경악했다.

해골 광산의 용암:

광산의 깊은 곳에서 끓는 용암을 용케 퍼서 담았습니다! 닿는 순간 화상을 입을 수 있습니다.

"이걸 챙겨놨었구나!"

"어딘가에 쓸지도 몰라서요!"

모범적인 상인!

태현은 감사히 용암을 챙겼다. 이거라면 매운맛을 낼 수 있다!

"후. 거인들. 정말 매운맛을 원하느냐!"

"저, 저거 말려야 하지 않냐?"

"야! 그건 좀 아니야!"

둘의 대화를 멍하니 듣고 있던 남은 일행들은 기겁해서 말리려고 나섰다. 아무리 괴식 요리라지만, 독을 넣으면 그건 요리가 아니라 독이 됐다.

용암도 비슷했다. 요리에 용암을 넣으면 그게 용암이지 요리냐!

그러나 태현은 말릴 틈도 없이 용암을 대뜸 부어버렸다.

화아악!

[<지옥에서 끓어오르는 용암>이 완성되었습니다!]

[괴식 요리 스킬이 오릅니다!]

[요리 스킬이……]

[<악마 요리> 스킬을 가지고 있습니다. 요리의 각 맛이 더욱더 강렬해집ㅣㄷ!]

[사디크의 권능을 가지고 있습니다. 용암의 효과가 더욱더 강해집니다!]

[악명이 오릅니다!]

무섭다!

일행들은 완성된 요리를 보고 침을 삼켰다.

저건 그냥…… 용암 아냐? 색도 용암이고 향기도 용암이고 끓는 것도 용암이고…… 심지어 이름에서 〈수프〉도 사라졌어!

"저, 저거 가마솥 녹고 있는 거 아냐?"

-가마솥이 녹는다! 가마솥이 녹는다!

거인들도 눈치챈 것 같았다. 일행들은 눈을 질끈 감았다.

아무리 그래도 가마솥을 녹이는 요리를 참아줄 사람이 어디 있겠는가!

-녹기 전에 먹어야 한다!

-맞다! 내가 먼저다!

-아니다! 내가 먼저다!

퍽! 퍼퍼퍽!

거인들은 서로 두들겨 패며 줄 앞에 서려고 애썼다.

-우어어어어! 먹는다! 먹는다!

꿀꺽!

가장 앞에 선 거인족 전사가 가마솥을 들고 들이켰다.

그리고 잠시 후.

-으어어어어어어어어! 화끈하다! 너무 화끈하다!

입에서 진짜 화염을 내뿜는 거인족 전사!

계속 화염을 내뿜더니…….

쿵!

[<괴식 요리>로 거인족 전사를 쓰러뜨렸습니다!]

[괴식 요리 스킬이 크게 오릅니다!]

[요리 스킬이 크게 오릅니다!]

[악명이 오릅니다!]

[칭호: 먹다 죽어도 모르는 요리사를 얻었습니다!]

[서버에서 처음으로 칭호를⋯⋯]

"쓰, 쓰러졌어!"

태현 일행은 경악했다. 설마 설마 했는데, 정말 괴식 요리로 사람을 하나 보내는구나! 언젠가 이런 날이 올 줄 알았지!

태현 일행은 재빨리 무기를 잡았다. 이제 분노한 거인족 전사들이 덤벼들⋯⋯.

-애송이! 애송이다!

-저 요리는 진짜 전사만 먹을 수 있는 요리다! 저리 꺼져라!

쾅!

거인족 전사들은 쓰러진 전사를 발로 차서 치웠다.

-이건 신이 보내준 사제가 낸 시련이다!

-맞다! 이 요리를 먹을 자신이 없는 자는 저리 꺼져라!

거인족들은 서로 다투며 외치기 시작했다. 그러자 자신이 없어진 거인족 전사들은 울먹이며 어깨를 늘어뜨리고 물러섰다.

-으흑흑. 나는 자신이 없다.

-나는 쓰레기다. 나는 쓰레기다.

케인은 그걸 보니 가슴이 뭉클해졌다. 왜 이렇게 동정심이 갈까? 남은 건 몇 안 되는 거인족 전사들!

-내가 사제의 시련을 통과한다! 으어어어어! 너무 맵다! 너무 뜨겁다! 목구멍을 지진다!!

콰당탕! 콰당탕탕!

[<괴식 요리>로 거인족 전사를 쓰러뜨렸습니다!]
[괴식 요리 스킬이 크게 오릅니다!]
[요리 스킬이 크게 오릅니다!]

'잠깐만. 나 요리 스킬이 몇이지?'

고급 요리 스킬 레벨이 무려 6! 여기서만 1을 올린 셈이었다. 거인족들을 상대하면서 요리 스킬 레벨이 이렇게 오를 줄이야. 태현은 생각지도 못한 횡재에 감탄했다.

이 요리로 거인족 전사들을 더 쓰러뜨리겠다!

쿵! 쿵!

두 거인족 전사가 더 쓰러졌다. 그러자 장로가 나섰다.

-장로! 늙었는데 무리하지 마라!

-맞다! 집에서 손자 볼 나이다!

-시끄럽다 이놈들!

네덴멘은 가마솥을 들더니 쭉 들이켰다.

-끄아아아아!

-장로, 장로의 몸이 타오른다!

활활 타오르는 몸! 그러나 네덴멘은 버텼다.

-장, 장로가 시련을 통과했다!

네덴멘은 비틀거리며 외쳤다.

-신이…… 신이 나를 부른다! 나는 신의 모습을 보았다!

태현은 기대했다. 아키서스 전도한 효과가 벌써……!

-사디크…… 사디크! 잊고 있었던 이름은 바로 사디크였다!

-오오! 사디크! 사디크!

-사디크! 사디크! 사디크!

때아닌 사디크 신앙 부흥회! 사디크 교단 성기사단장이 이 광경을 봤다면 감격의 눈물을 흘렸을 것이다.

이렇게 사디크를 순수하게 믿는 자들이 있다니! 물론 성기사단장은 이 광경을 볼 수 없었다. 태현이 저승에 보내버렸으니까.

"아냐! 아키서스다! 아키서스! 아키서스!"

-사디크! 사디크!

"아키서스!! 아키서스!!!"

태현은 어떻게든 거인들의 생각을 바꿔놓으려 애썼다. 그러나 거인들은 더럽게 말귀 못 알아듣는 놈들이었다.

계속 사디크의 이름만 부르는 거인들!

-매운맛의 사디크!

-매운맛의 사디크!

점점 이상해지는 사디크의 이름!

'그냥 사디크 좋아하게 내버려 둘까?'

태현은 순간 갈등했다.

사실 사디크 믿어도 태현에게는 크게 손해가 아니었다.

왜냐하면……. 지금 대륙에 남은 사디크 교단은 태현의 영지에 있었으니까! 사디크의 권능도 태현한테 있었고…….

이쯤 되면 태현이 사디크 교단의 정통 후계자라고 봐야 했다.

'아냐. 그래도 직업이 아키서스의 화신인데 아키서스 교단으로 퍼뜨려야지.'

태현은 정신을 차리고 설득에 나섰다.

"잘 들어라! 물론 이 매운맛은 사디크의 권능이다. 너희들이 사디크를 좋아하는 것도 이해한다."

-사디크! 사디크!

거인들은 단순했다. 다른 종족들은 원하는 게 복잡했다면 거인들은 한 가지만 원했다.

먹는 것! 그 먹는 게 일반적인 먹는 게 아닌, 거인들의 취향이라는 게 중요했다. 그리고 사디크의 화끈함은 자극에 목마른 거인들의 눈을 번쩍 뜨게 만들어줬다.

우리들의 신이 누군지 잘 기억이 안 나지만, 아마 저렇게 화끈하게 매운맛을 보여주는 신이었을 거야!

거인들의 생각을 눈치챈 태현은 방향을 돌렸다.

"하지만 사디크는 아키서스의 부하였다!"

"??"

-???

[????]

혹혹이도, 카르바노그도 깜짝 놀랄 만한 역사 왜곡!

[사디크 교단이 이 사실을 알게 되면 매우 분노……]
[남은 사디크 교단이 없습니다!]
[페널티가 없습……]

교단도 없는 놈이 하는 메시지는 안 들린다!

태현은 뻔뻔하게 말을 이어갔다.

"봐라! 나는 아키서스의 화신인데도 사디크의 힘을 다룰 수 있다. 이게 무엇을 의미하는가?"

-사디크, 아키서스 부하?

-아키서스가 사디크보다 큰 건가?

-그런 거 같다. 그런 거 같다.

거인들은 웅성거리며 태현의 말을 들었다.

확실히 듣고 보니 그럴듯하다!

사디크의 힘을 쓸 줄 아는 태현이 아키서스가 사디크보다 대단하다고 하니 거인들은 곧이곧대로 주워들었다.

-더 센 놈이 좋다! 더 센 놈이 좋다!

-아키서스! 아키시스! 아키서스!

[거인들 사이에서 아키서스 신앙이 퍼져 나갑니다!]
[<사막의 꽃> 거인 부족들의 시험을 통과했습니다. 당신은 <사막의 꽃> 거인 부족들을 이끌, 신이 보낸 화신으로 인정받았습니다!]

[거인족 장로 네덴멘이 <사디크 교단 영웅 투사>로 전직하지 않습니다.]

"?"

[거인족 장로 네덴멘이 <아키서스 교단 영웅 투사>로 전직합니다.]

낚아채기!
원래라면 사디크 교단 영웅 투사로 전직했어야 할 거인이 아키서스 교단으로 전직하게 되었다.
'<교단 영웅 투사>면 영웅 등급 직업 아니었나? 꽤나 뽑기 어려운 직업인데……'
교단 관련 직업들은 그 교단이 얼마나 잘 나가는지를 의미했다. 아키서스 교단은 처음에 <하급 성기사>나 <하급 사제> 정도만 고용할 수 있었으니까.
사실 지금도 엄청 잘 나가는 편은 아니었다. <고급 성기사>나 <고급 사제> 정도가 한계! 아키서스 교단이 엄청나게 세력을 늘리고 가입자가 많아졌지만 저러는 데에는 다 이유가 있었다.
'건물을 안 지었으니까……'
더 높은 교단 직업들을 고용하고 싶으면 거기에 맞는 건물들을 지어야 했다. <교단 영웅 투사>를 고용하고 싶으면 <교단 투사의 훈련장>, <교단 투사의 경기장> 같은 건물들을 만들어야 했고……. 이 건물들은 매우 매우 비쌌다.

영지에 들어갈 다른 돈도 많은데 직업 하나 만들자고 그런 교단 건물에 투자할 수는 없었던 것!

새삼 파이토스 교단 같은 탄탄한 대형 교단들이 부럽게 느껴졌다. 어지간한 수도에 훈련장 건물을 세워놓을 정도의 저력!

'새삼 부럽군.'

[카르바노그가 위로해 줍니다. 아키서스 교단은 그래도 대단한 교단이라고 말해줍니다.]

'뭐, 나중에 기회 되면 뺏으면 되겠지.'

카르바노그가 경악할 정도의 발상! 저것이 화신인가 도적놈인가?

어쨌든 그런 건물들을 지어야 얻을 수 있는 게 교단 상위 직업이었는데…….

여기서 불꽃쇼 한 번 했다고 전직한다고?

[꼭 교단에서 주는 게 아니라, 위대한 업적을 해내면 전직할 수 있다고 카르바노그가 말해줍니다.]

'그거야 나도 알지.'

태현 같은 경우가 그런 경우였다. 교단에서 건물 만들고 거기 가서 성실하게 전직하는 게 아니라, 스스로 업적을 깨서 전직한 경우! 정확하게 말하자면 강제로 전직 당한 거지만…….

[카르바노그가 헛기침을 하며 못 들은 척합니다.]

'근데 저 업적이 영웅 투사가 될 정도로 대단한 업적인가?'
그냥 수프 한 번 마신 거 가지고?
그런 걸로 치면 케인은 벌써 〈아키서스 교단 영웅 영웅 영웅 투사〉쯤은 됐겠다!

[카르바노그가 어이없어하며 저 요리, 아니, 용암을 가리킵니다. 저걸 먹는 건 거인족도 쉽게 해낼 수 없는 위대한 업적이라고 합니다.]

'음. 좀 너무 맵게 만들었나?'

[그런 문제가 아니라고……]

'하긴. 좀 맵게 만들긴 했지.'
카르바노그는 말을 포기했다. 아키서스는 진짜 자기한테 유리하게 말을 듣는 재주가 있어!
그러는 사이 네덴멘은 가마솥을 번쩍 들고 외쳤다.
-앞으로 이것이 우리 부족의 의식이 될 것이다! 진정한 전사를 가리는 의식!
-진정한 전사! 진정한 전사!

-네덴멘 장로 진짜 전사다! 다 늙어서 뒤져가는 거인 아니다!
-우어어! 우어어!

[아키서스 교단에 <용암의 의식>이 추가되었습니다.]

태현 일행은 기겁한 표정으로 메시지창을 쳐다보았다.
대체 뭔 짓을 하고 있는 거야?!

[아키서스 교단에 <용암의 의식>이 추가되었습니다.]
　[<용암의 의식>을 통과할 경우 <아키서스 교단 영웅 투사>로
전직할 수 있습니다.]

“어?”
“영, 영웅 직업?! 진짜!? 의식 한 번으로!?”
교단 플레이어들은 갑자기 뜬 메시지 창에 경악했다.
의식 한 번 통과하면 영웅 직업 전직이라고?
원래 전직 퀘스트는 몇십 개의 연속 퀘스트를 깨야 산신히
할 수 있을까 말까였다. 희귀 직업이면 모를까, 영웅 직업은 누
가 전직하면 더 이상 전직할 수 없는 제한 같은 것도 많았고!
그런데 그냥 의식 한 번만 통과하면 전직이라니!
모두가 눈이 뒤집혀 용암의 의식을 찾기 시작했다.

"용암의 의식 언제부터 할 수 있습니까!"

"용암의 의식 언제부터 할 수 있는 거예요!"

"저, 저희도 잘…… 교황님께서 돌아오시면 대답해 주실 겁니다!"

교단 NPC들은 당황해서 손을 내저었다.

용암의 의식을 만들 수 있는 건 태현밖에 없는데 태현이 자리에 없었으니…….

그러자 플레이어들은 알아서 자기 좋은 대로 알아들었다.

"〈용암의 의식〉이 곧 열리나 본데?"

"이렇게 사람이 많은데 다 할 수는 없겠지?"

"그럴 거 같다."

"그러면……."

"역시 공적치 포인트가 높은 순서대로일 거야!"

깨달음! 아무리 생각해도 공적치 포인트 높은 몇 명한테 먼저 돌아갈 것 같았다. 플레이어들은 눈이 뒤집혀서 달려들었다.

"교단 청소 퀘스트 어디 갔어! 그거라도 받을 거야!"

"화단에 물을 주겠습니다!"

심지어 그 소문을 듣고 새로 가입하는 플레이어들도 있을 정도였다.

-야. 여기서 진짜 영웅 직업 전직할 수 있다고?

-곧 의식 열리는데 그거 한 번만 통과하면 된대.

구름처럼 교단으로 몰려드는 사람들. 펠마스는 당황하지 않고 몰려든 플레이어들을 훅 훑어보았다.

'흠……'

펠마스는 고개를 끄덕였다.

'역시 착하게 살다 보니 아키서스 님께서 복을 내려주시는군!'

마음껏 부려먹을 수 있는 사람들이라니, 이 얼마나 좋은 축복인가!

"근데 의식 한 번 통과해서 영웅 직업으로 전직할 수 있는 거면, 그 의식 엄청 위험하거나 어려운 거 아냐?"

누군가 한 명 이성이 돌아온 사람이 중얼거렸지만 아무도 귀담아듣지 않았다.

CHAPTER 2

[사막의 꽃 거인 전사들이 <모래의 심장>으로 당신들을 안내합니다.]

-모래의 심장으로 안내해 준다. 사제.

-사제라고 부르지 마라. 사제보다 더 대단하다.

기존의 신의 말씀을 듣고 왔다고 요리를 보여준 거인족 요리사들보다 훨씬 더 대단한 요리를 보여준 태현!

사제라는 단어는 너무 약했다.

-대빵 큰 사제! 대빵 큰 사제!

"……그냥 화신이라고 불러라."

-아! 화신! 좋은 말이다!

거인들은 손뼉을 치며 좋아했다.

"그런데 <모래의 심장> 던전은 뭐 하는 곳이지?"

-모래의 심장…… 뭐 하는 곳이었더라.

-기억이 안 난다. 그런데 화신. 배고프다.

-요리 더 안 주나?

[<사막의 꽃> 거인 부족들은 배가 채워져야 움직입니다.]
[그들에게 명령할 때 적당한 요리를 갖고 와야 할 겁니다.]

"제대로 안내해 주면 밥을 주지. 그러니까 뭐라도 좀 떠올려 봐."

태현은 거인들을 닦달했다. 던전에 들어갈 때 아무 정보 없이 들어가는 건 안 됐다. 뭐라도 갖고 들어가야지!

-어…… 아! 기억났다! 저번에 대전사 주콰르가 들어갔었다!

"오…… 그놈은 어디 있지?"

-들어가서 안 나왔다!

-그러게? 왜 안 나왔지?

죽은 거잖아!

태현은 갑자기 불안해졌다. 여기 거인족 전사들도 그렇게 분명 레벨 낮은 곳이 아닌데…….

-여기다.

태현 일행은 고개를 갸웃거렸다. 입구가 없는데?

-저기 모래 구덩이 보이나?

아래로 가파르게 비탈이 난 거대한 모래 구덩이가 보였다.

"보이는데."

-저기가 입구다.

미친!

저 모래 구덩이로 들어가면 아래로 떨어지는 형식의 던전!

'들어가면 바로 나오지도 못하겠군.'

그냥 죽는 거 아냐?

태현은 혀를 차며 케인을 붙잡았다.

"응?"

"일단 둘만 가보자!"

"아니, 왜 날…… 으아악!"

태현은 케인이 이러쿵저러쿵 따지기 전에 붙잡고 앞으로 뛰어들었다.

"치사해요! 저도 같이 가고 싶은데……!"

'바꿔줄게! 바꿔준다니까!'

케인은 그렇게 생각했지만 이미 몸은 모래 속으로 빨려 들어가고 있었다.

[<모래의 심장> 던전에 입장하셨습니다.]

[처음으로 던전에……]

처음으로 던전에 입장했다는 메시지와 함께 각종 보상과 보너스가 들어왔다. 그러나 지금은 그런 거에 신경 쓸 때가 아니었다. 중요한 건 이 던전이 과연 어떤 곳인가!

[<모래의 심장> 던전 안에서는 매우 빠르게 허기가 집니다.]

[공복이 오래 지속되면 HP가 감소합니다.]

두 메시지 창을 본 순간 태현은 이 던전이 어떤 던전인지 바로 알아차렸다. 제한시간 있는 식의 던전!

'아니, 하필이면 왜 허기야?'

생각치도 못한 식의 제한시간이라, 처음 온 모든 플레이어들이 당황했을 것이다. 판온에서 배가 고프면 각종 스탯이 하락하고 페널티를 받지만, 그렇다고 HP가 깎이진 않았다.

그렇게까지 빡빡하지는 않은 것!

그렇지만 이 던전에서는 배가 빠르게 고파지고 HP가 깎였다. 즉…….

'가지고 온 음식 바닥나기 전에 할 거 다 하고 나가야 한다 이건가? 쯧. 정보를 알고 들어왔으면 훨씬 더 편했을 텐데.'

그랬다면 음식을 대량으로 챙겨 들어왔을 것이다.

[<오염된 사막의 화염 구울>이 나타납니다!]
[싸울 때마다 허기가 더 빠르게 소모됩니다!]

거인족 전사가 왜 죽었는지 알겠다!

화염 구울 자체는 충분히 상대할 수 있는 수준이었다.

문제는 무기 한 번 휘두를 때마다 쭉쭉 소화되는 던전의 페널티!

[허기가 차오릅니다!]

[배가 고파집니다!]

"미친!"

케인은 경악했다. 빠르게 허기가 진다고 했지만 설마 몬스터 한 마리 잡는데 배가 고파질 줄은 몰랐다. 이 정도 속도라면 대체 배낭에 음식을 얼마나 갖고 와야…….

콰직!

-크아아아! 살점을 내놔! 살점을 내놔!

"헉!"

방패로 상대를 후려치고 안심하고 있던 케인은 기겁했다.

몬스터가 예상 밖의 움직임을 보여주며 방패를 물어뜯고 파고들었던 것이다.

"케인. 정신 차려라! 몬스터 패턴이 좀 다르다!"

태현은 다가오는 구울의 다리를 향해 공격을 퍼부어 동작을 멈추게 만든 다음 그대로 약점을 향해 치명타를 퍼부었다. 케인한테는 사납게 덤비던 구울이 태현 앞에서는 정신을 못 차리고 두들겨 맞았다. 둘의 반응 속도가 너무 차이 났던 것!

케인은 기본적으로 방패를 들고서 버티다가 상대가 멈추면 반격하는, 평범한 수준의 플레이어였다. 그러나 태현은 방어 따위는 하지 않았다. 상대의 공격을 전부 읽고 피하면서 카운터를 때려 넣는 공방일체의 고난이도 스타일!

안다고 해서 따라 할 수도 없는, 판온에서도 극히 희귀한 전투 방식이었다. 딜러 중에서도 몇몇만 저런 방식을 택했다. 컨트롤 실수하거나 재수 없게 한 대 맞으면 훅 갈 수도 있는 위험한 스타일!

그러나 숙달만 되면 가장 무시무시한 스타일이었다. 내 공격은 안 맞는데 상대 공격은 계속 들어오는, 가장 짜증 나는 상황! 거기에 태현의 폭딜은 판온에서도 손꼽았다.

순식간에 구울 떼가 정리되었다. 태현은 빠르게 감소되는 포만감에 혀를 찼다.

'나름 빠르게 끝냈는데 이 정도면…… 일단 한 번 싸우고 무조건 음식을 먹어야 한다는 거군.'

정말 악독한 던전이다! 하지만 불평할 수는 없었다. 최선을 다해 해결할 뿐.

'일행 다 안 데려오길 잘했군. 음식 나눠 먹었으면 소모가 더 빨랐겠어. 케인 대신 이다비를 데려왔으면 더 편했을 테지만……'

케인과 달리 이다비는 상인 직업이라 정말 별의별 아이템들을 다 갖고 다녔다. 요리 재료도 그중 하나였다.

"와. 진짜 배고파."

케인은 신음했다. 판온에서 맞는다고 실제로 똑같이 아프진 않았다. 그렇지만 더위나 추위, 배고픔은 꽤니 생생하게 느껴졌다.

진짜 배가 고프다! 먹을 음식이 넉넉한 판온이고, 케인도 나름 랭커다 보니 게임에서 허기를 느낀 건 정말 오랜만이었다.

"빵…… 빵 넣어둔 거…… 상했나?! 크흑!"

케인은 반성했다. 나는 평소에 빵 하나를 소중하게 여기지 않았구나!

"옛다. 고기."

"헉!"

케인은 태현이 내미는 고기구이를 냉큼 받아서 삼켰다. 약간 뻣뻣하고 냄새가 나고 혀가 아려왔지만 고기는 고기였다.

배가 고파서 그런지 더 맛있다!

"이것도 괴식 요리야?"

케인은 우적우적 씹으면서 물었다. 태현이 요즘 괴식 요리 말고 다른 요리를 한 걸 본 적이 없는 기분이었다.

"그렇지."

"평소라면 못 먹었겠지만 지금은 맛있게 느껴진다."

"그렇게 말하니 기특하군."

"무슨 고기야? 돼지?"

"아니. 구울."

"아. 굴……. 해산물이었어?"

"아니. 구울이라고."

"……???"

케인은 자기가 먹고 있던 고기구이를 한 번 쳐다보고, 입에서 씹던 걸 멈췄다.

"설, 설마…….

"뭐가 설마야?"

"아니지? 아니라고 해줘……! 방금 잡은……."

"맞는데."

오염된 사막의 화염 구울! 구울 고기를 즉석에서 괴식 요리로 조리한 다음 내민 것이었다.

'어쩐지 메시지창에 뭐 중독이나 그런 게 뜨더라!'

아무리 괴식 요리로 먹을 만하게 만들었어도, 오염된 구울 고기가 멀쩡하지는 않았다. 케인의 레벨과 스킬 때문에 거의 영향을 주지 못했을 뿐!

"야! 이건 좀 아니다!!"

케인은 울컥해서 외쳤다.

이제까지 괴식 요리는 그래도 다 몸에 좋은 요리였다. 케인도 그래서 '이건 한약이다, 이건 한약이다.' 라고 스스로를 속이며 먹어왔던 것이었고!

그런데 이건 그냥……. 못 먹을 재료를 못 먹을 요리로 만들어서 먹인 거잖아!

"아무리 그래도 요리 스킬 올리려고 이런 것까지 먹이냐!?"

"뭔 소리야?"

태현은 무슨 소리를 하냐는 듯이 케인을 쳐다보았다.

"요리 스킬 올리려고 먹이는 거…… 아냐?"

"……넌 내가 그런 놈으로 보이냐?"

'어'라고 대답하고 싶었지만 케인은 움찔했다. 왠지 '어'라고 말했다가는 일주일 정도 갈굼받을 것 같다!

"아, 아니."

"당연히 던전 깨려고 먹이는 거지."

태현은 구울과 한 번 싸우고 나서 견적을 냈다.

이건 정상적인 방법으로는 돌파가 힘들다! 처음에는 '배낭에 음식 엄청나게 갖고 온 다음 꾸역꾸역 버티면서 공략하는 던전인가?' 싶었다.

그런데 아니었다. 몬스터 무리를 최대한 빠르게 잡아도 공복도가 0이 된다면…….

'아무리 음식 많이 갖고 왔어도 무리야.'

이 던전은 정말 사악한 던전이었다. 다른 던전이라면 먹을 수 있는 몬스터들이 나오겠지만 이 던전은 오염된 언데드만 나왔다.

보통 플레이어라면 아무리 배가 고파도 절대 먹을 엄두를 내지 못할 재료! 요리 자체가 불가능했고 씹었다가는 온갖 페널티를 입을 것이다.

그나마 태현이니까 괴식 요리로 어떻게든 최대한 커버를 한 것이지…….

'와. 근데 이 던전 정말 악의적이군.'

나름 판온에서 오래 구른 태현도 감탄이 나올 정도의 설계!

'평소에 미웠던 놈들을 여기로 끌고 오고 싶은데?'

잡을 엄두 안 나는 고레벨 NPC들도 여기로 끌어들이면 잡을 수 있지 않을까 하는 생각이 들었다.

끌어들인 다음 도망치면서 한 5일쯤 후에 나타나면…….

"으으윽, 흑흑."

케인은 서럽게 울면서 구울 고기를 먹었다. 아무리 퀘스트가 좋고 보상이 좋다지만 다 먹고 살려고 하는 일인데 이렇게까지 해야 하나?

"케인. 그래도 구울은 다행인 편이야."

케인은 뭔 개소리를 하냐는 듯이 태현을 쳐다보았다.

"앞으로 무슨 몬스터가 나올지 모르잖아."

그랬다. 구울은 그나마 고기를 씹으면 먹을 수 있는 몬스터! 만약 앞으로 골렘이나 나무괴물이나 그런 놈들이 나온다면?

"걱정 마라."

"그, 그렇지? 그런 거까지 먹진 않을 거지?"

케인은 살짝 기대한 목소리로 물었다. 물론 언제나 태현은 기대를 벗어났다.

"아니. 내가 최선을 다해서 요리해 주마."

"……펴, 평소 요리 남은 거 없냐?!"

케인은 어찌나 절박했는지 평소에는 줘도 안 먹는 괴식 요리들을 찾았다. 지금 보니 선녀 같다!

오염된 고기! 일단 먹을 수 있다.

썩은 슬라임! ……일단 먹을 수 있다!

냄새나는 가죽 신발! ……이것도 어떻게든 가죽을 무두질해서 잘 먹으면!

골렘의 돌!

케인은 결국 폭발했다. 진짜 설마 설마 했는데 골렘이 나오는구나! 이런 개 같은 던전 같으니!

"이건 못 먹어!!"

"음. 아쉽군."

[괴식 요리 스킬이 고급입니다. 페널티를 받습니다.]
[골렘의 돌을 요리하는 데 실패합니다!]

'쯧.'

최고급 괴식 요리 스킬을 갖고 있었다면 골렘의 돌도 요리했을 수 있을지 몰랐다.

하지만 태현의 요리 스킬은 아직 고급! 요리 스킬도 고급, 괴식 요리 스킬도 고급이었다. 태현은 스스로 반성했다.

아, 내가 요리를 조금 더 잘했으면 굶주린 케인을 도와줄 수 있었을 텐데! 평소에 좀 더 열심히 할걸!

'저 자식 뭔가 되게 무서운 꿍꿍이를 꾸미고 있는 기분인데.'

케인은 떨떠름한 표정으로 태현을 쳐다보았다. 배가 고팠지만 그보다 태현이 더 무서웠다.

"우리 제대로 가고 있는 건 맞아?"

케인은 태현에게 길을 물었다.

던전 공략에서 가장 중요한 것 중 하나가 지도 작성! 그리고 태현은 이런 길을 찾는 부분에서는 사기적인 수준이었다.

본인부터가 예리한 직감을 갖고 있는 데다가 〈신의 예지〉까지 있으니 어지간한 구간에서는 길을 잃을 수가 없는 것!

"제대로 가고 있는 거 맞아."

그렇지만 이번 던전에서 〈신의 예지〉는 별 의미가 없었다. 왜냐하면 길이…… 일직선이었으니까!

'이 자식은 갈림길이 한 번도 안 나온 걸 눈치를 못 챘나?'

태현은 어처구니가 없다는 눈빛으로 케인을 쳐다보았다.

아무리 감이 없어도 그렇지 이쯤 반복됐으면 눈치를 챘겠다! 이번 던전은 길을 최대한 길게 만들려는 게 목적인지 갈림길 하나 없이 계속 앞으로만 가는 형식이었다.

'나선형이군.'

원뿔을 뒤집은 형태의 던전! 뒤집은 원뿔을 따라 빙글빙글 돌아 내려가고 있었다. 어떻게든 계속 걷게 만들어 포만감을 없애려는 속셈이 느껴졌다. 악의 그 자체!

'요즘 아키서스가 점점 본색을 드러내는 느낌이야.'

예전에는 그래도 좀 선한 신인 척하는 느낌이었는데 요즘은 그런 것도 없는 기분!

[카르바노그가 무슨 소리를 하냐며, 아키서스는 원래 그랬다고 말합니다.]

'……'

[카르바노그가 고마워할 필요는 없다고 수줍어합니다.]

'고마워하는 거 아니거든?'

[골드를 얻었습니다.]
[악명이 오릅니다.]
[악명이 크게 오릅니다!]
[대륙의 다른 왕국들에서 당신을 경멸할⋯⋯.]

"크하하! 크하하하! 크하하하핫!"
쑤닝은 신이 나서 웃어댔다.
이건가! 이래서 김태현이 그렇게 산적질을 해댔구나!
쑤닝은 이제까지 돈을 쉽게 버는 방법이 세금이라고 생각했다. 영지 세금을 올리면 정말 우스울 정도로 골드가 빠르게 쌓였으니까.
그렇지만 세상에는 그것보다 더 빠른 방법이 있었다. 물 좋고 길 좋은 곳에 가서 '돈 내놔!' 라며 약탈을 하는 것!
"우리 길드 괜찮은 거 맞냐?"
"김태현한테 당하기만 하더니 슬슬 맛이 가는 것 같⋯⋯."
길드원들은 수군거렸다. 쑤닝이 요즘 점점 제정신이 아닌 것 같았던 것이다. 안 그래도 길드 동맹 내 몇몇 길드들이 이탈하고, 길드 동맹 투자들이 끊겨서 소문이 흉흉했는데 길마까지 저런다니⋯⋯. 튀는 게 낫지 않을까?

"그래도 보상은 받아야지."

"맞아!"

길드원들은 두근거리는 눈빛으로 기다렸다.

왜 산적질을 하고 약탈을 하겠는가? 짭짤한 보상 때문에!

"쑤닝 님. 보상 나눠주셔야죠."

"뭐? 아…… 꼭 줘야 하나?"

쑤닝은 산더미처럼 쌓인 골드를 보고 아쉬워했다. 이거 가져가서 길드 발전 기금으로 쓰면 안 되나? 안 그래도 골드 부족으로 허덕이는데…….

"쑤닝 님. 김태현도 약탈하면 나눠줬습니다."

간부 중 그나마 눈치 빠르고 머리 좋은 간부가 입을 열었다.

태현도 약탈하면 대부분을 나눠줬다! 태현이 착하고 바보 같아서 그런 게 아니었다. 원래 이런 건 혼자 먹으면 탈이 나는 법이었다. 날 공격한 놈은 잊어도, 내 골드 혼자 먹은 놈은 잊을 수 없다!

"……알겠어! 알겠다고."

원래라면 쑤닝은 듣지 않았을 것이다. 그렇지만 쑤닝도 성장이란 걸 했다. 김태현이 A를 했으면 A를 한 이유가 있다는 걸 배운 것이다.

따라 하기! 태현이 했던 걸 따라 하며 쑤닝은 성장하고 있었다.

촤르르륵-

"고마워할 필요는 없다!"

[골드를……]

"이건…….

"절반이잖아……?"

길드원들 사이에 수군거림이 돌았다. 쑤닝은 고개를 끄덕이며 말했다.

"어디 가서 너무 소문내지 마라. 50%라니. 후. 나도 참 너무 관대해서……."

쑤닝은 코밑을 쓱 훔쳤다. 길드원들이 어처구니가 없다는 듯이 쳐다보았다. 그들이 직접 마을 가서 아이템 챙기고 골드 뺏어서 가져 왔는데 거기서 50%를 떼어 간다고?

진짜 강도 놈은 여기 있었네!

"쑤, 쑤닝 님. 너무 많이……."

"돌려주는 거 아니냐고?"

"떼어 가는 거 아닙니까?"

"뭐? 이 정도면 많이 돌려주는 거 아냐?"

'이 인간, 진심이야!'

간부는 경악했다. 쑤닝의 눈빛이 100% 진심이었던 것이다.

그러나 쑤닝도 할 말은 있었다.

"김태현은 지 부하들 공짜로 부려먹잖아!"

"길마님은……."

'……김태현만큼 인기가 없잖아요, 이 새끼야'라고 말하려다가 간부는 참았다. 간부 자리는 소중했으니까!

"길마님은?"

"……김태현만큼 사악하신 분이 아니잖습니까!"

설득력 100%의 말!

간부의 말에 길드원들은 기대 어린 시선을 보냈다.

설마 저런 말을 듣고서도 50%를 꿀꺽 먹진 않겠지?

"크윽. 그렇긴 하지."

"휴."

길드 동맹에서 '김태현 같은 놈'은 최대의 욕이었다. 그런 말하는 순간 '난 너와 죽을 때까지 싸우겠다.' 라고 하는 것이나 마찬가지!

"하지만 난 결심했다."

간부는 불안했다. 쑹닝 이 양반이 왜 이러지?

"김태현을 무찌를 때까지…… 내가 악이 되겠다고! 할 수 있는 짓은 모두 하겠다고!"

그건 다 좋은데, 여기 수입 50%를 뜯기는 사람들 앞에서 당당히 그런 소리를 하면…….

"참아라! 참고 해라! 우리 길드의 무한한 영광과 발전을 위해!"

누가 중국 사람 아니랄까 봐 뺏어서 발전하는 거 되게 좋아하는 쑹닝! 물론 같은 중국 사람이라고 '아, 예. 그렇군요. 길드의 무한한 영광과 발전을 위해!' 라고 납득할 사람은 없었다. 게다가 길드 동맹에는 해외 플레이어도 꽤 있었다!

'와. 진짜 당당하게 미친놈인가?'

약탈질에 따라온 파워 워리어 길드 첩자는 감탄했다. 보통 저렇게 50%를 떼어 갈 때는 좀 어르고 달래거나 하지 않나? 뭘 저렇게 당당하게 뜯어가지?

첩자는 몰랐다. 대형 길드 길마들은 저렇게 뻔뻔하고 당당한 게 기본! 원래 사람이 자리가 있으면 목이 뻣뻣해지고 힘이 들어가게 마련이었다.

-여기는 아탈리 왕국 서북부 국경지대, 아렌조노 강 하류의 〈두 다리 마을〉.

첩자는 위치를 보고했다. 지금 길드 동맹은 뭉쳐서 다니지 않았다. 랭커들이 각각 나눠서 약탈 부대를 운영하고 있었다.

1차 목표는 아탈리 왕국과 오스턴 왕국의 국경 지대! 아탈리 왕국의 북부였다.

물론 〈절망과 슬픔의 골짜기〉가 있는 동북부 쪽은 얼씬도 하지 않았다.

어디까지나 만만한 서북부! 첩자들은 그 위치를 실시간으로 보고하고 있었다. 혹시라도 파워 워리어 길드가 입을 피해를 피하기 위해서였다.

다른 곳도 상황은 비슷했다. 50% 떼어 가는 것까지!

-여기도 50% 떼어간다. 미쳤나보다.

-와. 나 같으면 길드 때려 친다.

-우리 길마님이 최고십니다…….

새삼스럽게 감동하는 파워 워리어 길드원들!

쑤닝과 길드 동맹의 살벌한 세금을 보니 파워 워리어 길드는 선녀 같았다. 길드 운영에 필요한 돈은 길드원한테 뜯지 않고 광고 때려서 알아서 벌어 오시는 길마님!

파워 워리어 길드가 이렇게 커지고 세력이 단단해졌으면 초심을 잃을 법도 한데 이다비는 한결같았다.

"근데 왜 악마가 안 보이지? 세계수 열리고 악마 숫자 확 늘었는데."

"악마 놈, 사람 차별하나?"

길드 동맹 길드원들이 중얼거렸다. 오스턴 왕국에는 확 늘어난 악마들이 보였는데 왜 여기는 안 보이지?

"아키서스 교단이 퍼져서 그런 거 아냐?"

"야. 아키서스 교단만 교단이고 다른 교단은 교단 아니냐? 오스턴 왕국도 교단 있거든?"

어이없는 말에 길드원들은 말을 꺼낸 사람을 구박했다.

"아, 아니. 아탈리 왕국은 일단 국왕이 교황이니까……."

"그게 말이 되냐?"

"맞아. 차라리 악마가 김태현 겁내서 안 간다고 해라. 그게 더 말이 되겠다."

꿈틀-

다음 공격을 준비하던 쑤닝의 귀에 태현의 이름이 들어왔다.

"흥! 김태현 놈 두려워할 거 없다! 내가 장담하지. 우리가 약탈하는 동안 놈은 나타나지 않을 거다! 잘 생각해 봐라. 놈은 언제나 우리의 뒤통수만 쳐왔다. 우리의 약한 곳만 물어뜯고 튀었단 말이다. 놈이 우리 랭커들과 정면으로 붙었던 적이 한 번이라도 있었냐! 완전히 겁쟁이 놈이야!"

나름 용기를 만들어주려는 쑤닝의 연설이었지만 역효과였다. 태현의 업적은 너무 대단했기 때문이었다.

'많았죠……'

'평원에서 걔 아빠한테 깨진 것도 기억에서 까먹으셨나 봐.'

'김태현이 길드 동맹 랭커 수십 명 전원하고 혼자서 붙어야 겁쟁이가 아니라는 거야?'

태현은 그냥 치고 빠지기만 한 사람이 아니었다. 필요하면 길드 동맹 랭커 한둘 정도는 얼마든지 베고 넘겼던 사람!

태현이 싸움을 피하고 도망만 쳤다면 이렇게 압도적인 인기를 얻지 못했을 것이다. 그가 인기 있는 이유는, 결정적인 순간에는 싸움을 피하지 않고 정면으로 부딪쳤기 때문이었다. 비록 엄청나게 불리하더라도 거기서 승리를 따내는 모습!

"김태현 놈은 못 나온다! 내가 해본다. 김태현 놈 나와라! 겁쟁이 자식아!"

"길, 길마님. 그건 좀……."

간부는 기겁해서 말렸다. 랭커가 여러 명 있긴 했는데 김태현은 진짜 좀 무섭다! 눈빛만 봐도 폭발할 것 같아!

"맞습니다. 그냥 조용히 약탈하고 가죠?"

"그러다 진짜 김태현 나오면 어쩌려고……."

"김태현이 무슨 뱀이냐? 이름 부르면 나오게?"

랭커들도 투덜거렸지만, 대부분은 '괜히 김태현 자극하지 말고 조용히 털고 가자.' 였다.

지금도 솔직히 김태현 나올까 봐 내심 무서운데……!

그러나 쑤닝은 길드원들의 이런 약한 모습에 더욱 분노했다.

"니들이 이러니까……! 곤잘레즈! 넌 어떻게 생각하냐!"

쑤닝과 친한 길드 동맹 랭커, 곤잘레즈! 스미스한테 1:1 결투에서 패배한 것으로 요새를 뺏긴 아픈 기억이 있는 랭커였다. 물론 그 패배는 〈아키서스의 선물〉로 만들어진 아이템 때문이었지만…….

아직 길드 동맹 랭커들은 눈치채지 못했다. 스미스의 스킬이라고 착각하고 있었던 것이다. 세상에 그렇게 사악한 스킬이 있고 그걸 이렇게 쓰는 놈이 있으리라고는 생각지 못했던 것!

"아니, 나는 뭐……."

"곤잘레즈한테는 왜 물어봐? 스미스한테도 진 놈이잖아."

"어떤 새끼야?!?!"

곤잘레즈는 분노해서 외쳤다. 길드원들은 휘파람을 불며 시선을 피했다.

50% 떼어 간 원한은 무서웠다. 랭커 앞에서 뒷담을 깔 징도!

곤잘레즈는 분노로 부들부들 떨었지만 다른 랭커들이 말렸다.

"야야. 뭐 그런 거 가지고 그러냐."

"맞아~ 스미스한테, 풉, 질 수도 있지. 난 안 졌지만."

말리면서 은근슬쩍 메이는 랭커들! 서로 경쟁하는 사이다

보니 곤잘레즈의 패배는 매우 즐거웠다. 평소에도 쑤닝과 친하다고 이것저것 혜택받는 게 매우 얄미웠는데…….

주변이 시끄러워지자 쑤닝은 다시 외쳤다.

"조용히 해라! 난 김태현을 두려워하지 않……."

다그닥다그닥—

"으아아악! 김태현이다! 김태현이다! 모두 전투 준비!"

누군가 오는 소리가 들리자 쑤닝은 자세를 낮추며 고래고래 고함을 질렀다. 물론 저 멀리 아스비안 제국에 가 있는 태현이와 있을 리 없었다. 그냥 새로 지나가는 마차였다.

쑤닝은 낮춘 자세에서 일어나지 못했다. 얼마나 민망했는지 느껴졌다.

간부가 헛기침하며 말했다.

"……이렇게만 준비하면 된다, 이 말이다! 김태현이 와도 이렇게 길마님처럼만 철저하게 대비하면!"

'개소리하고 있네.'

'가장 먼저 튈 거 같은데.'

"그보다 마차나 털자!"

"맞아! 마차나 털자!"

"와아아아아!"

불만이 싹 사라지는 약탈! 50%를 떼어 가도 많이 남는다!

길드 동맹 플레이어들은 신이 나서 마차를 향해 달려갔다. 저 마차 안에는 뭐가 들어 있을까? 비싼 거면 좋겠다!

"꺄아아악!"

"히이이익!"

마차를 몰고 가던 상인 플레이어는 길드 동맹 플레이어들을 보고 깜짝 놀라 외쳤다.

"마차 놓고 꺼져!"

"으아아악!"

상인은 재빨리 놓고 도망쳤다. 길드 동맹 플레이어들은 신이 나서 마차를 열었다.

달칵-

[마차 문 폭발 함정을 작동시켰습니다.]

[폭발합니다.]

콰콰콰콰콰콰콰콰콰쾅!

근처에 있던 길드원들 전원 로그아웃! 마차 안에 폭탄만 잔뜩 실어놨는지 정말 반응할 수도 없는 위력이었다.

"굿?"

"굿."

그리고 멀리서 그 광경을 기계공학 대장장이들이 지켜보고 있었다.

그들을 이끄는 것은 그들의 리더, 가브리엘! 악마 대장장이가 '넌 정말 0.2 아키서스 정도로 악마 같은 놈이다.' 라고 인정해 줄 정도의 재능!

'다니엘. 넌 기계공학의 진정한 힘이 폭탄이란 걸 모르고 있다!'

가브리엘은 다니엘을 안타까워했다. 그 재능을 쓸데없는 기계공학 아이템 만드는 데에 쓰지 않고 폭탄에 썼으면 얼마나 좋았을까?

"태현 님은 퀘스트를 깨느라 지금 오실 수 없으시다! 그러나 태현 님의 영토에서 활개 치는 걸 볼 수는 없다!"

"와아아아아!"

"와아아아아아아아아!!"

모인 건 기계공학 대장장이들뿐만 아니었다. 골짜기나 수도의 플레이어들, 아키서스 교단의 플레이어들, 파워 워리어 길드의 플레이어들, 그리고 오스턴 왕국에서 같이 약탈했던 플레이어들……? 마지막은 뭔가 이상한데?

"……너는 왜 여기 온 거냐?"

"멍청하기는. 쯧쯧."

약탈자 플레이어들은 질문을 던진 플레이어를 멍청하다는 듯이 손가락을 흔들었다.

"길드 동맹이 김태현 영지에 와서 약탈을 한다. 그러면 어떻게 될 거 같냐?"

"약탈을 잘 하지 않나……?"

"아니지. 멍청한 놈아. 길드 동맹이 김태현한테 조져질 거 아냐!"

"……."

"그때 길드 동맹 놈들을 쫓아가서 한탕 하는 거다. 크하하!"

경험 많고 노련한 약탈자 플레이어들은 흐름을 알고 대세를 알았다. 괜히 길드 동맹 쪽에 서서 김태현 영지 털었다가 김태현한테 두들겨 맞느니, 김태현 쪽에서 존버하고 있다가 길드 동맹 탈탈 털릴 때 턴다!

길드 동맹 길드원들은 숫자도 많고 레벨도 높고 장비도 빵빵하고……. 게다가 약탈자 상태여서 아이템도 엄청나게 드랍했다. 한쪽만 약탈할 수 있다면, 가진 거 많고 털릴 가능성 많은 놈들을 노린다!

실로 교활하고 치밀한 계획이었다. 약탈자 플레이어들은 바보가 아니었다. 어쨌든 이런 이득 보기 힘든 일에 수많은 플레이어들이 곳곳에서 몰려들었다.

쑤닝 입장에서는 미친 듯이 억울한 일!

오스턴 왕국 털릴 때 이렇게 좀 모여봤어라!! 이 불공평한 자식들아!!

그리고 태현 입장에서도 억울한 일이었다.

안 돼! 귀족 영주들 털려야 하는데!! 굳이 지켜줄 필요 없는데 지켜주지 마!

그러나 곳곳에 모인 플레이어들은 그걸 알지 못했다.

굳은 의지로 태현을 위해 싸우는 걸 다짐!

"아니…… 후. 그래."

태현은 씁쓸해했다. 플레이어들이 구름처럼 모여서 길드 동맹 약탈대와 싸운다는 소식이 전해진 것이다.

좋은 일이었다. 좋은 일인데……!

'그러면 귀족 NPC들이 아쉬운 소리를 안 하잖아……!'

복잡한 마음!

태현은 고개를 흔들고 앞을 쳐다보았다. 지금은 이 던전에 집중해야 했다. 모래의 심장 던전이 슬슬 정말로 위험해지고 있었다.

'들어가면 들어갈수록 먹기 힘들어지는 것만 나오고 있어!'

골렘부터 시작해서 먹기 힘든 몬스터들만 나오는 상황! 아무리 날아다니는 태현이라도 허기 앞에서는 무력했다.

[갈증이 심해집니다.]

[배고픔이 심해집니다.]

[카르바노그가 흑흑이를 먹으라고 조언합니다.]

"?!?!?"

[카르바노그가 말을 잘못했다고, 흑흑이의 피를 먹으라고 조언합니다.]

"아. 그런 거라면……."

-주인님?!

"농담이다. 걱정 마."

태현은 포기하지 않았다. 아직 스킬이 부족해서 골렘을 요리해 먹을 수는 없었지만 다른 것들을 찾을 수 있으리라.

태현은 모래와 사암, 석회암으로 되어 있는 던전 주변을 닥치는 대로 망치로 후려갈겼다.

"앗! 철광석이다!"

"지금 그게 필요한 게 아니야!"

"헉! 금! 금맥이야! 옆에는 에메랄드!"

"지금 그게 필요한 게 아니라니까!"

케인은 어처구니가 없었다. 이놈 광부 아냐? 무슨 놈의 망치를 휘두를 때마다 철광석에 금이 튀어나오지?

광부 플레이어들이 이걸 봤다면 피눈물을 흘렸을 것이다.

그러나 태현은 사방에 떨어지는 보상들은 내버려 두고 먹을 수 있는 것을 찾기 위해 움직였다.

졸졸졸-

"어? 물소리다!"

쾅!

액체는 액체였다. 흐르는 용암 발견!

"아오!"

케인은 땅을 쳤다. 이 던전은 진밀 먹을 수 있는 게 안 나오는구나! 그러나 태현은 환호했다.

"됐다!"

되긴 뭐가 돼?

세상에는 완전식품이라고 알려진 먹거리들이 몇 가지 있었다. 인간에게 필요한 영양소를 모두 갖추고 있는 식품들!

우유, 달걀, 용암 등이 거기에 속했다.

"뭔 개소리야!!!"

물론 케인은 넘어가지 않았다. 아무리 배가 고파도 용암을 '맛있겠다.' 할 정도로 멍청해지진 않는다!

"케인. 용암과 골렘의 차이가 뭔지 아나?"

"?"

"용암은 먹을 수 있고 골렘은 먹을 수 없다는 거지."

케인은 오랜만에 태현을 따라온 것을 후회했다.

아, 그냥 가늘고 길게 살 걸 그랬다!

그러나 태현은 진지했다. 골렘의 바위는 요리 스킬이 부족해서 건드릴 수 없었지만 용암은 가능했다.

[<펄펄 끓는 용암>이 완성되었습니다!]

[요리 스킬이 오릅니다!]

[용암 지형에 살고 있는 NPC들의 친밀도가 올라갑니다!]

[칭호:뜨거운 요리사를……]

"먹자!"

"으흑흑……."

케인은 언제부터인가 말이 부쩍 없어졌다.

그냥 집에 가고 싶어!

-야. 잘 되어가고 있냐?

최상윤의 귓속말이 유난히 서러웠다.

-으흑흑…… 크흐흑! 으흑!
-?! 너 우냐?!

[<펄펄 끓는 용암>을 먹었습니다!]
[지혜 스탯이 내려갑니다!]
[화상 대미지를……]

태현과 달리 케인은 어느 정도 대미지를 입었다. 그래도 버틸 정도는 됐다. <아키서스의 노예> 직업 스킬과 깡스탯, 착용 장비들 덕분!

[허기가 사라집니다.]
[갈증이 사라집니다.]

"됐다. 이제 던전을 돌파할 수 있어!"
태현은 주먹을 불끈 쥐고 기뻐했다. 이 용암이라는 언제든지 먹을 수 있는 완전식품이 있는 한 이 던전은 깬 것이나 마찬가지였다.
케인은 다짐했다. 나중에 자서전을 쓰게 되면, '내 인생에서 가장 힘들었던 던전'에 꼭 여기를 쓸 것이라고!

'몬스터들 레벨이 전체적으로 높긴 해도 보스 몬스터는 안 보인다.'

이 던전의 보스 몬스터는 배고픔이었다. 다른 던전에서 종종 나타나는 준 보스 몬스터나 보스 몬스터들이 전혀 보이지 않았다.

나타나는 건 길을 막고 배를 고프게 만들려는 몬스터뿐!

몬스터들도 배가 고파서 그런지 정말 끈질기게 달라붙었다. 그들에게 태현과 케인은 진수성찬 그 자체로 보이리라!

[<모래의 심장>의 가장 아래층에 도착했습니다!]

[명성이 크게 오릅니다!]

[경험치를 얻었습니다.]

[불가능한 업적을 세웠습니다. 칭호:불가능은 네 사전에나…… 를 얻습니다.]

[레벨 업 하셨습니다!]

[허기 페널티가 매우 감소합니다.]

[포만도가 느리게 떨어……]

보스 몬스터도 뭐도 없이, 던전의 가장 밑바닥에 도착한 것만으로도 레벨 업! 이 던전이 얼마나 난이도가 높은 것인지, 그리고 허기의 함정이 얼마나 사악했는지 느낄 수 있는 보상이었다.

"보스 몬스터는 없나 본데?"

가장 아래층에는 덩그러니 가마솥 하나만 놓여 있었다. 몬스터의 기척은 하나도 없었다.

[카르바노그가 신성력이 느껴진다고 말해줍니다.]

'그래. 나도 보여.'
저게 분명 아키서스의 권능이 담긴 성물이리라!

-신의 예지.

'함정 없군. 분명히 안전한 거 맞고⋯⋯.'
태현은 고개를 끄덕이면서 주변 확인을 끝냈다.
꺼진 불도 다시 보자! 꺼진 아키서스도 다시 보자!
아키서스는 적뿐만이 아니라 아군도 엿 먹일 수 있는 신이었다. 함정이 없는 걸 끝낸 태현은 천천히 앞으로 다가갔다. 매우 조심스러운 태도였다.

[아키서스의 권능이 담긴 성물, <아키서스의 가마솥>을 손에 넣었습니다!]

아키서스의 가마솥:
일정 확률로 요리의 양이 늘어남. 낮은 확률로 요리가 바뀜.
아키서스가 자신을 따르는 신도들을 먹일 때 이 가마솥에 요리를 해서 먹였다는 전설이 있다. 전설에 따르면 아키서스는 이 가마솥에서 빵과 물고기를 무한히 꺼내 신도들을 먹였다고 하지만, 그 음식들이 어디서 나왔는지는 의문이다.

[카르바노그가 다른 신들에게서 뺏어 온 거 아닐까 하고 추측합니다.]

'……그럴듯한데?'

태현은 부정할 수 없었다.

어쨌든 〈아키서스의 가마솥〉은 좋은 아이템이었다. 태현처럼 영지를 운영하고 있는 영주한테는 매우 요긴한 아이템! 게다가 태현의 영지에 있는 요리사들은 아직도 무료 급식을 하고 있었으니…….

'거기에 설치하면 비용이 확 줄긴 하겠군.'

요리가 가끔 달라지긴 하겠지만 그건 뭐 감수해야지!

[괴식 요리 스킬이 매우 높습니다.]

[신성 요리 스킬이 매우 높습니다.]

[악마 요리 스킬이 매우 높……]

[조건을 모두 충족했습니다!]

[아키서스의 권능 스킬, 〈아키서스의 권능 요리〉를 얻었습니다.]

[기존 요리 스킬이 모두 사라집니다.]

[고급 요리 스킬이 사라집니다.]

[고급 괴식 요리 스킬이 사라짐……]

기존 요리 스킬이 전부 사라지는 어마어마한 상황!

태현은 경악했지만 동시에 기대감이 생겨나는 걸 느꼈다.

'얼마나 좋은 스킬이길래?'

기존 요리 스킬들이 전부 사라지고 〈아키서스의 권능 요리〉로 합쳐진 것이었다. 괴식, 신성, 악마 등 이런 걸 전부 합친 것만큼 효과가 있을까?

고급 아키서스의 권능 요리 8 (41%)

세상의 모든 것을 아키서스의 힘으로 요리합니다!

'설명이 애매하군.'

직접 써봐야 알 수 있는 부류의 스킬!

제발 좋아야 하는데…….

태현은 오면서 챙겼던 골렘의 돌조각을 꺼냈다. 케인은 그걸 보고 두려움에 떨었다.

'설마……!'

설마가 사람 잡는다고, 태현은 진짜 돌조각을 요리하기 시작했다.

와드득! 와득!

골렘의 돌조각을 마치 떡 주무르듯이 탁탁 치며 요리에 들어가는 태현! 누가 보면 떡을 만드는 줄 알 것이다.

[<아키서스의 권능 요리>로 골렘의 돌조각을 요리하는 데 성 공합니다! <부드러운 골렘 돌조각 떡> 요리가 완성됐습니다.]

<부드러운 골렘 돌조각 떡>
원래라면 먹을 수 없는 골렘의 돌조각을 강력한 신성 권능으로 먹을 수 있게 만든 요리다.
제한시간 00:30:00

요리에 왜 제한시간이 있지?
'신성 권능으로 못 먹을 걸 먹게 만들어줘서 그런가?'
"자. 먹어라."
"아니 난 배가 안 고픈…… 읍읍!"
무슨 효과가 있나 보기 가장 좋은 건 역시 케인이었다.
"맛있다?!"
달짝지근한 떡 맛에 케인은 놀랐다. 골렘 돌조각에서 이런 맛이?! 그러나 그 맛은 곧 사라졌다. 이번에는 쑥을 응축한 것 처럼 쓴맛이 밀려왔다.
"읍퉤퉷!"
"흠. 맛은 괴식 요리 계열인가 보군."
케인의 반응을 보며 태현은 냉정하게 분석에 들어갔다.
괴식 요리 계열의 맛이지만 랜덤으로 맛이 변하나 보군!
'괴식 요리보다는 낫네.'

괴식 요리는 일괄적으로 맛이 개같지만 권능 요리는 좋은 맛도 숨어 있었던 것이다.

'문제는 효과인데.'

요리를 먹으면 나오는 버프!

일반 요리는 평범한 수준이었고. 괴식 요리는 뛰어난 수준이었다. 맛은 더럽게 없었지만…….

아키서스의 권능 요리는 과연 어떨까?

[아키서스의 권능 요리를 먹었습니다.]
[아키서스의 권능 요리를 먹을 경우 특수한 효과를 얻습니다.]
[행운이 낮습니다. 추가 보너스를 받지 못합니다.]
[아키서스를 믿고 있습니다. 추가 보너스를 받습니다!]
[아키서스 교단에서 매우 높은 위치입니다. 추가 보너스를……]
[아키서스의 노예 직업을 가지고 있습니다!! 추가 보너스를 매우 크게 받습니다!!]

좋아해야 하는데 별로 안 기뻐!

아키서스의 권능 요리는 행운이 얼마나 높은가, 아키서스와 얼마나 친한가, 아키서스 관련 직업 중 어떤 건 가지고 있느냐에 따라 각자 보너스가 달라졌다.

[<사디크의 타오르는 영웅> 버프를 받습니다!]

화르륵!

온몸이 불꽃으로 휩싸인 케인! 케인은 〈사디크의 타오르는 영웅〉 버프를 확인하고 깜짝 놀랐다.

스킬 쿨타임 대폭 감소, 물리 방어력 마법 방어력 대폭 증가, HP 회복력 증가, 최대 HP 증가, 무기에 화염 속성 부여 가능 등……. 이 정도면 교단 대주교가 직접 작정하고 버프 떡칠을 해줘야 가능한 수준!!

이걸 그냥 요리 한 번 먹는다고 된다고? 물론 지속 시간이 훨씬 짧긴 했지만, 이 정도면 사기 수준이었다.

"잠깐. 근데 왜 사디크지?"

"그건 중요하지 않고."

태현은 이제 와서 뭘 그런 걸 따지냐는 듯이 말했다. 케인도 바로 납득했다.

하긴, 이제 무슨 신의 힘을 써도 놀랍지 않을 것 같아!

'흠. 대충 아키서스 교단 가입한 애들한테 버프 주기는 좋을 거 같군.'

태현은 일단 만족했다. 기존 요리 스킬이 모두 사라지고 강제로 권능 요리를 하게 되었는데, 이 정도면 피눈물을 흘릴 정도로 손해는 아니었다.

〈아키서스의 권능 요리〉와 〈괴식 요리〉는 일장일단이 있었다. 〈괴식 요리〉는 아키서스 교단을 믿지 않아도, 행운이 낮아도 평등하게 효과를 줬다. 거기에 랜덤 효과가 없이 일정하게 결과를 보장해 줬다. 버프도 영구적인 버프가 많았다. 영구적으로 스탯이 오른다거나 같은 버프!

그렇지만 〈아키서스의 권능 요리〉는 제한이 좀 있었다. 효과를 제대로 보려면 아키서스와 친해야 했다. 게다가 누가 아키서스 아니랄까 봐 랜덤 효과가 강해서, 나오는 요리도 맛부터 효과까지 예측이 힘들었다.

버프도 영구적인 버프가 아닌, 지속 시간 짧은 일시 버프! 얼핏 보면 안 좋아진 것 같았지만, 장점이 단점을 뒤덮었다.

강력한 버프 효과! 케인의 버프를 보니 이건 지속 시간이 짧아도 참아줄 수 있는 강력한 버프였다.

길가의 돌멩이 주워서 대충 주무른 다음 먹여도 된다! 다만 아쉬운 건 음식의 유통기한이 너무 짧다는 점이었다.

'이 정도로 짧으면 미리 만드는 건 사실상 불가능하겠군. 즉석에서 만들어서 먹이는 식인가……'

아키서스의 가마솥과 같이 사용하면 궁합이 좋을 것 같았다. 태현은 벌써부터 대량 요리를 생각하고 있었다. 대충 비계 몇 점 넣고 수프 끓인 다음 사람들한테 단체로 돌리면…….

'효과가 만점이겠군!'

"좋아. 나가보자. 거인들한테도 써봐야겠어."

살았다!

태현의 말에 케인은 기뻐했다. 이제 실험체가 그가 아니라 거인들이 된 것이다.

거인들이 불쌍하지 않냐고? 전혀!

"하긴. 기쁘겠지."

태현은 케인을 보며 웃었다. 케인도 기뻐할 만했다.

나가는 동안 허기를 채우기 위해 요리를 먹어야 하는데, 〈아키서스의 권능 요리〉라는 강력한 요리법이 생긴 것이다.

어찌 기쁘지 않을까!

"……가면서도 먹어야 해?"

"안 먹고 뒤지던가."

케인 정도 되는 랭커가 던전에서 굶어 죽었다면 한동안 게시판에서 웃음거리가 될 것이다.

케인하다=멍청하게 죽다가 될 것!

"먹, 먹으면 되잖아……."

-화신 돌아왔다! 화신 돌아왔다!

-화신 정말 대단하다! 신이 선택한 사람 같다!

[사막의 꽃 거인 부족에서 당신의 평판이 최대치에 도달합니다!]

[사막의 꽃 거인 부족의 친밀도가 최대치에 도달합니다!]

[사막의 꽃 거인 부족에게 명령을 내릴 수 있습니다.]

[사막의 꽃 거인 부족은 당신을 신이 보낸 사자로 여깁니다. 당신을 졸졸 쫓아다닐 것입니다.]

"……응?"

메시지창을 넘기던 태현은 마지막에 움찔했다. 뭐라?

-아키서스의 화신은 우리의 배고픔을 달래주기 위해 신이 보내준 화신이다!

-대단하다! 화신! 밥 줘라!

-우리는 아직 배고프다!

태현을 화신으로 여기고 있는 건지 아니면 전용 요리사로 여기고 있는 건지 헷갈리는 태도!

태현은 떨떠름했지만 일단 요리에 나섰다.

……바닥에 떨어져 있는 돌멩이를 주워서!

-화신이 미쳤나 보다.

-우리가 밥 달라고 해서 화난 거 아닌가?

-헉. 그럴 수 있다. 요리는 힘든 거니까.

-하지만…… 배가 고픈데…….

거인들은 수군거리면서 태현을 쳐다보았다. 설마 저 돌덩어리를 그냥 주나? 아무리 배가 고픈 거인이라도 돌을 먹지는 않는데!

"됐다. 먹어라."

-화신! 너무하다! 이런 걸 먹는 사람이 어디 있냐!

-우리 부족에서는 개도 이런 걸 먹지 않는다!

"먹으라면 먹어 이 자식들아!"

케인이 울컥해서 외쳤다. 김태현이 얼마나 고생해서 만들어준 건데 감히!

케인이 화를 내자 거인들은 당황했다.

-저 쪼끄만 놈은 왜 화를 내나?

-요리를 함부로 대해서 그런가 보다.

-그치만 저건 돌멩이다.

-애초에 저 쪼끄만 놈은 뭐 하는 놈인가?

-아키서스의 노예라고 한다.

-……별거 아닌 놈 아닌가?

-노예는 약하다. 저놈도 약하다. 거인 똑똑하다. 3단 논법 쓸 줄 안다.

부들부들!

케인은 분노로 몸을 부르르 떨었다.

내가 누구 때문에 이 고생을 했는데!

사실 태현 때문이었지만 케인에게는 거인들 때문이었다.

이런 던전 근처에서 살고 있는 너희들이 나빠!

"이 자식! 공터로 따라와! 1:1 결투다!"

-하! 쪼끄만 놈. 거인의 힘을 보여주…….

5분 후.

-허어억! 노예 강하다!

-노예 엄청 강하다!!

거인들은 경악했다. 케인이 1:1 결투에서 거인 상대로 승리한 것이다.

[1:1 결투에서 사막의 꽃 거인 전사 상대로 승리를 거뒀습니다!]

[사막의 꽃 거인 부족에서 평판이 오릅니다!]

"짜식들이 말야!"

케인은 의기양양해졌다. 거인들은 감탄하며 케인을 칭찬했다.

-노예 강하다!

"안다! 더 칭찬해라!"

-노예. 이거 먹어라. 너 같은 전사는 이걸 먹을 자격이 있다.

[꿈틀거리는 사막 애벌레를 받았습니다.]

-그거 별미다. 츄릅.

"아, 아니. 그렇게 별미면 너희가……."

-노예는 마음도 착하다.

-고귀한 전사다. 고귀한 전사한테 저 정도는 양보할 수 있다. 우리도 긍지가 있다.

-우리는 화신이 밥 줄 거다.

그러는 사이 태현은 거인 전사들을 붙잡고 한 명씩 돌멩이 떡을 입에 던져넣고 있었다.

-마, 맛있다!

-맛있다! 맛있다!

'휴. 식량 걱정은 덜었군.'

태현은 일단 한숨 돌릴 수 있었다. 거인족들은 정말 어마어마하게 많이 먹었다. 만약 이들을 위해 따로 식량을 준비해야 했다면 많이 귀찮았으리라.

-우오오! 마법의 힘이 느껴진다!

[거인족 전사가 <아키서스의 마력 파동>을 받습니다!]
[<아키서스의 원시 마법>을 사용할 수 있습니다!]

거인족 주술사는 매우 매우 희귀한 직업이었다. 주술사나 마법사는 기본적으로 머리가 좀 되어야 하는 직업. 그리고 거인족들은 그럴 시간이 있으면 몽둥이 한 번 더 휘두르는 종족이었다.
그런 전사들이 마법을 쓸 수 있다니!
-봐라! 으아아아아아아!

[거인족 전사가 <거인의 고함>을 사용합니다!]

콰콰콰콰콰콰쾅!
전사의 입에서 거대한 음파 파동이 쏘아져 나갔다. 정수혁처럼 랜덤 마법을 사용하는 야만족 전사였지만, 훨씬 투박하고 강력했다. 정수혁만큼 다양하게 쓰지 못하는 대신 한정된 몇 가지 마법을 거인의 힘으로 위력적으로 사용!
-마법 재밌다! 더 쓰고 싶다! 네 요리 내놔라!
-싫다! 이건 내 요리다!
-흥! 으아아아아!
-커어어억!
방금 배운 마법을 동족 패는 데 사용하는 거인족 전사들!
그걸 본 태현은 깨달음을 얻었다.

거인족 전사들에게 빠르게 요리를 먹인다→아키서스의 원시 마법을 단체로 사용한다→거인 마법 군단!

괜찮은데?

통제하기는 힘들어도 화력 하나는 화끈할 것 같았다. 그리고 태현이 언제부터 잘 통제되는 부하들을 찾았단 말인가. 일단 세고 화력 좋은 애들부터 찾았지!

"쌍! 이런 같잖은 수작을!"

길드 동맹 길드원들은 분통을 터뜨렸다. 정말 사람 신경질 나게 하는 데는 도가 튼, 파워 워리어 길드와 기계공학 대장장이들!

폭탄 실은 마차를 함정으로 쓰는 건 시작일 뿐이었다. 다음 마차에는 〈이 마차에는 황금이 실려 있습니다〉라고 아예 플랜카드를 걸고 왔다.

빡쳐서 안 건드리니까, 거리를 벌린 다음 마차 문을 열고 황금이 진짜 든 것을 보여주고 도망쳤다. 게임을 이기려고 하는 게 아니라 상대방 기분 나쁘게 만들려고 하는 것 같다!

이런 잔수작이면 참을 수니 있었다. 이런 식으로 성질을 돋운 다음 온갖 부비트랩으로 덤벼왔다.

가는 길에 함정이 깔려 있는 건 기본이었다. 제일 압권인 건 마을 앞 강에 놓인 다리 밑에 폭탄을 설치한 것!

길드 동맹 길드원들이 올라오자 기계공학 대장장이들은 망설이지 않고 다리를 날려 버렸다.

길드 동맹은 기가 막혔다.

"미친놈들아! 이게 뭐 하는 짓이야!"

"너희 영지잖아!! 너희 영지 다리 부수는 놈들이 어디 있어!"

비싸고 튼튼한, 돌로 만든 다리였다. 이런 다리를 부수다니. 저 마을에서 뜯어낼 골드보다 이 다리가 더 비쌀 것이다.

길드 동맹 입장에서는 정말 어처구니가 없는 일!

그러나 기계공학 대장장이들은 완고했다.

"목적을 위해서는 희생도 감수한다!"

"맞다! 침입자를 막기 위해서는 우리도 살을 깎아야 한다!"

물론 여기서 살을 깎이는 건 기계공학 대장장이들이 아니었다. 태현도 아니었다.

[영주, 볼레네 백작이 당신의 폭파에 매우 분노합니다!]

[악명이 오릅니다!]

[볼레네 백작의 병사들이 당신을 추격합니다!]

[볼레네 백작의⋯⋯]

여긴 정확히 말하자면 태현의 영지가 아닌, 이 지역 귀족 NPC의 영지! 그런 곳에서 다리를 멋대로 터뜨렸으니 영주 입장에서는 뒷목 잡을 일이었다.

미친놈들이 침입자 막겠다고 뭐 하는 짓이야!

"김태현 님의 나라, 한국에는 이런 속담이 있다더군."

"?"

"빈대를 잡으려고 초가삼간을 태운다!"

"오…… 그런 좋은 속담이……!"

"하찮은 빈대라도, 그걸 잡기 위해서는 집을 태울 각오가 있어야 한다는 속담이군요."

해외 기계공학 대장장이들은 각오가 느껴지는 비장한 속담에 감동했다. 물론 한국인 플레이어들은 당황스러울 뿐이었다.

"아, 아니. 그거 그런 속담 아닌데?"

"그거 하지 말라는 속……."

"초가삼간을 태우자!"

"집을 태우자!"

"마을을 태우자!!"

어떻게 보면 길드 동맹보다 영지에 더 커다란 피해를 입히는 것 같았다. 덕분에 피눈물을 흘리는 건 귀족 영주 NPC들과 길드 동맹!

"보이는 곳은 다 때려잡아! 도적 플레이어들 전부 불러! 있는 함정은 전부 체크해!"

함정 잘 찾는 도적 플레이어들을 전부 부르고, 수상쩍은 마차가 오면 일단 원거리 공격부터 해보고, 다리나 미을 입구 같은 곳은 화염구부터 날리고 봤다.

길드 동맹이 집요해질수록 기계공학 대장장이들도 집요해졌다. 원래 집요한 걸로 따지면 어디 가서 절대 밀리는 사람들이 아니었던 것!

"폭탄! 폭탄 발견했습니다!"

"어디서?!"

웬 플레이어가 달려와서 외치자 길드원들은 놀라서 외쳤다.

이 지긋지긋한 놈들이 또 어디에?

"여기에!"

달려온 플레이어는 그렇게 말하고 자폭했다.

콰콰콰쾅!

"아 진짜 미친 새×들아!!!"

길드원들은 절규했다.

제발 좀 손익 따져가면서 정상적인 플레이를 하자!!!

세상에 눈에 뵈는 게 없는 것만큼 무서운 사람도 없었다. 그리고 기계공학 플레이어들은 눈에 보이는 게 없었다.

다른 영지에서의 악명? 어차피 신경 안 썼다. 골짜기에만 있을 텐데 뭘.

자폭으로 인한 레벨 저하나 사망 페널티? 신경 안 썼다. 기계공학 스킬만 있으면 됐다.

중요한 건 어떻게 예술적으로 터뜨리는가!

기계공학 대장장이들 사이에서는 이제 어떻게 자폭하느냐로 경쟁이 붙기 시작할 정도였다. 위장하고 다가가서 자폭하는 것 정도는 안 된다!

"저, 저거 새인가?"

"슈퍼맨인가?"

"아니야! 저건…… 미친 기계공학 대장장이야!"

압권은 자기를 투석기에 넣고 쏴서 날아가서 자폭하는 기계공학 대장장이! 기계공학 새 날개+기계공학 낙하산+기계공학 폭탄의 3단 합체로 이뤄진 아름다운 비행 자폭이었다.

기계공학 대장장이들은 박수를 치며 눈물을 흘렸다.

-10점……! 10점이요!
-10점 만점에 11점!

이런 피해를 입으면서도 길드 동맹은 끈질기게, 꾸역꾸역 마을을 털고 골드를 챙겼다. 피해가 많이 나왔지만 그래도 골드는 확실히 쌓여 나갔던 것이다.

쑤닝이나 랭커들 입장에서는 물러설 이유가 없었다. 피해는 일반 길드원들이 대부분 입지만 이득은 그들의 길드 창고로 들어갔으니까.

그렇게 서로 끈질기게 괴롭히면서 물고 늘어지는 사이.
태현이 귀환했다.

한쪽에는 〈아스비안 제국 귀족 전사대〉.
다른 한쪽에는 〈사막의 꽃 거인 부족〉.
어디 갈 때마다 버려진 동물 주워오듯이 NPC들을 주워오는 태현의 실력에, 플레이어들은 감동할 뿐이었다.

-먹어도 되나?

"안 된다."

"태현님. 그런데……."

"?"

"우리가 배 띄울 때 있잖아요."

아스비안 제국의 항구에서 배를 출발시켰을 때.

멀리서 '잠깐만! 아키서스의 화신! 저…… 위대한 알크흠크 흠 님의 부하입니다!' 라고 외치는 언데드가 있었다.

태현은 못 들은 척했지만 나머지 일행들은 분명히 들었다!

"그거 알렉세오스…… 가 보낸 사신 아니에요?"

태현이 결국 끝까지 무시하고 지나치자 사신을 보낸 알렉세 오스!

"알크흠크흠이래잖아. 내가 그것만 듣고 알렉세오스인지 어떻게 알아?"

태현은 뻔뻔하게 말했다. 물론 아스비안 제국 한복판에서 알렉세오스 이름 외치는 건 '전 드래곤을 좋아합니다! 절 죽여주십쇼!' 라고 말하는 것이나 마찬가지였다. 그걸 알고 있었기에 알렉세오스의 사자도 알크흠크흠이라고 했던 것인데…….

"하긴 알 방법이 없네."

"그래. 알크흠크흠이 누군데?"

태현 일행은 모두 모르는 척하기로 했다.

우린 알크흠크흠이 누군지 몰라요!

우르르-

태현은 수도 영지에 들어섰다.

광장에 〈아키서스의 가마솥〉을 설치할 생각이었다.

빵 하나로 천 명의 플레이어를 배불리 먹여보리라!

그런 태현 눈에 들어온 건, 왕궁 앞에 길게 늘어선 줄이었다. 그것도 플레이어의 줄이 아니라 NPC의 줄!

"뭐냐?"

"귀족들······?"

그 NPC의 줄이 신기했는지 플레이어들도 주변에 와서 구경하고 있었다.

"와! 저건 볼로네 백작 문장이다!"

"저건 보나조 백작 문장!"

"신기하다. 사진 찍어야지. 나 잘 나오냐?"

"잘 나와!"

귀족가에서 보낸 사신 NPC들은 매우 매우 불쾌하다는 표정을 지었지만 플레이어들은 신나게 사진을 찍었다.

이것도 나름 얻기 힘든 기회!

"쟤네 왜 줄 서 있지?"

"아······! 태현님. 지금 아탈리 왕국 북쪽 국경지대 쪽 영지 약탈당하고 있잖아요. 그거 때문에 사신 보낸 거 아닐까요?"

"아. 맞다. 그거 있었지. 게네 좀 약탈 많이 당하고 있니?"

기대 가득한 질문! 정말 국왕 맞아?

"다들 열심히 막는데······."

"젠장!"

"……아무래도 길드 동맹 전력이 워낙 월등하다 보니 계속 약탈당하고 있나 보더라고요."

"휴."

"게다가 영지 피해도 만만치 않나 봐요."

"길드 동맹이 영지도 파괴했어? 게네 진짜 미쳤나? 쑤닝이 혹시 전직했나? 산적 계열이나 약탈자 계열로?"

태현은 의아해했다.

쑤닝이 정말 악명이랑 온갖 페널티를 감당할 정도로 절박한 건 알고 있었지만, 영지 시설들까지 파괴할 필요가 있나? 그냥 자기 페널티만 오를 텐데?

'하긴. 내 왕국 영지니까 파괴했으려나…… 근데 거기 어차피 내 영지도 아닌데.'

오스턴 왕국과 달리 태현의 왕국은 태현이 일일이 지배를 하지 못했다. 각자 귀족들이 따로 노는 형태!

"어. 그…… 영지 파괴한 건 기계공학 대장장이들인데요."

일행은 갑자기 조용해졌다.

"막, 막다 보면…… 뭐 그럴 수 있는 법이잖아."

"맞아. 맞아."

케인과 최상윤이 애써 변명에 나섰다.

이 분위기 어쩔 거야?

"앗! 폐하!!"

그들의 대화가 시끄러웠는지, 가장 줄 뒤에 있던 귀족 사신 NPC가 고개를 돌려 태현을 발견했다.

"국왕 폐하!!!"

"왜 여기 계십니까!"

"왜 이제야 오신 겁니까! 지금 국경에서 무슨 일이 일어나고 있는지 아십니까!"

"웬 미친놈들이 영지를 터뜨리고 있단 말입니다!"

"국왕 폐하께서 이런 일이 일어날 때에 자리에 안 계신다니 말이나 됩니까!"

벌떼처럼 몰려드는 귀족 사신들!

"……저 국왕 아닌데요? 잘못 보신 거 아닙니까?"

태현은 뻔뻔하게 거짓말을 했다. 일행은 경악했다.

이걸 누가 속…….

[최고급 화술을……]

"죄, 죄송……."

"사람을 잘못 봤나 봅……."

'저게 먹힌다고?!?!'

사신들이 물러선 사이 태현은 재빨리 거리를 벌렸다.

"그런데 굳이 아닌 척할 필요가 있었나요?"

"……그러게?"

습관이란 건 참 무서웠다. 굳이 아닌 척할 필요가 없는데도 습관적으로 '나 김태현 아닌데?'라고 한 것!

적이 많은 탓에 생긴 슬픈 습관이었다.

'내가 사신들 앞에서 약한 척을 할 필요가 없었잖아?'

태현은 국왕. 사신들은 귀족 NPC 하수인. 게다가 귀족들이 아쉬운 입장.

"사실 내가 김태현 국왕이다."

[볼로네 백작가 친밀도가……]
[보나조 백작가 친밀도가……]
[평판이……]

싸늘해지는 사신들의 분위기!

"폐하! 폐하께서 이렇게 거짓말을 하셔도 되는 겁니까?"

"맞습니다! 명예롭지 못한 짓입니다! 어떻게 이럴 수가!"

사신들은 조목조목 태현을 가리키며 따졌다.

안 그래도 불만이 많았던 걸 터뜨리려는 기색!

귀족들에게 태현은 운 좋게 왕위를 얻은 놈에 불과했다.

그리고 태현은 쿨하게 대응했다.

"아. 어쩌라고."

"???"

"내가 거짓말하는데 보태줬냐? 내가 왕인데 거짓말 좀 할 수 있지. 네가 왕이냐? 야. 아스비안 제국 가봤냐? 거기 신하들이 황제를 얼마나 잘 모시는 줄 알아? 죽어서도 모시더라. 근데 넌 지금 내가 농담 한 번 했다고 시비냐? 농담했다고 명예가 깎여? 야. 네가 명예가 높냐 내가 명예가 높냐? 너 대륙위기 몇 번이나 막았어?"

"아…… 아니. 그게 무슨……."

[볼로네 백작가 친밀도……]

태현의 폭언에 해당 세력 친밀도와 평판이 쭉쭉 내려갔다.

그러나 태현은 신경 쓰지 않았다.

어차피 안 친했던 놈들! 만약 누군가가 널 이유 없이 싫어한다면, 그 이유를 만들어줘라!

"야, 너. 다시 말해봐. 내가 지금 불명예스러운, 왕위를 뺏은 반역자라고 하는 거냐? 사디크, 살라비안 교단 같은 놈이라고 하는 거냐고."

하지도 않았던 말까지 뒤집어씌우기! 원래라면 턱도 없는 시도였지만 태현은 왕이고 앞에 있는 사신들은 그저 사신일 뿐이었다.

꼬우면 네가 왕 해보던가!

"저, 저는 그런 말을 한 적이 없습니다!"

"뭐? 그럼 내가 틀리고 네가 맞았다는 거냐? 하. 왕 진짜 우습게 보네."

저거저거 판온 1 때 성질 나온다!

최상윤은 속으로 그렇게 생각했다.

"아니…… 그런 게 아니오라……."

"그런 게 아니긴 뭐가 아냐. 나 기분 상했어. 만남은 전부 취

소다. 모두 돌아가도록!"

다른 사신들이 기겁해서 태현을 쳐다보았다.

아니, 영지 관련해서 지원을……!

"폐하! 볼로네 백작의 사신과 저희는 아무런 관계가 없습니다!"

"폐하! 그렇습니다! 저는 폐하께 무례하지 않았습니다!"

입을 다물고 있던 사신들은 다급히 꼬리 잘라내기에 나섰다. 같이 죽을 순 없다!

"흠. 그래? 그런데 아까 날 욕할 때는 가만히 있었던 것 같은데?"

"그, 그것이……."

"비켜라!"

태현은 사신들을 밀치고 왕궁 안으로 들어가 버렸다. 사신들은 발만 동동 구르며 어떻게 해야 할지 당황했다.

"아. 속이 다 시원하군."

왕관 쓴 뒤 국왕이란 작위의 힘을 처음으로 좀 써본 것 같았다. 다른 왕국 국왕들은 세금도 많이 거둔다던데 태현은 귀족들 눈치나 보고 있고…….

"쟤네 안 가고 서 있는데?"

"그렇겠지. 계속 서 있으라고 해."

태현은 기세를 꺾어버릴 생각이었다. 저대로 계속 서 있게 하면 좀 기가 죽어서 들어오겠지!

[볼로네 백작의 사신이 계속 대기합니다.]

[보나조 백작의 사신이 계속 대기…….]

[마르체티 백작의 사신이 분노해서 떠납니다.]

[에르네스토 백작의 사신이 분노해서 떠납니다.]

'오호.'

사신들은 둘로 나뉘었다. 그래도 기다리는 쪽과 못 해먹겠다고 돌아가는 쪽!

딱 봐도 알 수 있었다.

'전자가 아쉬운 놈들이군.'

지금 영지가 습격당하고 있는 놈들! 그에 비해 아직 습격당하고 있지 않은 마르체티 백작과 에르네스토 백작은 그냥 돌아가 버렸다.

마르체티 백작은 서북부 밑. 에르네스토 백작은 동북부 밑. 둘 다 아직 습격을 받지 않은 곳이었다.

그에 비해 볼로네, 보나조 백작은 서북부 지역의 영주들이라 길드 동맹과 미친 대장장이들 공격을 직격으로 받고 있었다. 아쉬운 소리를 할 법했다.

"자. 그러면……."

태현은 일행을 왕궁에 불러놓고 말했다.

"이번 일을 어떻게 해야 할까?"

"응? 지금 모인 플레이어들 많으니까 추가로 더 모아서 길드 동맹 잡으러 가면 되는 거 아냐?"

"맞아. 고민할 게 있나?"

태현은 지금 쓸 수 있는 패들이 많았다. 시키지도 않았는데 모여서 '길드 동맹 타도! 태현의 영지(태현 영지는 아니지만)를 지킵시다!'라고 외치는 플레이어들. 원래 갖고 있던 왕국 병사들, 악마 전사들, 새로 추가된 거인 부족들 등등…….

이 정도면 그냥 다 데리고 가서 길드 동맹과 붙으면 되지 않나?

"아니. 길드 동맹이 만만해 보이고 실제로 만만한 건 사실이지만 그렇게 만만하진 않지."

저게 뭔 술은 마셨지만 음주운전은 하지 않았다 급의 소리?

"원래 궁지에 몰리면 서로 단결해서 잘 싸우는 법이잖아. 길드 동맹이 쪼개지고 박살 나고 해도 랭커 숫자는 압도적이고."

지금 길드 동맹은 궁지에 몰린 쥐였다.

여기서 태현이 나타난다면? 일제히 도망치거나 일제히 단결해서 덤벼들 수도 있었다. 수십 명이 넘는 랭커와 싸우는 건 사양이었다. 그리고 태현 쪽으로 모인 플레이어들의 숫자가 많아 보여도, 어느 정도 거품이 끼어 있었다.

'고렙 이상 랭커 숫자는 비교할 수가 없겠지.'

단체 정면 승부는 피해야 했다. 평원에서 있었던 전투는 그 많은 오크 부족들을 데리고 있는 김태산이니까 정면으로 붙을 수 있었던 거였다. 게다가 그때 이세연이 도와주지 않았다면 김태산도 위험했다.

그렇게 많은 오크들을 밀어낼 수 있는 강력한 저력!

태현은 상대를 우습게보지 않았다. 아니, 우습게 보긴 했지만 얕보진 않았다. 다른 사람들이야 맨날 태현한테 털리니 '길드 동맹 거품 아님?'이라고 놀렸지만, 실제로 만나서 그런 소리 할 수 있는 사람은 별로 없었다.

"나눠서 패는 게 좋겠지…… 괜히 경계하게 하지 말고."

상대가 김태현이라면?

'랭커 비상! 전원 모여라! 뭉치지 않으면 죽는다!'

그렇지만 상대가 만만해 보이는 놈이라면?

'뭐…… 군이 뭉칠 것까지 있나. 그냥 싸우지 뭐.'

이렇게 될 것이다. 길드 동맹은 강했지만 딱 거기까지였다. 태현은 얼마든지 상대할 자신이 있었다.

문제는 다음!

"귀족 NPC들이 문제야."

태현은 이번 기회에 자기 말 안 듣는 영주들을 손에 넣고 싶어 했다.

다른 나라 왕 좀 봐라! 게네들은 귀족들이 국왕 말을 그렇게 잘 듣는다더라!

남부 귀족들은 무리라도 북부 귀족들은 이번에 꼭 굴복시킨다!

"뭐가? 도와준다고 하면서 뜯어내면 되지 않나?"

"아. 지금 남아 있는 놈들은 그렇게 할 건데, 돌아간 놈들이 문제라는 거였어."

아쉬운 놈들은 괜찮았다. 덜 아쉬운 놈들이 문제! 길드 동맹이 좀 과감하게 치고 들어오면 될 텐데 그러지 않았다.

태현이 무서웠고, 웬 미친놈들이 너무 많았던 것이다.

"마르체티, 에르네스토 백작 영지를 좀 털리게 만들고 싶은데"

"길드 동맹을 유인하면?"

케인은 손을 들고 물었다. 그러자 다른 사람들이 구박했다.

"에이, 그건 오바지."

"맞습니다. 그리고 길드 동맹이 유인하는 대로 따라주겠습니까? 음. 따라주긴 할 것 같은데 나중에 역효과 나면 어떡합니까. 더 치고 들어올 수도 있잖습니까."

"흠…… 좋은 생각 같아."

일행들은 모두 놀랐다. 저게 좋은 생각 같다고!?

"어, 어떻게? 어떻게 유인하려고?"

"김태현이 장비 다 벗고 몸에 꿀 바른 다음 도발이라도 하나?"

"……케인. 네 생각은 잘 알겠고…… 물론 유인은 힘들겠지. 길드 동맹 놈들이 그렇게 당했는데."

길드 동맹은 하도 많이 당해서 경계심과 겁이 매우 많아진 상태였다.

마르체티 백작 영지에 금괴가 산더미처럼 쌓여 있다더라!

이런 소문을 들어도 '그걸 어떻게 믿어! 함정이야!'라고 의심할 가능성이 컸다. 굳이 믿게 하려면 랭커인 앨콧을 쓰든가 해야 하는데…….

'지금 쓰기는 아깝지.'

유인 말고 다른 방법이 좋았다.

"그러면 어떻게 하려고?"

"흠. 협상해 보려고."

태현 입에서는 나올 거라고 생각지도 않았던 단어!!

'어라. 건물란에 이게 뭐지?'

태현은 의아한 눈빛으로 건설창을 확인했다. 건설 가능한 건물에 새로운 게 생겨났던 것이다.

<아키서스 허기의 던전>

제작비용: 0골드

불가능한 허기의 던전을 뚫고 나온 화신만이 그 저주를 불어넣을 수 있는 던전입니다.

이 던전에는 특별한 제작비가 들어가지 않습니다.

필요한 것은 깊고 깊게 파고 들어갈 노동력뿐입니다.

생전 처음 보는 0골드 건물! 심지어 헛간도 1골드는 넘었다. 그런데 영지에 건설하는 던전이 0골드라니!

어머! 이건 사야 해……!

'잠깐만.'

순간 돌아온 이성이 태현을 멈췄다.

'잘 생각해 보자.'

세상에 공짜는 없다!

왜 0골드지?

'이건…… 그 〈모래의 심장〉 같은 던전이겠지? 움직이면 허기지는.'

그거 말고는 없었다.

이 던전을 영지에 설치하면?

'이득이 있……나?'

던전이 영지에 있으면, 많은 플레이어들이 찾아왔다.

그 던전에서 아이템과 골드를 파내고 상인들에게 쓰고, 영지의 경제가 활성화되는 것이다.

그런데 이 아키서스 허기의 던전은?

'일반 플레이어들은 들어가지도 않겠다!'

너무 특이한 던전이라 어지간하면 들어가지도 않을 것이다. 그렇다고 보상이 좋은 것도 아니었다. 등장하는 몬스터들을 봤을 때 더 약하면 약했지.

괜히 0골드가 아니었다.

'아…… 그래도 아까운데. 어떻게 써먹을 곳이 없나…… 에이. 일단 만들어놓자.'

태현은 결심했다. 0골드니까!

일단 만들어놓으면 나중에 언젠가 쓸 일이 올 거야!

'싫어하는 놈 저기에 가둘 일이 생겼으면 좋겠군.'

태현은 그렇게 생각하며 펠마스에게 명령을 내렸다.

던전 건설 퀘스트! 그 퀘스트가 떨어지자 구름처럼 사람들이 몰려들기 시작했다.

CHAPTER 3

"그런데 폐하."

"?"

"<용암의 의식>은 언제 합니까? 사람들이 많이 기대하고 있습니다."

"응? 아…… 그걸 기대해?"

태현은 펠마스의 말에 당황했다.

용암의 의식이 뭔가 했네! 근데 그걸 왜 기대하지?

"그걸 왜 기대하지?"

"당연히 기대하지요!"

요즘 이상한 유행이 도나?

'하긴. 예전에도 매운맛 유행이 돌았었지.'

매운맛의 극한을 원하는 유행! 그때는 이해가 잘 안 갔지만 원래 유행이란 건 그런 법이었다. 태현은 고개를 끄덕이며 말했다.

"가기 전에 의식 한번 해주고 가지 뭐. 사람들 모이라고 해."

"예!"

펠마스는 싱글벙글하며 떠났다. 이걸로 크게 한 탕 할 수 있겠구나!

"다들 들어라! 위대한 아탈리 왕국의 국왕이시자 위대한 아키서스 교단의 교황이신……."

5분 후.

"……태현 님께서!"

"지금 칭호를 대체 몇 개 말한 거야?"

"몰라. 난 중간부터 기억도 안 난다."

플레이어들은 수군거렸다. 저렇게 칭호가 많을 수가 있나? 그냥 대충 말한 거 아냐?

"용암의 의식을 거행하신다!"

"드, 드디어!"

"저…… 저요! 저요!"

열렬한 반응!

펠마스는 흡족했다.

이제 말만 잘하면 골드를 미친 듯이 긁어낼 수 있겠지?

"폐하. 어떤 순서대로 할까요? 역시 공저치?"

"음? 아니. 어차피 여기 모인 사람들 다 한 국자씩 떠먹일 수 있을 텐데 뭘. 줄 선 대로 오라고 해. 빠르게 하자."

"한 국자? 어…… 뭔 의식이길래요?"

펠마스는 불안해했다. 용암의 의식이라길래 용암을 뛰어넘거나 용암 관련 몬스터를 잡거나 용암 관련 던전을 깨는 건 줄 알았는데…….

'아키서스의 가마솥을 얻은 건 이런 때를 위해서였나.'

신은 한쪽 문을 닫으면 다른 쪽 문을 열어주신다는 말이 있었다. 아키서스는 용암을 주면 그 용암의 양을 늘릴 가마솥을 준다!

[그거 아닌 것 같다고 카르바노그가……]

쿵-

그러거나 말거나 태현은 광장 앞에 〈아키서스의 가마솥〉을 설치했다.

[<아키서스의 가마솥>을 중앙 광장에 설치했습니다!]
[영지의 식량이 급격하게 증가합니다!]
[영지에서 일어나는 모든 요리의 양이 증가……]

그 고생을 하면서 얻어온 보람이 있다! 아키서스의 가마솥은 효과가 화끈했다. 〈에랑스 왕가의 구리 솥〉도 골짜기에 설치하고 나서 어마어마한 효과를 봤었는데, 〈아키서스의 가마솥〉은 그보다 한 수 위!

[카르바노그가 괜히 신이 아니라며 좋아합니다.]

'하하. 나도 그렇게 생각해.'

화기애애한 태현과 카르바노그!

물론 펠마스는 웃지 못했다. 태현이 가마솥에 이상한 걸 붓고 있었으니까!

"폐…… 폐하. 저게 뭡니까?"

저거 용암인 것 같은데? 그렇지만 내가 잘못 본 거겠지?

"용암이지."

"???"

"흠. 다 된 거 같군."

하다못해 용암에 뭐라도 넣어야 하는데, 태현은 쿨하게 용암을 붓더니 국자로 몇 번 휘젓고 끝내 버렸다.

-쿵쿵. 맛있는 냄새가 난다.

-인간들 부럽다.

성 밖에 서 있던 거인 부족들이 코를 쿵쿵거리며 용암의 냄새를 맡았다.

이런 별식을 자기들끼리만 먹다니! 부럽다!

-우리도 공을 세우면 먹을 수 있을 거다.

-맞다! 맞다! 화신이 곧 공을 세울 기회를 줄 거다.

[거인 부족들의 사기가 올라갑니다.]

준비하던 태현은 메시지창에 고개를 갸웃거렸다. 뭐 성문 밖에서 좋은 일이라도 있었나?

'사기가 올라가면 좋은 거지 뭐.'

"자! 와라! 용암의 의식을 시작한다!"

태현의 말에 줄 앞에 있던 사람들은 서로 밀치며 달려들…… 지 않았다.

웅성웅성!

"저게 뭐지?"

"그냥…… 가마솥에 용암 넣은 건데……."

"설마 저걸 끼얹나?"

"헉. 화염 속성 방어구 끼고 올걸."

누군가 한두 명 정도 먼저 해봤으면 좋겠다!

그러나 사람이 많이 모인 만큼, 역시 용감한 사람들도 있었다.

"제가 먼저 하겠습니다!"

설마 죽기야 하겠어!

나선 플레이어는 일단 자기한테 각종 화염 방어 마법을 걸고 화염 속성 방어구를 꼈다. 이 정도면 용암을 머리에 부어도 버틸 수 있다!

"준비됐나?"

"예!"

"마셔라!"

"예?"

뭔가 다른 '예'!

"시간 없다. 마셔!"

"아, 아니. 잠깐…… 뭔가 오해가 있었던 같……!"

태현은 플레이어를 붙잡고 그릇을 입에 가까이 가져다 댔다. 사람이 많이 모여서 최대한 빨리 끝낼 생각이었다.

"웁웁웁!"

태현의 팬이었던 플레이어는 태현의 손을 쳐내지도 못하고 용암을 원샷해야 했다.

뜨겁다! 화끈하다!

[<아키서스 시련의 용암>을 마셨습니다!]

[지혜가 내려갑니다!]

[화상 상태에 빠집니다!]

[HP가 빠르게 감소합니다!]

[이동 속도가……]

"구아악! 구아아악!"

"????"

"내가 지금 잘못 본 건가?"

"아니, 용암 마신 것 같은데……."

"설마 그럴 리가……."

줄 앞에 서 있던 사람들은 아직 현실을 받아들이지 못하고 있었다. 그러나 현실은 냉정했다.

"다음 사람!"

"아, 아니! 잠깐만! 다시 생각 좀……."

뒤로 빠지려고 해도 광장에는 사람들이 너무 많았다.

가만히만 있어도 계속 앞으로 밀리는 몸!

"빨리 해요!"

"맞아!"

"지금 기다리는 사람 많으니까 빨리 합시다!"

뒤에서 아직 상황 파악 못한 사람들의 외침!

"이제야 좀 빨리 나오네. 자!"

"우어억!"

"다음!"

"크어어어억!"

원 샷 원 킬. 태현은 가차 없이 사람들을 쓰러뜨렸다.

[아키서스의 권능 요리 스킬이 오릅니다.]

[신성, 공포 스탯이 오릅니다.]

[수많은 사람들을 불태웠습니다. 화염 관련 스킬 대미지가 오릅……]

'오. 이런 보너스까지.'

[착한 짓을 한 것에 대한 보상이라고 카르바노그가 말합니다.]

'후. 안 어울리는 짓을 해버렸군.'

이런 착한 짓은 스스로와 어울리지 않는데!

태현은 코밑을 쓱 훔치며 멋쩍어했다.

"끄어어…… 끄어어어……."

"으아아아아……."

쓰러진 플레이어들은 버티다가 결국 포션을 꺼내 목구멍으로 들이부었다.

[<용암의 의식> 시련에 실패했습니다!]

[체력, 신성 스탯이 오릅니다.]

[……]

"이걸 어떻게 깨라고!!"

"살다 살다 이런 의식은 처음 본다!"

경험 많은 플레이어도 처음 겪는 퀘스트!

그러나 언제나 별종은 있었다. 화염 저항과 HP가 엄청나게 높아서 간신히 버텨낸 플레이어 한 명이 나타난 것이다.

"됐다! 됐다……! 됐다고!"

"헉! 누가 통과했나 봐!"

"저 사람인가?"

"그런데 왜 저렇게 땀투성이지?"

뒤에 있던 사람들은 상황 피악을 아직 다 못한 상태였다.

의식이 진행되고 있다는 건 아는데 어떤 의식인지는 정확히 모르는 상태!

[<용암의 의식>을 통과했습니다.]

[<아키서스 교단 영웅 투사>로 전직합니다!!]

파아앗!

"내가……! 내가 드디어 <아키서스 교단 영웅 투사>로 전직했어!"

"!!!!!"

"성능 봐! 진짜 대단해! 스킬들도!"

"헉. 진짜?"

케인은 그 말을 듣고 솔깃했다. 최상윤이나 정수혁은 어이없어했다.

"아니, 네 직업 갖고 저 직업을 부러워하냐?"

"맞습니다. 얼마나 좋은 직업인데요."

"이름이 구리잖아……."

노예vs영웅 투사. 아무리 봐도 후자가 압도적!

"내가 바로! <아키서스 교단 영웅 투사>다!!"

"와아아아아!"

"나도……! 나도 마실 거야!"

사람들의 눈이 돌아가는 소리가 들리는 것 같았다. 뒤에 수십 명이 쓰러져 있어도 상관없었다. 사람들은 멈추지 않고 전진했다.

세 시간 후. 의식을 통과하고 <아키서스 교단 영웅 투사>로 전직하는 데 성공한 플레이어는 단 여섯 명이었다.

수천 명 중 여섯 명!

"다 됐나? 다 된 거 같네. 다행이다. 용암 양 부족할까 봐 걱정했네."

태현도 만족스러웠다. 경험치부터 각종 스킬 보너스까지 받을 수 있었던 것!

"다음에도 기회 되면 할 테니 많이들 찾아와줬으면 좋겠다!"

"네……."

쓰러진 플레이어들은 꿈틀거리며 대답했다.

다음에 의식이 열리면 과연 참석할 수 있을까?

"김태현이 수도에 돌아왔답니다!!!"

"아, 아니야! 그럴 리가 없어! 헛소문이야! 분신일 거야!"

"위장일 수도 있어!"

단체 패닉!

간부들과 랭커들은 현실을 부정하려고 했다. 그러나 그 부정은 곧 사라졌다.

광장에 서서 용암을 나눠주는 태현의 모습!

그건 가짜나 분신이라고 하기에는 너무 자연스러웠다.

"어…… 어떡하지?"

"지금이라도 후퇴하죠! 챙긴 게 이렇게 많은데!"

길드 동맹 길드원들은 뒤에 끌고 다니는 수레를 가리켰다. 마을에서 뜯어낸 동상과 부피 큰 보물들이 가득 실려 있었다. 처음에는 가방에 넣으려고 했었다. 그러나 그건 금세 한계에 도착했다.

무게 제한부터 이동 속도 저하 페널티! 길드 동맹은 결국 가방에 넣는 걸 포기하고 탈것이란 탈것은 모조리 동원해서 약탈물을 자기네 영지로 옮겨댔다.

그런데도 양이 너무 많아서 옮긴 양은 얼마 되지 않았다.

원래 약탈이란 건 챙긴 물건을 안전하게 갖고 돌아가는 게 가장 힘든 법! 결국 길드 동맹 약탈대는 각각 마차나 수레를 직접 모아서 저렇게 끌고 다니고 있었다.

한 번에 갖고 돌아가면 되니까.

"모두 침착해라!"

'자기가 가장 당황해 놓고……'

'그러게. 지금 손 떨고 있는 거 맞지?'

"김태현은 혼자다! 아무리 날고 뛰어봤자 우리를 전부 막지 못해!"

"확실히…… 그건……."

"김태현 부하 놈들은 강해봤자 그렇게까지 무섭지 않다!"

"케인은 좀 무섭던데."

"맞아. 요즘 물올랐더라."

"여차하면 자폭도 하고."

던전 공략 대회 때문에 이상한 이미지가 생긴 케인!

쑤닝의 말에 길드원들은 침착을 되찾았다. 확실히 김태현 말고 나머지 놈들은 그렇게까지 무섭지 않았다.

랭커들도 이렇게 많은데!

길드원 중 한 명이 손을 들었다.

"저…… 길마님."

"왜?"

"그런데 김태현이 혼자라는 건, 적어도 한 곳은 털린다는 거 잖습니까……?"

"그러게?"

"가만히 있지는 않을 테니까……."

길드원들은 수군거렸다.

"그게 뭐 어때서? 김태현이 나타나면 바로 합공을 가할 수도 있고 우리가 피할 수도 있다. 김태현 놈이 엿먹는 거라고! 우리가 탈탈 털어가는 걸 구경만 해야 할 거다!"

"아니, 그게 아니라요. 일이 어떻게든 간에…… 한 팀은 공격을 당할 거 아닙니까."

뭘 하든 간에 미끼가 된 한 팀은 분노한 태현에게 확실하게 아작이 날 것이 분명했다.

평소보다 더 심하고 강하게 아작이 나겠지!

"근데…… 김태현이 노린다면 무조건 길마님이 있는 우리를 노리는 거 아닙니까?"

갑자기 주변이 조용해졌다. 모두가 깨달은 것이다.

그러게??

별생각 없이 길마가 있고 랭커들이 많은, 가장 안전한 약탈 팀이라고 생각했었는데……. 김태현을 놓고 생각하니 가장 위험한 팀이었다.

김태현이 노린다면 가장 먼저 노릴 곳!

"아, 아니. 여긴 랭커도 많고 하니까……."

쑤닝은 살짝 말을 더듬었다. 약탈대를 꾸릴 때, 자기가 있는 파티에 랭커들을 가장 많이 배치했었다.

그것만으로도 충분히 안전하다고 생각했었는데, 잘 생각해보니 김태현이 그런 걸 따질 놈은 아니었다. 가장 약한 상대가 아니라 가장 많이 갖고 있는 상대를 노리는 게 태현!

"길…… 길마님. 배가 아파서 그런데 혹시 볼로네 영지 쪽 팀으로 가도 될까요?"

"길마님. 아세프 팀에 탱커가 부족하다고 들었는데 제가 가서 헌신하고 싶습니다!"

"닥쳐! 아무도 이 파티를 벗어나지 못한다! 벗어나는 놈이 있으면 길드 명령으로 척살하겠다!"

쑤닝은 분노해서 외쳤다. 만약 풀어준다면 정말 그와 랭커들 빼고는 싹 사라질지도 몰랐다.

"저…… 쑤닝."

그러는 사이 랭커 한 명이 쑤닝을 툭툭 치며 속삭였다.

"왜? 뭔 일이라도 있냐?"

"지금 할아버지가 위급하시다는데……."

쑤닝은 자기 생각이 틀렸다는 걸 깨달았다. 풀어준다면 쑤닝 빼고는 다 사라질 놈들!

"김태현하고 싸운다! 걱정 마라. 김태현이 나타나는 순간 랭커들을 전부 불러 김태현을 공격할 테니까! 김태현이 어디 랭커 수십 명을 상대로 이길 수 있나 보자!!"

원래는 김태현 나타나면 미끼 던져주고 빠르게 후퇴할 생각이었지만, 계획이 확 바뀌었다.

미끼가 자기면 그럴 수 없는 법!

태현이 얼굴을 내밀기만 한다면 랭커들을 전부 불러 김태현을 칠 생각이었다.

"니네 백작 와서 충성 맹세하고, 안 냈던 세금 내고, 앞으로 3년간 세율은 2배로. 그리고 무슨 일 생기면 기사단 소집해서 달려오고…… 또 뭐가 있지?"

"아키서스 신전 자기네들 돈으로 건설한 다음 기부금 바치게 합시다."

"그것도 좋은 아이디어군. 펠마스."

태현과 펠마스는 왕과 간신 듀오 역할을 맡아 열연하고 있었다.

계속 기다리다가 〈용암의 의식〉이 끝나고 나서야 간신히 입장을 허락받은 귀족 사신들의 얼굴이 썩어 들어가고 있었다.

'저런 간신 놈이……!'

원래 때리는 시어머니보다는 말리는 시누이가 더 얄미운 법. 사신들은 불타는 눈빛으로 펠마스를 쳐다보았다.

태현은 영웅이기라도 했지, 펠마스는 어디서 굴러먹던 놈이 운 좋게 출세해서는 옆에서 입을 털고 있었던 것이다.

'저놈 암살해 버린다!'

'암살자를 보내야……!'

'후. 존경하는 눈빛이 뜨겁군.'

펠마스는 스스로에게 취했다.

국왕에게 올바른 조언을 올리는 나란 신하! 나 없이는 왕국이 안 돌아갈지도 몰라!

'펠마스 저놈은 겁이 없어졌나?'

태현은 신기해했다. 예전에는 바람만 불어도 떨던 놈이 이제는 귀족 사신들이 노려봐도 꿈쩍을 하지 않았던 것이다.

'성장한 걸지도…….'

자리가 사람을 만든다고. 펠마스도 성장한 걸지도 몰랐다.

"개색…… 아니, 펠마스 님은 잠시 가만히 계셔 주십시오."

"곧 뒈질 놈…… 아니, 펠마스 님은 잠시 좀 빠져주십시오."

사신들은 이를 갈며 그렇게 말했다. 그래도 자리가 자리라고 꼬박꼬박 존대하는 그들!

"너희들…… 방금 나보고 곧 뒈질 놈이라고 하지 않았냐?"

"착각이겠죠. 암살자의 1순위 목표…… 아니, 펠마스 님."

펠마스는 기겁했다. 화기애애하게 대화하고 있는 줄 알았는데 얘네 왜 이러냐?! 마치 도박장에서 골드 크게 빌리고서 안 갚았을 때 반응을 보는 것 같았다.

죽일 듯한 살기!

"뭐, 펠마스 관한 이야기는 별로 안 중요하니까 넘어가고."

"아니. 지금 중요한 이야기 같습니다, 폐하! 이걸 넘어가면 안 될 것 같은데요?!"

아무리 봐도 자기 목숨과 관련된 것 같은 이야기! 펠마스는 당황할 수밖에 없었다. 그러거나 말거나 태현과 사신들은 다시 이야기에 들어갔다.

"충성은 맹세하겠습니다. 그렇지만 세금은……."

"세금은 뭐? 혁. 설마 충성은 맹세하는데 세금은 안 내겠다는 거 아니겠지? 에이, 설마 양아치도 아니고 귀족들이 그러진 않겠지. 야, 뱀파이어들도 그러진 않더라."

"안 내겠다는 게 아니라, 앞으로 3년간 세금을 2배로 내야 한다는 게 조금……."

"조금 약하다?"

"아니 조금 과하……!"

"그래. 4배!"

아스비안 제국에 가서 좋은 것만 배워 온 태현! 황제는 귀족들을 가차 없이 뜯어먹어야 한다!

[아스비안 제국 귀족 전사대가 당신의 행동을 보고 호의를 가집니다!]

[충성도, 평판이 올라갑니다.]

황제의 명령으로 태현을 따라온(감시하러 온) 아스비안 제국 귀족 전사대는 태현의 행동을 보고 감탄했다.

"아탈리 국왕이 제법이군."

"훗. 하지만 폐하를 따라가려면 멀었어. 폐하였다면 10배를 했을 거다."

사신들은 경악했다.

"폐, 폐하! 2배도 많은데 4배는……!"

"4배를 말한 건 너희를 위해서다."

"?"

"4배와 비교하면 2배가 꽤나 적어 보이잖아. 너희 주인한테 돌아가서 '원래 4배 지른 걸 2배로 줄였습니다'라고 말할 수 있고. 좋지?"

이게 뭔 개소리야?

"좋다! 더 도와주지. 8배!"

"2배! 2배로 하겠습니다!"

이러다가 16배까지 가겠다!

볼로네 백작 사신이 결국 백기를 들고 항복했다.

"뭔 2배야? 8배라니까."

"아니…… 방금 2배를……."

"그건 4배였을 때 이야기고. 8배로 올랐으니까 4배랑 비교해야지."

이게 국왕이냐 날강도냐?

[최고급 화술 스킬을……]

[국왕의 작위를 갖고 있습니다.]

[명성이……]

[공포가……]

[볼로네 백작 사신이 꼼짝하지 못합니다.]

30분 후.

"좋다. 3배로 해주지."

"정말 정말 감사드립니다, 폐하!"

"크흑. 폐하 같은 성군은 이 세상에 없으실 겁니다!"

3배로 세금을 걷는데도 온갖 칭송을 듣는 마법!

태현은 근엄한 얼굴로 고개를 끄덕였다.

"나 같은 왕은 없겠지. 더 칭찬해도 된다. 아. 맞다. 신전도 지을 거지?"

"예……."

제일 싸구려로 지어야지!

사신들은 그렇게 다짐했다. 영지에서 제일 사람 드문 곳에 싸구려 자재로 만들겠다!

"펠마스를 보내서 감독해야겠군."

"아, 아니…… 폐하. 저는 요즘 몸이 안 좋아서……."

펠마스는 황급히 말했다. 태현의 영지를 벗어났다가는 진짜 뒤질 수도 있겠다는 걸 느낀 것이다.

"그래? 그러면 갈락파드를 보내야겠군."

"갈락파드는 누굽니까?"

사신들은 의아하다는 듯이 물었다. 태현은 친절하게 대답해 줬다.

"아키서스 교단의 독실한 사제지."

"호오……"

"그렇군요."

사신들은 안심했다. 펠마스보다는 그런 사제가 나았던 것이다.

펠마스는 딱 봐도 탐욕스럽고 성질 더럽고……. 암살하겠다, 암살하겠다 말은 했어도 자기네 영지에 왔을 때 암살할 수는 없었다. 뒷감당이 불가능했으니까.

그런데 펠마스가 알아서 빠져주고 웬 독실한 사제가 온다니.

'세상 물정 모르는 순진한 사제는 우리 밥이지.'

'있어도 갖고 놀 수 있겠군.'

"아니…… 갈락파드는 좀……."

펠마스는 당황해서 태현을 말리려고 했다.

'귀족들이 불쌍해도 갈락파드는 좀 심하지 않습니까?'라는 뜻!

그러나 사신들은 발끈했다.

"펠마스 님! 폐하의 명령인데 그렇게 말씀하셔도 되는 겁니까!"

"아무리 펠마스 님이라도!"

"아니 난 도와주려고 한……!"

"듣고 싶지 않습니다!"

"흥!"

"……그래. 난 말렸다."

펠마스는 삐져서 고개를 돌렸다.

화해하려고 한 건데!

그들이 대화를 듣던 태현은 문득 생각이 나서 물었다.

"그런데 너희 백작은 기사단 데리고 뭐 하나?"

귀족들이 도와달라고 할 건 예상을 했었다. 플레이어들 숫자는 너무 많았고, 파티로 나뉘어서 사방을 털어대면 영주 혼자서 막기는 힘들었으니까.

그래도 영주에게는 기사단과 영지 마법사 같은 강력한 NPC 집단이 존재했다. 플레이어 파티 몇 개는 탈탈 털어먹을 강력한 NPC 집단! 길드 동맹도 당연히 이런 기사단은 피하면서 털었겠지만······.

'기사단 이야기는 들어본 기억이 없는데?'

길드 동맹에 심은 첩자들 중 귀족 기사단을 봤다고 보고한 첩자는 한 명도 없었다.

그러면 얘네들은 지금 어디서 뭐 하는 거지?

"주인님께서는 기사단을 이끌고 악마와 싸우고 있습니다."

"응?"

"갑자기 영지 수도에 악마가 나타나고 그 악마를 숭배하는 사악한 흑마법사들까지 나타나서······."

"······그것참 큰일이었겠군! 어허! 악마들이 나타나다니! 세상이 어떻게 되려고!"

태현 일행은 태현을 빤히 쳐다보았다. 카르바노그도 태현을 빤히 쳐다보았다. 그러나 태현은 모르는 척했다.

저기 영지에 간 악마가 꼭 세계수에서 나왔다는 보장 있나?

악마 주케넨은 크게 웃었다. 그가 아탈리 왕국으로 간다고 했을 때만 해도 다른 악마들은 그를 비웃었다. 단지 아키서스의 화신이 있다는 이유만으로!

-겁쟁이들! 크하하! 지금 이걸 봐라! 놈들은 쓸데없이 겁을 먹은 거다!

주케넨은 뿌듯했다. 다른 겁쟁이 악마들과 달리 그는 스스로를 믿었고, 이렇게 결과를 얻어내고 있었던 것이다.

-충성을! 주케넨 님!

-악마의 이름으로!

주케넨의 이름을 보고 몰려든 각지의 흑마법사들!

그 대악마, 에다오르의 직속 심복인 주케넨 정도면 충분히 흑마법사들이 몰려올 만했다.

-잘 들어라. 내 부하들아! 기사 놈들과 정면으로 싸울 필요는 없다. 사람들을 속이고 홀려 나를 숭배하게 만들어라! 그들이 나를 위해 싸우게 만들어라!

주케넨은 멍청하지 않았다. 정면으로 들이받기보다는 그림자 속에 숨어서 세력을 키우는 것을 선택했다. 흑마법사들을 동원해 영지 주민들을 광신도 군대로 만들려는 생각!

기사들이 수상함을 눈치채고 이곳저곳을 쑤시고 다녔지만 주케넨은 이리 빠지고 저리 빠지면서 능숙하게 숨어 다녔다.

덕분에 영지 상태는 최악이었다. 마계의 몬스터가 몰래 소환되고, 누가 지른 건지 모르는 불이 나고, 심지어 영주의 성문 앞에 오염되고 저주받은 피가 뿌려질 정도!

이런 상황인데 백작이 자기 영지를 두고 기사단을 뺄 리 없었다. 볼로네 백작과 보나조 백작들은 기사단부터 용병까지 동원해 영지 내성을 단단히 지키며 경계하고 있는 상태였다.

덕분에 길드 동맹만 횡재!

-누가 나를 막겠느냐! 아키서스의 화신도 나를 막지 못한다!

-저. 주케넨 님. 아키서스의 이름은 재수 없으니까 그런 말은 좀…….

픽!

주케넨은 건방지게 말한 흑마법사를 그대로 후려쳤다.

-감히!

-죄, 죄송합니다!

-하지만 아키서스의 이름은 정말 재수가 없어…….

-누가 더 두려우냐! 아키서스냐, 나냐!

-물론 아키주케넨 님입니다!

-물론 아…… 주케넨 님입니다!

주케넨은 방금 아키서스라고 하려다가 말을 바꾼 흑마법사를 없애 버릴까 싶었지만 참았다. 아직 쓸모가 많은 놈들이었으니까.

-그래! 내가 바로 에다오르의 첫 번째 아가, 주케넨이다! 가라. 가서 악을 퍼뜨려라! 내 이름을 알려라!

"아. 악마 상대하기 싫은데."

태현 일행은 모두 깜짝 놀랐다. 악마만큼 태현이 전문인 분야도 없었던 것! 판온에서 태현만큼 네임드 악마 보스를 많이 잡은 플레이어도 없을 것이다.

솔직히 〈아키서스의 화신〉이 아니었다면 〈악마 사냥꾼〉했을 거 같다!

"아니. 내가 악마 많이 잡은 건 사실인데 쉽게 잡은 건 없다고. 게다가 악마들은 어떤 놈이 튀어나올지 몰라서 더 까다로워."

마계의 층은 많고 많았고 악마의 종류도 많고 많았다.

무투파 악마, 마법사 악마, 미식가 악마 등등!

'마지막은 안 무섭긴 하군.'

태현은 결코 자만하지 않았다. 마계 각 층을 지배하고 있는 주인들은 현재 플레이어가 잡을 수 없는 수준의 레벨이었다.

대륙으로 소환되면 엄청나게 약해지니까 어떻게든 해볼 수 있는 거지, 그것도 일반적인 방법으로는 잡지 못했다. 그나마 태현만이 변칙적인 방법으로 레이드에 성공했을 뿐!

'정말 운이 좋긴 했네.'

운이 좋아서 망정이지 상대가 누군지 모르고 준비도 안 된 상태에서 싸우는 걸 다시 하고 싶지는 않았다. 원래 철저하게 준비하고 싸우는 걸 좋아하는 게 태현!

"그래도 만만한 악마는 있잖아요?"

"누가?"

"그 누구더라. 에다오르요."

"아. 에다오르."

이다비의 말에 태현은 웃었다.

이다비와 처음으로 만났었던 아발랍 시 투기장! 마계 44층의 주인 에다오르는 아발랍 시의 총독으로 위장하고 있었었다.

에다오르는 곧바로 충성충성충성하는 태현을 보고 어여삐 여겨 부하 군세까지 내줬지만……. 태현은 그 군세를 자기가 날로 먹은 다음 에다오르에게 아키서스의 신성한 단검 맛을 보여주었다.

에다오르는 아끼던 대검도 뺏기고 마계의 비웃음거리가 되어버렸다.

거기서 끝나지 않았다. 태현이 에랑스 왕국 마탑에서 흑마법사들의 눈에 들기 위해 시험을 볼 때 실수로 소환해 버린 탓에 나온 에다오르!

당연히 태현을 죽이겠다고 노발대발한 에다오르였지만 그 때에는 마탑의 마스터들이 옆에 줄지어 서 있던 때였다.

에다오르는 상처도 회복되어 있지 않던 때.

에다오르는 또 신나게 두들겨 맞다가 도망칠 수밖에 없었다. 길드 동맹 암살자들이 끼어들지 않았다면 도망도 못 쳤을 것이다.

"하긴, 에다오르가 좀 만만하긴 했어. 너무 날로 먹었지."

다른 보스 몬스터에 비해 유달리 쉽게 잡은 에나오르!

"태현 님 처음 봤을 때가 생각나네요. 처음에는 진짜 뭐 하는 사람인가 싶었거든요."

"나도 그랬지."

"네? 왜요?"

이다비는 당황했다. 투기장에서 레스토랑 길드 놈들의 요리에 독 풀고, 케인에게 이상한 갑옷을 입혀서 미끼로 세우고, 성기사 이즈킹 길드와 크라잉 해머 길드까지 탈탈 털어버린 태현이었다.

오자마자 '내가 김태현이다!' 하고 개성을 폭발한 태현과 달리 이다비는 나름 얌전했…….

"너 파워 워리어 광고하면서 들어왔잖아. 그것도 충분히 인상적이었거든?"

"아. 그거요? 그렇지만 광고는 다 하잖아요."

케인과 최상윤은 속으로 할 말을 삼켰다.

아니, 너희처럼 광고한 애들은 없었지!

"뭐, 그때는 특이한 사람이라고 생각했지만 지금 와서 생각해 보니…… 정말 운이 좋았던 것 같아."

"야. 나는……?"

케인은 떨떠름했다. 내가 이다비보다 훨씬 더 고생 많이 하고 많이 구르지 않았나?

최상윤은 옆에서 케인의 옆구리를 찔렀다.

"낄 때 끼자. 레드존 길마놈아. 어디서 양심이 없게."

"아니……! 그건 그렇지만……!"

케인은 할 말이 없었다. 그렇게 말하면 그건 그렇지만!

"그래. 너도 포함시켜 주마."

"흑흑……."

"너도 그렇고 지수도 그렇고…… 판온 2에서는 꽤 운이 좋은 편인 거 같아. 만나는 사람도 그렇고 퀘스트도 그렇고. 판온 1에서는 운이 나쁜 편이었거든. 1에서 못 받은 거 몰아서 다시 받나 싶기도 하고. 아니면 행운을 찍어서 그런가?"

판온 1에서 대장장이로 했던 걸 떠올려 보면 그다지 운이 좋은 편이 아니었다. 그에 비해 판온 2에서는 뭘 해도 운이 따라주는 기분이었다.

그러자 이다비가 고개를 저었다.

"왜? 이 정도면 운 좋은 편 아니야?"

"아니요. 가장 운이 좋은 사람은 저라고 말하고 싶었어요."

이다비는 진지한 눈빛으로 태현을 보며 말했다. 그 눈빛에 태현은 순간 감동을 받았다.

태현은 자기가 즐겁기 위해서 게임을 하는 사람이었다. 거기에 별다른 의미를 부여하진 않았었다. 그렇지만 이다비는 태현이 이제까지 한 것에 의미를 부여하게 만들었다.

단순히 게임이 아닌 그 이상…….

"무슨 소리야? 행운은 김태현이 제일 높은데."

"케인아…… 제발 낄 때 끼자니까……!"

최상윤은 눈치 없이 끼어드는 케인을 보며 얼굴을 붙잡았다. 유지수와 정수혁도 질린 눈으로 케인을 쳐다보고 있었다.

넌 눈치도 없냐!

"왜?? 아니, 김태현이 행운이 더 높잖아!"

"닥쳐, 좀."

"다무세요, 좀."

케인은 제압당하고 입에 진짜로 재갈이 물려졌다. 억울하다고 눈빛으로 호소했지만 아무도 들어주지 않았다.

"읍읍읍! 읍읍읍읍!"

"아. 근데 진짜 에다오르가 상대면 좋겠다."

"에이, 그건 좀 너무 심했다."

"맞아요. 에다오르가 또 나오겠어요?"

"너무 양심 없는 생각 같습니다. 선배님."

화기애애하게 떠들며 앞장서서 움직이는 태현 일행!

그 뒤에는…… 아키서스 포병대, 새로 합류한 거인 부족들, 에 랑스 왕국 제4기사단, 아스비안 제국 귀족 전사대, 수도 악마 근 위대, 수도에 있다가 태현의 등장을 보고 달려온 고렙 플레이어 들……. 실로 무시무시한 전력이었다.

심지어 이 전력은 다 모인 것도 아니었다. 지금 곳곳에서 길드 동맹 파티들과 맞서 싸우고 있는 플레이어들도 많았던 것이다.

그런데도 이 전력이라니!

태현은 아직도 '길드 동맹은 랭커 수십 명을 데리고 있어! 전 력이 부족해!'라고 생각하며 전력을 모으고 있었지만, 사실 이 제 태현이 동원 가능한 전력도 어마어마한 수준이었다.

한 푼 두 푼 모으고 남의 기사단 한 명 두 명 뺏다 보니 어 느새 풍족하게 만들어진 전력! 에랑스 왕국 제4기사단이나 아 스비안 제국 귀족 전사대는 돌려줘야 할 전력이긴 했지만 지 금 그건 중요하지 않았다.

"어디부터 털 건가요?"

"글쎄. 한번 돌면서 생각해 보자."

태현은 거대한 전력을 이끌고 느긋하게 북쪽 국경지대로 올라갔다. 뒤에서 따라가고 있는 플레이어들한테는 의아한 속도!

"좀 더 빨리 가야 하는 거 아닌가?"

"길드 동맹 놈들이 보고 도망치면 어떡하지?"

사람이 많으면 그만큼 눈치채기도 쉬운 법. 지금 태현을 따라오는 플레이어들 중에서 개인 방송을 하는 사람만 해도 백 명이 넘을 것이다.

그러나 태현은 확신이 있었다. 길드 동맹은 그냥 바로 도망치지 않을 것이라고.

'원래 세상일이란 게 그렇게 쉽게 풀리는 게 아니지.'

길드 동맹은 레드존 길드처럼 허접한 듣보잡들이 모여 만든 길드가 아니었다.

"왜 귀가 간지럽지?"

"어휴. 더러운 놈."

길드 동맹은 판온 최대 규모를 자랑했던 길드. 그런 길드는 아무리 궁해서 약탈을 하더라도 그냥 약탈을 하면 안 됐다. 최소한의 자존심을 지켜주고 뭔가 보여줘야 했다.

그러지 않으면 일시적으로 골드가 좀 들어오더라도 오래 버틸 수 없었다. 쑤닝도 그걸 알고 있으리라!

'쑤닝. 그래도 뭔가 하는 시늉은 하고 튀어야 하지 않겠어? 물론 그러고 싶지는 않겠지만.'

예상대로 쑤닝은 고민에 빠져 있었다. 태현이 수도에서 출발했다는 소식은 바로 길드 동맹 전원의 귀로 들어왔다.

-김태현이 출발했다!
-종말이 다가온다!
-하늘이 무너진다!!

누가 보면 무슨 세상의 종말을 맞은 사람들이라고 생각했을 것이다. 그만큼 길드 동맹은 겁을 먹고 있었던 것이다.

길드원들은 당장에 쑤닝에게 돌아가자고 성화였지만, 쑤닝은 그럴 수가 없었다.

'젠장…… 보는 눈이 너무 많아!'

길드 동맹은 단순히 게임 안에서만 굴러가는 길드가 아니었다. 게임 밖에서도 각종 후원과 투자를 받는 사업체였다.

이런 게 가능했던 건 길드 동맹의 압도적인 위치 때문!

욕을 먹더라도, 문제가 생겨도, 길드 동맹처럼 강한 길드는 없었다. 쑤닝은 새삼 태현이 얼마나 교활하고 지능적인 놈인지 느꼈다. 이미지를 정말 제대로 만든 것이다.

태현이 길드 동맹 상대로 도망치거나 치고 빠지면? 모두가 이해해 줬다. 길드 동맹은 거대했고 태현은 소수로 싸웠으니까.

그렇지만 그 반대는? 그건 불가능했다. 이미지와 맞지 않았으니까. 대번에 길드 동맹은 비웃음을 사게 될 것이다.

태현은 아쉬운 게 없었지만 쑤닝은 아쉬운 게 너무 많았다. 뭘 하려고 해도 마음대로 할 수가 없었다. 그냥 도망칠 수는 없다!

"쑤닝. 왜 그래?"

"……그냥 도망칠 수는 없어. 안 그래도 분위기 안 좋은데 도망만 치면 뒷말이 나온다. 뭐라도 해야 해."

랭커 곤잘레즈는 쑤닝의 말뜻을 이해했다.

"확실히…… 그러면 이러면 어떠냐?"

"?"

"지금 김태현 쪽은 완전히 중계하고 있잖아."

수백 명이 넘게 방송하고 있는 상황! 덕분에 길드 동맹은 두려워하면서도 패닉에 빠지지는 않았다. 아니, 패닉에 반쯤 빠진 거 같긴 하지만…….

"이제까지와 달리 우리가 놈들을 꿰고 있다는 거지. 김태현이 우리 상대로 했던 걸 그대로 써먹는 거야. 피하면서 치고 빠지기."

"그럴 수가 없다니까! 길드 동맹이 김태현을 상대로 피하는 모습을 그렇게 대놓고 공개적으로 보여주면……!"

보는 눈이 이렇게 많은데 그랬다가는 정말 낙인이 찍힐 것이다.

"아니지. 언론 플레이를 잘하면 되잖아."

"?"

"김태현을 피했다고 하지 말고, 김태현을 상대로 그놈을 농락했다고 하면 되지! 그것도 그놈이 한 방법으로. 말이야 갖다 붙이면 되는 거 아니냐? 목소리 큰 놈이 이기는 법이라고!"

그랬다. 태현을 피하면서 주변을 터는 건 얼핏 보면 겁을 먹고 도망치는 것 같았지만, 잘 포장하면 이야기가 달라졌다.

태현이 이제까지 한 전술을 그대로 돌려주는 복수!

물론 비웃는 놈들이야 나오겠지만 그 정도 여론은 충분히 누를 수 있었다.

'좋은 생각이다!'

"아주 좋은 방법이다. 곤잘레즈!"

"그렇지? 그러면 지금부터 각 파티에 방송하는 놈들 모두 다 방송 끄게 하고, 나머지 위치는 철저하게 비밀로 하도록 하자고. 김태현 놈들 위치는 방송으로 계속 파악할 수 있으니까!"

"곤잘레즈……! 너한테 감탄했다. 이렇게 철저하게 대비하고 있었을 줄이야!"

쑤닝은 감동했다. 곤잘레즈에게 이런 능력이 있었다니! 평소에는 몰랐는데 과연 위기가 닥치자 사람 능력이 나왔다.

쑤닝의 칭찬에 곤잘레즈는 뿌듯해……. 하지 않았다.

'김태현 한 거 그대로 따라 하는 건데…….'

뭔가 칭찬을 들어도 떨떠름한 기분!

태현이 하던 걸 그대로 따라 하고 있었기에 매우 민망했다.

"모두들 지금부터 방송을 중지한다!"

"개인 방송 꺼라! 방송하다 걸리는 놈이 있으면 엄격하게 처벌하겠다!"

간부들과 랭커들은 살벌하게 외치고 다녔다. 개인 방송 플레이어들이 얼마나 방송을 좋아하는지 잘 알고 있었기 때문이었다. 자기 죽어가는데도 '시청자분들! 이거 보고 계십니까! 저 죽습니다!' 하고 방송을 하는 게 방송인!

이렇게 엄하게 말하지 않으면, 이런 위험한 상황에서도 개인 방송을 하려고 드는 놈이 나올 수도 있었다.

모든 개인 방송 플레이어들의 꿈! 아무도 방송하지 않고 있는 퀘스트를 독점 방송하는 것!

그래도 길드원들은 이번에는 말을 잘 들었다. 간부들의 경고도 무서웠지만 태현이 그만큼 무서웠기도 했던 것이다.

"도적 플레이어들은 전방, 후방에 서서 주변에 보이는 모든 플레이어들을 잡아내라! 염탐하는 놈이 없도록 탐지 마법도 건다!"

철저하게 정보를 숨기고 이동하려는 길드 동맹 파티들!

매우 전략적인 선택이었고, 실제로 효과적인 선택이었다. 안에 첩자만 없으면!

드넓은 판온 대륙에서 스무 명, 서른 명으로 이뤄진 파티 찾는 건 힘든 일이었지만 파티가 있다면 예외였다. 첩자들은 최대한 자연스럽게 정보를 보내기 위해 고민하기 시작했다.

안 해본 사람들은 착각하기 쉬웠지만 원래 첩자질도 꽤나 어려운 일이었다. 필요한 정보를 정확하게, 제때 맞춰서 보고해야 하는 것!

특히 지금처럼 실시간으로 몰래 보고를 해야 하는 경우라면 더더욱 실력이 필요했다. 동영상이나 사진을 보낼 여유가 없으니 귓속말만으로 위치를 정확히 말해야 했던 것이다.

'위치를 특정할 만한 게 필요한데…… 커다란 나무나 산 같

은 거…….'

'하필이면 강이 없군. 저 바위가 좋아 보이는데…… 아니, 왜 저기 있는 거야? 좀 비키지.'

어디 있는지 설명하기 좋은 건 역시 커다란 나무나 바위, 개울이나 샘 같은 것들. 그런 곳에 슬쩍 자리 잡고 귓속말로 설명하려고 하는데 자꾸 다른 길드원과 부딪혔다.

'이 자식 뭐야?'

'왜 자꾸 이렇게 부딪히지?'

설명하기 좋은 장소가 한정되어 있다 보니 첩자끼리 부딪히는 현상 발생!

'헉, 설마…… 이 자식, 날 의심하는 건가?!'

'이, 이 사람…… 나를 의심하는 건가?!'

첩자들은 더욱 조심하며 귓속말을 보냈다. 그러는 와중에 쿨하게 행동하는 사람도 있었다.

"어. 앨콧. 왜 귓속말을…… 도와주러 오고 싶다고? 아니. 영주 일이 바쁠 텐데? 됐어. 네가 길드에 얼마나 헌신하는지 나는 안다. 어디냐고? 아니, 올 필요 없다니까. 허 참. 그래. 어디로 오면 되냐면은……."

쑤닝은 갑자기 날아온 앨콧의 귓속말에 성실하게 대답해 줬다. 오스턴 왕국 서쪽 지역 영주들이 다 이탈하는 동안, 에랑스 왕국의 꿀땅을 갖고 있으면서도 길드 동맹에 남은 앨콧이었다. 길드 동맹에서 위치가 높아질 수밖에 없었다.

앨콧을 질투하거나 싫어하는 랭커들도 앨콧의 충성심 하나

만큼은 인정할 정도!

'앨콧 그 자식, 솔직히 이번 사태 때 나갈 줄 알았는데 끝까지 있더라. 보기보다 의리가 있어.'

'김태현하고 수상한 소문이 있다던데 역시 거짓말이었어.'

'김태현한테 그렇게 당한 게 앨콧인데 김태현하고 손을 잡을 리가 있나! 그거 김태현이 낸 소문 아닐까 싶은데.'

'확실히 그럴듯해.'

"여기서 정지."

"아, 아니. 폐하. 저희 주인님의 영지를 구하러 가야 하지 않으십니까?"

태현이 영지를 그냥 지나쳐 국경에 있는 넓은 강 앞에 정지하자, 귀족의 사신들은 매우 당황했다. 영지로 가서 도적 떼 놈들을 찾아도 모자랄 시간에 왜 이런 곳에 오지?

"하하. 너희들은 아직 계략이 부족하구나. 잘 생각해 봐라. 잔뜩 약탈한 놈들이 어디로 돌아가겠냐. 다 여기로 올 거 아니냐."

"앗. 과연……."

"……그런데 폐하. 그러는 사이 영지는 약탈당하는 거 아닙니까?"

"뭐 내 영지도 아닌데……."

"폐하?!"

"음? 아니, 원래 희생은 좀 감수해야지. 리더는 묵직해야지 가볍게 이곳저곳 왔다 갔다 하면 안 되네."

사신들의 얼굴이 검게 죽어갔지만 태현은 아랑곳하지 않고 말했다.

"그보다 백작들에게 여기로 나오라고 하도록."

"예?!?! 그건 왜 그러십니까?!"

"밀린 세금 들고서 충성 맹세 바쳐야지."

"폐, 폐하! 아직 도적 떼가 안 사라졌는데 지금 그러실 때 가…… 영지에 악마 놈들도 날뛴단 말입니다!"

"그건 너희 사정이고, 난 충성 맹세하고 세금을 받아야겠는데."

"지금 주인님께서 자리를 비우시면……!"

"부하들이 더 힘내서 잘하겠지. 백작들이 무슨 대단한 일 하는 것처럼 말하지 말게. 그냥 발목이나 잡고 있겠지. 아. 그리고…… 구해줘야 할 영지는 두 곳인데 내 몸은 하나니까 먼저 찾아온 백작의 영지로 갈 수밖에 없겠군."

사신들은 경악했다. 뭐 이런 사악한 놈이 있나!

"폐하! 설마 제 주인님과 보나조 백작가를 갈라놓으시려는 거면 잘못 생각하신 겁니다! 보나조 백작가에서 온 사신은 그렇게 야비한 사람이 아닙니다!"

볼로네 백작가 사신은 발끈해서 항의했다.

"그래? 그러면 저기에서 뛰어가는 건 누구지?"

볼로네 백작가 사신은 깨달았다. 아까까지 옆에 있던 사신이 사라졌다는 것을!

"저, 저……!"

보나조 백작가에서 온 사신은 미친 듯이 말을 몰고 달려가고 있었다. 그만큼 절박한 보나조 백작가!

그제야 상황을 파악한 볼로네 백작가 사신은 기겁해서 외쳤다.

"폐하! 폐하! 설마 저렇게 비겁한 자를 먼저 도와주실 겁니까?!"

"아까는 야비한 사람이 아니라며? 됐고, 도움 먼저 받고 싶으면 지금이라도 뛰어가라. 더 가까우니까 빨리 가면 늦지 않겠네."

호다닥!

볼로네 백작가 사신은 뭐라고 대답할 시간도 없이 몸을 돌렸다. 정말 급했던 것이다.

[화술 스킬이 크게 오릅니다!]

[<분할 통치> 스킬을 얻습니다.]

[<폭군의 이름으로> 스킬을 얻습니다.]

[<숙청의 공포> 스킬을 얻습니다.]

[왕국의 치안 민심 상태가 올라갑니다.]

[왕국의 발전도가 올라갑니다.]

[귀족들의 충성도가 올라갑니다.]

[귀족들의 공포심이…….]

쭉쭉 올라가는 왕의 권위!

태현이 처음 왕관을 썼을 때에는 '김태현? 그건 뭐 하는 촌놈이야?' 하던 귀족들이 지금은 꽉꽉 긴장하며 고개를 숙이고 있었다.

'후. 길드 동맹 덕분에 왕국 내부 정리는 철저하게 되겠군.'

태현은 한시름 놓았다.

다른 왕국과 달리 아탈리 왕국은 언제 터질지 모르는 시한 폭탄이었다. 국왕과 지방 귀족들이 따로 노는 콩가루 왕국!

운이 좋아서 아직까지 큰일이 없었던 거지, 재수 없었으면 반란으로 왕국이 몇 조각으로 쪼개질 수도 있었다.

'북부와 중앙 영주들만 다 잡아놓으면 남부 쪽은 쉽게 못 까 불겠지.'

태현은 계획을 팍팍 진행해 나갔다.

'길드 동맹 놈들은 흩어져서 놀고 있고…… 그래. 뭐 계속 놀아라.'

놀랍게도 두 백작은 비슷하게 도착했다.

[볼로네 백작이 도착했습니다!]

[보나조 백작이 도착했습니다!]

[명성이 크게 오릅……]

"하하. 두 백작을 보니 좋군. 내가 국왕 자리에 오른 지가 꽤 된 것 같은데, 충성 맹세 안 하다가 이렇게 달려오다니."

"폐하! 오해입니다! 저는 언제라도 충성 맹세를 하러 가고 싶었습니다만 영지의 사정이 좋지 않아……!"

"폐하, 보나조 백작의 영지는 질 좋은 밀밭이 있어 언제나 풍년이었습니다! 그러나 제 영지는 이번 해에도 흉년이 들어서…… 크흑!"

"이, 이러긴가, 볼로네 백작?"

"사신한테 다 이야기 들었다. 이 뱀 같은 놈아! 같이 손을 잡아놓고 배신해?"

"아…… 아니. 그건 우리가 상황이 좋지 않아서…… 악마까지 나오고 있다는 걸 알고 있지 않나!"

"악마는 네 영지에서만 나오느냐! 나도 나오고 있다!"

"하하. 너희들이 다투는 걸 보니 내가 기분이 좋지만 할 일이 많으니 나중에 너희들끼리 싸우도록 해라."

"……"

"……"

"밀린 세금은 갖고 왔겠지?"

"예…… 예!"

"물론입니다!"

이 상황에서 '세금 따윈 못 낸다 폭군 놈아!'라고 말할 정도로 머리가 없는 귀족들은 없었다.

지금은 대가리를 땅에 박아야 할 때!

촤르르륵-

[골드를……]

[영지의 경제력이 올라갑니다!]

[왕국의 경제력이……]

이것이 세금인가!

길드 동맹이 왜 그렇게 세금에 환장하는지 알 것 같았다. 가만히 앉아만 있어도 몇십만 골드가 뚝딱 만들어지는 것이다. 물론 이 세금은 그냥 만들어진 게 아니라, 몇 년 치 세금을 내기 위해 두 귀족들의 보물창고를 탈탈 긁어모은 것이었지만……

"두 백작은 내게 충성을 맹세하겠는가?"

"……예!"

"물론입니다!"

"기쁠 때나 슬플 때나, 사랑하고 존중하며……"

"……?"

"아. 이건 아니군. 기쁠 때나 슬플 때나, 돈이 없을 때나 돈이 있을 때나 국왕에게 충성을 맹세하겠는가?"

"예!"

"기사단이 있을 때나 없을 때나……"

"폐, 폐하. 충성을 맹세할 테니 좀…… 굳이 불필요한 말씀은……"

태현이 의도적으로 시간을 끄는 것 같자 두 백작들은 초조하게 말했다. 한시라도 빨리 가야 하는데 진짜 더럽게 시간 끈다!

"흠. 내 말을 존중해 줄 줄 알았는데."

"아닙니다! 존중합니다!"

"다만 요즘 연설을 짧게 하는 게 유행이라!"

"그래. 알겠네. 마지막으로 넘어가지. 이 모든 충성을 위해 아키서스 교단에 헌신하고 아키서스의 이름에 걸고 맹세하겠나?"

"예!"

"어……?"

보나조 백작은 무심코 대답했고, 볼로네 백작은 보나조 백작보다 똑똑했기에 멈칫했다.

방금 뭐라고? 국왕에게 충성을 맹세하는 건 단순히 '충성충성충성'을 한다는 게 아니었다. 어길 경우 귀족으로서의 명예가 엄청나게 하락하고, 다른 귀족들도 그를 귀족 취급을 하지 않고……. 하여간 대륙의 다른 왕국에 가서 귀족 취급 받으려면 명예를 건 맹세는 지켜야 했다.

그러나 엄밀히 따지자면 이 맹세를 어긴다고 바로 목숨이 위험해지는 건 아니었다.

그렇지만 신의 이름을 걸고 맹세를 한다는 건? 맹세 어기는 순간 신의 저주 들어온다!

"흠. 볼로네 백작은 보나조 백작보다 덜 충성스럽군. 보나조 백작 영지부터 가야겠는걸?"

"아…… 아닙니다! 맹세합니다! 맹세합니다!"

'빌어먹을 보나조 백작!'

원래 아키서스 교단 안 믿는 두 백작이었기에 굳이 맹세할 필요가 없었는데, 보나조 백작이 먼저 맹세한 덕분에 슬려 들어가게 된 것이다. 왜 시간을 끄나 했더니 이런 치졸한 수작을!

[두 백작이 아키서스의 이름을 걸고 맹세합니다!]

[맹세를 어길 경우 아키서스 맹세의 저주를 받습니다!]

[신성이 크게 오릅니다!]

[아탈리 왕국에서 아키서스 교단의 힘이 더욱더 커집니다.]

[아키서스 관련 NPC들의……]

"좋아! 보나조 백작의 영지를 구하러 가볼까?"

"폐…… 폐하! 어찌하여 보나조 백작을 먼저?"

"그야 보나조 백작 사신이 먼저 뛰어갔으니까. 앞으로 억울하면 친구를 먼저 버리라고."

볼로네 백작은 보나조 백작을 살벌하게 노려보았다. 보나조 백작은 변명하려고 했지만 이런 상황에서 변명이 되겠는가. 무리였다.

"……그런데 왜 우리 이 인원만으로 움직이냐?"

케인은 당황해서 물었다. 태현이 데리고 온 전력은 어마어마했다. 말 그대로 영지 하나를 밀어버릴 수 있는 전력!

그런데 태현은 달랑 〈아스비안 제국 전사대〉만 이끌고 몰래 움직이고 있었다.

"그야 다 데리고 가면 들킬 테니까. 어디 가는지 중계하는 거나 마찬가지잖아."

태현도 움직임 하나하나가 방송되고 있다는 것 정도는 알고 있었다. 원래 기습을 중요시하는 태현에게 있어 이런 건 절대 원하지 않는 방향!

플레이어들을 따로 떼놓을 수도 있었지만 태현은 그러지 않았다. 그것보다 더 좋은 방법이 있었으니까.

'나무를 숨기려면 숲에 숨겨야지.'

지금 아키서스 포병대와 기사단, 거인 부족들이 둘러싸고 있는 태현 일행 쪽에는 가짜 일행들이 있었다. 가장 중요한 태현은 분신을 만들어서 남겨놓았으니 나머지 일행들은 얼굴이 안 보여도 의심하지 않을 것이다. 대부분의 사람들이 태현이 국경 쪽에서 기다리고 있다고 철석같이 믿고 있는 상황!

'불리해도 상관없다.'

포병대, 거인 부족, 기사단 등 전력을 다 쓰지 못하더라도 상관없었다. 언제부터 태현이 유리하게 싸웠었다고.

중요한 건 태현이 원하는 상황에서, 원하는 곳에서 싸우는 것! 게다가 첩자들이 실시간으로 쑤닝의 위치를 알려주고 있었다.

"그런데 왜 하필 〈아스비안 제국 귀족 전사대〉야?"

"빼도 가장 티가 덜 나고, 내 병력 아니라서 막 쓸 수 있으니까."

아키서스 포병대야 이제 너무 유명해졌고, 거인족들은 사라지면 너무 눈에 띄었다. 그에 비해 아스비안 제국 귀족 전사대는 기사단처럼 화려하지도 않고 온 지도 얼마 되지 않아 사라져도 눈에 띄지 않았다.

그리고 무엇보다…… 자기 병력이 아니기에 아깝지가 않다!

"폐하. 뭐라고 하셨습니까?"

"너희가 가장 믿을 만해서 데리고 왔다고 했지."

"후후후……."

"역시 보는 눈이 있으십니다!"

태현이 와서 귀족들을 휘어잡는 모습에, 〈아스비안 제국 귀족 전사대〉의 충성도는 꽤 올라간 상태였다. 마치 황제 같은 모습!

"지금 잡으러 가는 그놈이 폐하의 성물을 훔쳐간 바로 그놈입니까?"

"어?"

태현은 무슨 소리냐는 듯이 되물었다. 그리고 바로 깨달았다.

아, 그런 설정이 있었지?

〈잊혀진 망자의 왕관〉을 찾고 있는 우이포아틀. 그걸 갖고 있는 태현은 과감하게 왕관을 쪼개서 조각을 던져준 다음 '허억! 오스턴 왕가 놈들이 이런 짓을!'라고 말한 상태였다.

'잊고 있었네.'

하도 이곳저곳에 사기 치고 다닌 게 많아서 헷갈리는 수준!

"그랬지."

"지금도 갖고 있을 것 같습니까?"

"아냐. 아마 자기 왕궁에 갖고 있을 거야."

"크윽. 비겁한 놈 같으니."

"잡아서 왕궁까지 점령해야 합니다."

"하하. 너희들이 그러고 싶다면 내가 말릴 수가 없구나. 황제폐하께 잘 말해서 병력을 보내달라고 해보렴."

물론 말을 하면서도 태현은 크게 기대하지 않았다. 아스비안 제국은 너무 멀었던 것이다. 태현이 지금 대놓고 사기를 치는 것도 그래서였다. 만약 들키더라도 다시는 그쪽으로 안 가면 되니까!

"찾았다. 저기 있군."

"와. 저 수레 봐. 미친놈들. 얼마나 챙긴 거야?"

"어? 저 동상 뭐지? 저거…… 저거 네 동상 아냐?"

"……사람 잘못 보셨습니다."

"네 동상 맞는 것 같은데?"

케인은 눈치 없게 수레를 가리키며 계속 물었다. 아무리 봐도 김태현 동상 같았다.

"수도나 골짜기 말고도 동상이 있었나?"

가장 유명한 태현 동상은 골짜기에 있는 대형 동상이었다. 골렘들과 같이 서 있는 위엄 쩌는 동상!

그러나 골짜기에 있는 대형 태현 동상 말고도, 중형이나 소형으로 만들어진 동상들이 꽤 있었다. 기계공학 대장장이들의 만행!

-김태현 님(폭탄) 동상 만들었는데 영지에는 이미 있어서 효과가 덜하네?

-이런. 그렇다면 없는 곳에 가서 설치하자.

-그럴까? 하긴 국왕 폐하니까 다른 영지에 설치해도 별 상관 없겠지.

-터지진 않겠지?

-에이. 무슨 일이 있으려고. 괜찮아. 괜찮아. 터지는 것도 다 경험이야.

자기네들 영지 아니라고 막 갖다 놓는 대장장이들! 귀족 영주들이 알게 되면 목에 현상금을 걸었을 사악함이었다.

물론 이미 걸고 있었지만!

'수레가 꽤 많군.'

태현은 바로 견적을 냈다. 길드 동맹도 바보가 아니니 영지를 털고 나서 자기네들 땅으로 아이템을 옮겼을 것이다.

그런데도 저렇게 많이 있다니. 얼마나 많이 털었으면!

젠장! 저렇게 부유한 줄 알았으면 그냥 내가 복면 쓰고 영지 터는 건데!

[?????]

'아차. 본심이.'

[……]

'왜 그래? 엎치나 메치나 그게 그거지!'

길드 동맹들의 습격으로 귀족들이 도와달라고 하는 거나, 태현의 습격으로 귀족들이 도와달라고 하는 거나. 별로 큰 차이 없었다.

"폐하. 저 사악하고 건방지고 더럽고 추잡하고……."

10초 후.

"……역겨운 도적 놈들을 지금 바로 쓸어버리실 겁니까?"

"그래. 너희들 실력을 보겠다. 가자!"

[<아스비안 제국 귀족 전사대>가 당신의 말에 의욕을 냅니다!]

[<폭군의 지휘> 스킬을 갖고 있습니다. <아스비안 제국 귀족 전사대>가 추가 보너스를 받습니다!]

[폭군에게 지휘를 받는 것으로 인해 <아스비안 제국 귀족 전사대>가 매우 기뻐합니다!]

"수레를 노려라! 수레를 노려!"

"길드원은 죽이고 수레를 뺏는다!"

"모두 움직이지 마! 움직이는 놈부터 베겠다!"

"우리는 정의의 산적단이다!"

안심하고 움직이던 길드 동맹은 갑작스러운 기습에 기겁했다. 도적 플레이어들의 척후도 뚫고 나타난 기습!

"아니 지금 산적은 우리 아냐?"

"어떤 미친 산적 놈이 산적을 털어? 밟아버…… 김, 김태현이다! 김태현이다!!!"

"으아아악! 으아아아악!"

가장 앞에 있던 길드 동맹 길드원은 비명을 지르더니, 친구를 붙잡고 넘어뜨렸다.

그리고 돌아서서 도망쳤다. 넘어진 길드원은 깨달았다.

'저 개자식! <김태현을 만났을 때 살아남는 방법>을 읽었구나!'

자기보다 먼저 넘어뜨리다니!

친구의 배신보다 한발 늦었다는 분함이 더 컸다.

맹수를 만났을 때 꼭 맹수보다 빨리 도망쳐야 살아남을 수 있는 건 아니었다. 자기 옆 사람보다만 빠르면 된다!

친구를 넘어뜨리고 도망친 길드원은 그걸 아주 잘 알고 있었다.

"몰아쳐라!"

그러나 태현은 쓰러진 길드원 한 명에게 관심이 없었다.

-아키서스의 축복, 아키서스의 신성 영역…… 아키서스의 돌격!

아키서스 관련 권능 스킬 총동원!

기습은 원래 충격과 공포를 줘야 했다. 아무리 침착한 상대방이라도 정신을 차리지 못하도록 미친 듯이 흔들어놔야 하는 것이다. 그러기 위해서는 조금 낭비가 있더라도 초반에 스킬을 폭발적으로 쓰는 게 좋았다.

태현은 각종 버프를 닥치는 대로 일행에게 걸어주면서, 본인도 딜을 최대한 늘렸다. 그리고 불운한 희생양을 찾았다.

일반 길드원은 쓸모없었다.

랭커! 랭커의 피가 필요해!

-아키서스의 저주!

불운하게도 가장 앞에 있던 이름 모를 랭커 한 명이 걸렸다. 태현은 아키서스의 저주부터 날린 다음 돌격을 써서 앞으로 들이박았다.

쾅!

"김태현이 여길 왜 컥!"

너무 당황한 나머지 태현 일행과 귀족 전사대가 들이닥치는데도 고함만 지르고 있었다. 믿지 못할 실수였다.

그리고 그 실수는 바로 목숨으로 갚게 되었다.

[현재 악명이 매우 높은 상태입니다!]

[현재 약탈자 페널티 상태를 크게 받고 있습니다. 로그아웃 당할 경우 페널티가 늘어납니다!]

"너희들…… 나를 위해서! 감동이다!"

"안…… 안 돼!"

태현은 눈빛을 빛냈다. 대부분이 길드원들이 PK와 약탈 때문에 새빨간 상태였다. 죽을 때 아이템과 골드를 매우 많이 뿌리는 상태! 태현의 행운까지 합쳐진다면?

"죽어라, 보물상자!"

퍼퍼퍼퍼퍼퍽!

-아키서스의 세 번째 공격! 치명타 폭발!

각종 버프 걸고 덤벼서 스턴 먹인 다음 아키서스의 저주로 반격 스킬 봉인하고 아키서스 검법과 권능 스킬로 폭딜!

아무리 하위권 랭커여도 랭커였는데 아무 반응도 못하고 그대로 찢겨나가는 무시무시한 폭딜 콤보!

[오스턴 왕국의…… 를 쓰러뜨렸습니다!]
[명성이……]
[국왕으로서 권위……]

충격과 공포! 아무리 태현이라지만 눈 마주친 랭커를 한 번 붙잡고 10초도 안 되어 로그아웃시켜 버리다니.

보고 있던 랭커들과 길드원들 사이에 경악이 퍼져 나갔다.

물론 지금 태현은 갖고 있던 권능 스킬들을 총동원해서 달리고 있는, 어떻게 보면 아슬아슬한 도박을 하고 있는 상황이었지만…… 그런 걸 바로 떠올리는 길드 동맹 길드원들은 없었다.

이 상황에서 '김태현이 저렇게 날뛰는 걸 보니 초반에 무리하는 거야! 버티면 돼!'라고 누가 생각할 수 있겠는가? 게다가 태현만 혼자 날뛰는 게 아니었다. 각종 버프를 받은 태현 일행과 아스비안 제국 귀족 전사대들도 날뛰었다. 아스비안 제국 귀족 전사대들은 왜 황제가 붙여줬는지를 보여주고 있었다.

길드 동맹 랭커들을 밀어붙이는 저력! 아무리 태현이 잔뜩 버프를 걸어준 상태지만, 어지간한 왕국 귀족 기사단보다 더 대단한 것 같았다. 길드 동맹 랭커들도 당황해서 손발이 맞지 않는 게 보였다.

태현이야 원래 괴물이었지만 갑자기 튀어나온 이 NPC들은 뭐 하는 놈들이지?

"폐하의 보물을 내놔라!"

"이 도둑놈들!"

아스비안 제국 귀족 전사대들은 사납게 외치며 무기를 휘둘러댔다. 물론 찔리는 게 많은 길드 동맹 길드원들은 무슨 말을 하는지 깨닫지 못했다.

"흥! 보물은 돌려줄 수 없다!"

"어디 한번 힘으로 가져가 봐라!"

길드원들의 말에 귀족 전사대들은 더욱더 분노할 뿐!

"감히……! 그 왕관에 손을 댄 것도 모자라 이렇게 뻔뻔하게……!"

"왕관? 무슨 왕관?"

"그런 것도 얻었었나?"

"닥쳐라!"

-사막의 일검! 태양의 화살!

귀족 전사대들은 단순히 검뿐만이 아니라 활과 화살 같은 원거리 무기도 능숙하게 사용했다. 합이 맞지 않는 랭커들 입장에서는 더더욱 고역이었다.

게다가…….

"나 왔다."

"으아아악!"

한참 싸우다 보면 랭커를 치우고 다가온 태현! 랭커들 입장에서는 공포영화가 따로 없었다. 눈 깜박하면 한 명씩 잡혀가서 사라지는 것이다.

랭커들이 손에 손을 잡고 태현의 돌진-폭딜 콤보를 경계하면, 태현은 곧바로 방법을 바꿨다.

-노예의 쇠사슬!

촤르르륵!

다른 일행의 스킬로 흔들거나…….

"사이좋네. 옛다. 선물이야."

콰콰콰쾅!

조금 뭉쳐 있다 싶으면 바로 날아드는 폭탄 투척! 아키서스 포병대가 없어도 태현은 걸어 다니는 폭탄이었다.

사디크의 화염부터 시작해서 워낙 보정이 많이 들어가, 그냥 폭탄 하나 던져도 화력이 장난이 아니었던 것!

최고급 기계공학 스킬의 힘은 장난이 아니었다.

"움직이지 마라! 김태현! 움직이면 이 수레에 불을 질러 버리겠다!"

"??"

태현은 의아하다는 듯이 쳐다보았다. 길드 동맹 길드원들이 수레에 바짝 붙어 협박을 하고 있었다.

'내 물건도 아닌데?'

물론 저걸 다시 되찾으면 태현이 꿀꺽할 생각이었기에 잃으면 속이 좀 쓰릴 테지만……. 애초에 그걸로 협박이 되나?

"야. 너 근데 협상한다고 하지 않았나?"

"아. 맞다. 그랬지."

케인의 말에 태현은 깨달았다. 원래 좀 겁을 준 다음 유리하게 협상을 하려고 했었는데……. 하다 보니 신이 나서 너무 날뛴 것!

쑤닝이 이끄는 길드 동맹 파티가 반쯤 박살이 나 있었다. 랭커들만 그나마 좀 버티고 있었고 그 밑의 길드원들은 척척 썰려 나간 상태.

'흠. 너무 팼나?'

이쯤이면 쟤네도 독이 올라서 협상이고 뭐고 끝까지 싸우지 않을까?

길드원들이야 박살 났지만 랭커들은 아직도 꽤 많이 버티고 있었다. 태현한테 썰려 나간 몇 명을 빼고는 거의 다 버티고 있었던 것이다. 괜히 랭커가 아닌 것!

태현이 길드 동맹과 협상하려는 건, 길드 동맹이 무섭거나 길드 동맹이 보물들을 다 태워버릴까 봐 걱정되어서가 아니었다.

'저렇게 써먹기 좋은 놈들이 볼로네 백작하고 보나조 백작

만 털고 가면 안 되는데……'

그랬다. 남은 귀족들도 이번 기회에 좀 제압하고 싶다!

그런 면에서 길드 동맹의 습격은 절호의 기회였다. 자기 영지에서 날뛰는 순간 귀족들은 무릎 꿇고 '제발 좀 도와주십쇼!'라고 말할 수밖에 없는 것이다.

"크윽! 너무 무섭군!"

태현은 일단 겁먹은 척을 했다.

그 모습에 일행은 어처구니가 없었다. 세상에 다른 연기는 다 잘하면서 겁먹은 연기는 왜 저렇게 못해?

'이런. 너무 허접했나?'

그러나 길드원들은 뛸 듯이 기뻐했다. 태현에 대한 공포 때문에 이성적인 판단이 마비된 상태!

"김태현이 겁을 먹었어!"

"거봐! 내가 이거 먹힌다고 했잖아!"

"김태현! 뒤로 물러서라! 불 질러버린다!"

"안 돼! 협상하자!"

"으하하하! 김태현이! 그 김태현이!"

"근데 저거 진짜 겁먹은 거 맞아? 아닌 것 같……."

"뭘 개소리야! 김태현이 겁먹지 않았으면 협상 같은 소리가 왜 나오겠어!"

그러는 사이 침착을 되찾은 쑤닝이 앞으로 나왔다.

그걸 본 태현이 놀라서 물었다.

"어? 쑤닝? 너 있었냐? 아까 안 보여서 혼자 도망친 줄 알았는데."

쑤닝은 못 들은 척했다. 오히려 길드원들이 수군거렸다.

"싸울 때 뒤에 혼자 빠져 있던 거야?"

"와…… 너무한다 진짜. 우린 갈려 나가고 있었는데."

"크흠! 김태현. 협상을 원한다고?"

"그래. 자비롭게 한 번만 죽여줄 테니 갖고 있는 거 다 갖고 꺼……"

"???????"

"아. 미안. 습관이 되어서."

'뭔 습관!?'

순간 판온 1 때랑 착각했네!

"내 제안은 관대하다. 수레를 다 놓고 가면 목숨은 살려주지."

파격적인 제안!

물론 길드 동맹 길드원들이 전부 바보는 아니었다.

"아니 그게 뭐가 관대한……"

"잠깐. 잠깐. 들어보니 관대한 거 같은데?"

다른 놈들이 했다면 개소리하지 말라고 했을 텐데, 태현이 말하니까 왠지 모르게 정말 관대한 제안 같았다. 이번 기회를 놓치면 못 잡을 거 같은 그런 기분!

"받아볼까?"

"아니, 근데 그래도 수레를 다 놓고 가는 건……"

"이미 꽤 챙기긴 했잖아."

"그래도 체면이 있지……"

수군대는 길드원들!

태현은 떨떠름한 표정을 지었다.

'거절할 줄 알았는데…….'

원래 계획은 길드 동맹 거절→그러면 다시 협상하자! 이런 식으로 이야기를 이끌어 갈 생각이었는데…….

저걸 받을까 말까 고민한다고? 미친놈들인가?

그러는 사이 쑤닝이 나섰다.

"거절한다, 김태현!"

"아니! 길마님! 잠깐만!"

"길마놈아! 네 멋대로 하면 어떡해!"

"뭐…… 뭐?! 너 죽고 싶은 거냐!"

"지금 당신한테 죽기 전에 김태현한테 죽게 생겼는데 그런 말이 나오냐! 또 싸움 나면 혼자 뒤로 빠질 거면서!"

절박해진 길드원들이 쑤닝의 멱살을 잡으려 들었다. 그러자 랭커들이 나서 길드원들을 밀어냈다.

"저리 비키지 못해! 가만히 있어!"

"움직이는 놈들은 처벌하겠다!"

그리고 이 모든 광경을 태현 일행은 흥미진진하게 팝콘을 먹으며 구경하고 있었다.

"쟤네 되게 재밌게 노네요."

"그치? 맞다. 이거 찍고 있지? 나중에 파워 워리어 방송에 올리자."

소란을 제압한 쑤닝이 다시 말했다.

"거절한다!"

"크윽! 어쩔 수 없군. 다른 제안을 하겠다!"

태현은 어쩔 수 없다는 듯이 말했다. 밀리는 그 모습에 길드원들은 눈을 크게 떴다.

우리 길마님이 그 태현 상대로 뭔가를 해내고 있어!

살다 보니 정말 별일이 다 있구나!

쑤닝이라고 그 분위기를 모를 리 없었다. 귀에서 소리가 들리는 것 같았다. 바닥까지 추락한 체면이 다시 올라오는 소리!

'더 강하게 나가서 뭔가를 보여줘야 한다!'

쑤닝은 깨달았다. 태현 상대로 뭔가를 보여주는 것만큼 체면 세우기 좋은 일은 없다는 것을.

"거절한다! 김태현! 우리는 강하다! 이 근처에 우리 길드가 쫙 퍼져 있다. 지금이라도 도망치는 게 좋을 거다! 우리를 도와주기 위해서 달려오고 있을 테니까!"

"아, 아니. 길마님……."

"그렇게 따지면 김태현이 데리고 온 그 많은 플레이어들이 지금 어디 있겠어요!"

잘나가다가 이상한 길로 빠지는 길마의 모습에 길드원들은 경악했다. 지금 시간 끌어서 좋을 건 태현이었다.

아무리 봐도 태현이 더 유리한 상황! 적당히 협상 좀 하자!

"흠. 정말 협상할 생각이 없다면 그냥 끝까지 싸워야……."

태현은 쑤닝이 받아들일 생각이 없어 보이자 어깨를 으쓱거렸다.

아쉽긴 하지만 뭐 싸워야겠지! 남은 귀족들은 다른 기회에 제압하고…….

"아냐! 협상을 받아들이마!"

협상은 따로 진행되었다.

태현과 쑤닝만 나온 자리! 정확히는 태현과 쑤닝과 쑤닝의 호위 랭커들만 있는 자리였다.

랭커들은 매우 매우 경계의 눈빛을 보냈다. 태현이 쑤닝을 붙잡고 폭탄으로 만들지 않을까 경계하는 눈빛이었다.

'하긴 한 일이 있으니 어쩔 수 없지.'

"내 제안은……."

"다가오지 마라!"

"그 자리에서 말해! 충분히 들리니까!"

"양손을 똑바로 펴봐! 폭탄 들고 있는 거 아니겠지?!"

"……말 좀 하자."

태현이 말 한 마디 할 때마다 펄쩍펄쩍 뛰는 랭커들!

'피곤하지도 않나?'

"쑤닝. 네 입장은 알고 있다. 길드 동맹 상황이 별로 안 좋지? 골드도 벌어야 할 거고, 체면도 세워야 할 거고."

저 자식이 언제 저렇게……!

쑤닝은 입맛이 썼다. 알려고 하면 알 만한 사실이긴 했지만 저렇게 잘 알고 있다니.

"하지만 나도 국왕으로서 입장이 있단 말이지."

"그래서 어쩌란 거냐?"

"서로 손을 잡고 원하는 걸 각각 챙기는 게 어떠냐?"

쑤닝의 눈이 크게 떠졌다. 정말 생각지도 못한 제안이었던 것이다.

서로 손을 잡고 원하는 걸 챙기는 제안이라니.

태현이 언제 저런 제안을 하는 사람이었단 말인가.

'뒤지거나 내 말을 듣거나 선택해라!' 같은 제안만 하던 놈!

판온 2 처음부터 저런 제안을 했다면 쑤닝도 행복했고 태현도 행복했을 것이다. 쑤닝도 이 지경까지 안 갔겠지!

부들부들!

옛 기억이 떠올라 부들부들 떠는 쑤닝을 보고 태현이 의아해했다.

"너 감기 걸렸냐?"

"안 걸렸다!"

까드득!

"흠. 표정 보니 협상이 정말 싫은 것 같은데 뭐 그렇게까지 싸우고 싶으면……."

"아니다!"

"길마님께서는 원래 좀 가끔 제정신이 나가신다!"

"진정해라, 김태현!"

랭커들은 호다닥 놀라 태현을 말리려 들었다. 여기서 싸우면 손해를 볼 사람들은 그들밖에 없었다. 남은 길드원들은 대부분 박살 났으니 이제 태현과 직접 맞부딪혀야 하는 건 그들이었던 것이다.

길드원들의 원수를 갚아야 하지 않냐고? 그런 걸 신경 쓰면 랭커가 아니지!

랭커들은 평화를 좋아했다. 이런 상황에서는 더더욱.

"너희 길마 아냐?"

"길마님이어도 가끔 정신 나갈 수 있지!"

"……닥쳐라. 이것들아."

"길마님! 제정신이 돌아오셨군요!"

"믿고 있었습니다!"

"너희 되게 재밌게 노는구나?"

태현은 방금 일어난 일도 제대로 녹화했다. 아까 있었던 콩가루 싸움부터 시작해서 이것까지 묶어서 올리면 방송 시청률이 하늘을 찌르겠다!

물론 지금은 협상해야 하니 못 터뜨리고 나중에 터뜨려야겠지만……. 태현이 그런 음흉한 짓거리를 하고 있다고는 생각지도 못한 채, 쑤닝은 다시 입을 열었다.

"서로 손을 잡고 원하는 걸 챙기다니. 그게 정확히 무슨 소리냐?"

"넌 길드 동맹 유지를 위해 골드와 뭔가를 해냈다는 업적이 필요하잖아. 난 국왕으로서 외적을 영지에서 쫓아냈다는 업적이 필요하고. 서로 손을 잡을 수 있다는 거지."

'와. 저놈이 말하니까 진짜 설득력이 없게 들린다.'

'평범하게 괜찮은 제안인데 왜 이렇게 믿기 힘들지?'

'저 제안 뭐 세로로 읽으면 너희를 죽이겠다 이렇게 읽히는

거 아냐?'

길드 동맹 측 랭커들은 속으로 경악했다. 분명 멀쩡해 보이는 제안인데 김태현이 하니까 왜 이렇게 사악하고 수상하게 들리는 걸까?

태현은 계속해서 말했다.

"공격하지 않을 테니까 더 남쪽으로 가서 마르체티 백작령과 에르네스토 백작령을 털어라. 서로 양보하는 거지."

마르체티 백작령은 지금 털리고 있는 아탈리 왕국 북서부 국경지대 바로 남쪽의 영지. 수도와 가까웠다.

에르네스토 백작령은 길드 동맹도 무서워서 안 건드리는 아탈리 왕국 동북부 국경지대의 〈그 골짜기〉 바로 남쪽의 영지였다. 수도에 가깝거나 골짜기에 가까워서 길드 동맹도 거기까지는 안 내려갔던 백작령!

그래서 거기 백작들도 '혹시 모르니까 도와달라고 해야지' 하고 사신을 보냈다가 푸대접을 받고 '더러워서 도움 요청 안 한다!' 하고 돌아간 상태였다. 당장 공격당하고 있는 것도 아닌데 태현한테 아쉬운 소리를 할 필요가 없는 것이다.

그래서 태현은 그들을 매우 아쉬운 상태로 만들어줄 생각이었다. 어디 한번 약탈 당하면서도 버티나 보자!

"마, 마르체티 백작령과 에르네스토 백작령에 함정이 있는 거 아냐? 거기 가면 몸에 폭탄을 장착한 백작의 기사단이 대기하고 있다던가……."

"그런 거 없다. 확인해 보던가."

"그쪽으로 내려가면 네가 이끄는 수많은 플레이어들이 덮친다거나……."

"……그 짓을 할 거면 지금 하는 게 낫지 않겠냐?"

그러게?

길드 동맹 랭커들은 반박할 수가 없었다. 위치도 발각된 상황(생각해 보니 위치는 어떻게 발각된 건지 궁금했다), 그냥 덮치면 되지 굳이 협상을 할 이유가 없었다.

"수상하다! 그러면 너한테 무슨 이득이 있어서 이런 협상을 하는 거냐!"

'아. 자식들 의심 더럽게 많네. 속고만 살았나?'

[카르바노그가 주로 아키서스의 화신이 속였다고……]

날카롭게 사실을 들이대는 카르바노그는 무시하고 태현은 다시 입을 열었다.

"그건……."

"?"

"너희들이 두렵기 때문이지."

"!!"

"잘 생각해 봐라, 쑤닝. 원래 사자는 다른 사자와 싸우는 걸 좋아하지 않는다. 누가 이길지도 모를뿐더러 이긴 쪽도 크게 다칠 수 있으니까. 너희 전력이 그만큼 위협적이니까 협상을 하자는 거다."

김태현이…… 우리를 인정해 주고 있어!

랭커들은 울컥 올라오는 걸 느꼈다.

길드 동맹에서 길드원 놈들은 배은망덕하게 '밥만 먹고 똥만 싸는 랭커 놈들', '하는 건 튀는 것밖에 없는 양아치들'이라고 그들의 뒷말을 했다. 그런데 태현이 이렇게 말해주다니!

이 순간을 찍어서 보여주고 싶다! 우리가 이 정도 존재라는 것을!

"크, 크흠! 우리 랭커들이 무시무시하긴 하지."

쑤닝도 감격했는지 얼굴을 붉히며 말했다. 아닌 척해도 목소리에는 물기가 촉촉했다.

[카르바노그가 어이가 없어서 말을 잇지 못합니다.]

너희가 정말 사람이냐!? 토끼도 저것보단 똑똑하겠다!

"거기 두 백작은 나하고 별로 친하지도 않으니까 가서 뭘 하든 마음대로 해라."

"그렇군…… 그 대가로 이제까지 약탈한 건 모두 내놓으라는 건가……"

쑤닝은 고민된다는 듯이 말했다.

"응?"

태현은 당황했다. 그런 소리는 하지도 않았는데?

물론 아까 협상 전에 세게 지르기 위해 그런 말을 하긴 했다. 말을 하면서도 태현은 그게 통할 거란 생각은 하지도 않았던 것이다.

세상에 먹은 걸 그대로 돌려놓는 놈이 어디 있단 말인가. 하물며 길드 동맹처럼 욕심 많은 곳이라면 더더욱.

"아니 난 딱히……."

"크윽. 김태현 놈. 저런 제안을 하다니……."

"하지만 길마님. 저 정도는 하지 않으면 김태현이 제안을 받아들이지 않을 겁니다. 탐욕스럽기는 판온에서 가장 탐욕스러운 놈이잖습니까."

"맞습니다. 김태현을 물러나게 했다는 것만으로도 충분히 남는 장사입니다."

랭커들은 쑤닝을 설득했다. 여기서 태현과 싸우지 않고 물러나게 만든다면 랭커들에게 가장 좋았다. 싸우지 않아서 좋았고, 그들의 이름으로 김태현이 물러났다고 말하고 다닐 수 있는 것이다.

골드 손해는 참아줄 수 있다!

"게다가 마르체티 백작령과 에르네스토 백작령이 있잖습니까!"

"맞습니다!"

"크으윽…… 크으으…… 빌어먹을……!"

쑤닝은 고민된다는 듯이 머리를 감싸 쥐었다.

받아들여야 하느냐 마느냐!

그리고 그 광경을 태현은 고개를 절레절레 지으며 쳐다보았다. 말하지도 않았는데 알아서 내놓는다니.

'미친놈들…….'

저러니까 길드 꼴이 개판이지!

"좋아! 받아들이겠다! 김태현."

"그래……."

"표정이 왜 그렇지?"

"아냐. 아무것도."

CHAPTER 4

"아니. 너희는 호위 데리고 들어가면서 김태현은 혼자 들어가는 건 좀 아니지 않냐?"

케인은 말도 안 된다는 듯이 말했다. 그러자 천막 근처에 있던 길드 동맹 간부가 단호하게 말했다.

"넌 절대 안 돼!"

"어째서?!"

"들어가서 자폭할 셈이겠지! 랭커들을 전부 한 번에 보내려고!"

"아니, 뭔 미친……!"

케인은 어처구니가 없었다. 내가 뭐가 아쉬워서 그런 짓을 해?

"접근하지 마라!"

"나, 나한테 다가오지 마!"

케인은 스스로의 이미지가 상당히 이상해졌다는 걸 깨달았다. 진심으로 두려워하는 랭커와 간부들!

그러는 사이 천막 안에서는 협상이 끝났다.

"협상 끝났다! 길마님께서 김태현을 물러나게 만드셨다!"

"길마님 만세! 길드 동맹 만세!"

간부들이 외치자 길드원들은 그 소식에 뛸 듯이 기뻐하…… 지 않았다.

"뭐? 진짜?"

"정말로? 속은 거 아니래? 속은 것 같지 않아도 다시 한번 확인해 보라고 해봐!"

불신의 길드원들!

아무리 생각해도 쑤닝이 태현을 물러나게 만들었다는 건 믿기지 않았던 것이다.

쑤닝이 혈압이 오르는 걸 참고 앞으로 나왔다.

"잘 들어라! 김태현은 우리 랭커들과 맞붙는 게 서로에게 손해라고 판단했다."

랭커들에게 일방적으로 손해가 아니라? 아까 랭커들 여럿이 있는 길드 동맹 쪽에 눈에 불을 켜고 덤벼든 게 누구였지?

"그래서 서로 싸움을 멈추고 타협한 것이다. 김태현은 우리를 물러나게 만들었다는 결과를 얻고, 우리는 새로 약탈해도 될 영지를 얻었다!"

"오……."

"꽤 괜찮게 들리는데? 진짜 어떻게 얻어낸 거지?"

"김태현한테 뇌물 준 거 아냐?"

"아니, 김태현이 뇌물을 받을 리가…… 그 뇌물을 뺏고 또 협박하면 모를까……."

길드원들의 수군거림이 심해지자 간부들이 나섰다.

"길마님 만세!"

"길마님 만세! 만세! 만만세!"

짝짝짝짝짝-

군중심리는 무서웠다. 한 명이 만세를 외치자 다른 사람들도 따라서 박수를 치기 시작했다. 일단 믿을 수 없는 결과여도 저 결과를 갖고 온 건 대단한 성과였으니까!

"자, 그러면 약탈한 물건들은 여기다 두고 간다!"

"네?"

길드원들은 당황했다. 뭐라고요?

"아니…… 약탈한 걸 다시 놓고 가야 해? 왜? 어째서?"

"어쩐지 조건이 좋다 했더니……."

"뭐 하는 거야? 이게? 이렇게 고생해서……."

"그래도 목숨 건졌으니까 다행 아닌가? 솔직히 김태현하고 싸우는 것보다는 이게 더 나은 거 같은데."

길드원들은 반으로 나뉘었다. 김태현하고 싸울 바에는 그냥 놓고 간다 vs 그래도 어떻게 얻은 건데 그냥 놓고 가냐!

그러나 답은 이미 정해져 있었다. 쑤닝과 랭커들이 한쪽 편이었기 때문이었다.

"이 자식들! 빨리 놓고 비키지 못해? 이 목걸이 수상한데 약탈한 거 아냐?!"

"아, 아닙니다! 이거 원래 제 목걸이……!"

"김태현이 트집이라도 잡으려면 어떡하려고 말이야! 빨리빨리 내놔!"

누가 보면 태현 파티 쪽 수금업자라고 착각할 정도의 적극성! 쑤닝과 랭커들은 빠르게 수레를 채워 태현 쪽으로 밀어버렸다.

길드원들은 불만 가득한 얼굴로 골드와 보물들을 내놓았다.

"태현 님. 어떻게 저걸 내놓게 한 거예요?"

"……그러게 말이다."

생각지도 못했던 회수!

그 장면을 쳐다본 아스비안 제국 귀족 전사대가 태현에게 말을 걸어왔다.

"폐하. 저들을 속여서 보물들을 안전하게 뜯어낸 솜씨, 탄복했습니다."

"내가 좀 대단하지. 왕관도 저렇게 찾을 생각이야."

"과연……! 혹시 저 보물은 원래 주인인 귀족에게 돌려주실 겁니까?"

태현은 순간 망설였다. 원래 저런 질문에는 '하하 당연히 그래야지'라고 말해야 했다.

그렇지만 지금 상황은 좀 달랐다. 태현이 귀족 전사대한테 꼭 잘 보여야 할 상황도 아니었고, 저 보물들을 그냥 넘길 수도 없었던 것이다.

"아니. 귀족들이 보관할 능력이 없어 보이니까 내가 관리할 생각이다."

"역시 폐하!"

"능력이 없는 자들은 보물을 가질 자격도 없습니다!"

[아스비안 제국 귀족 전사대가 당신의 결정에 감동합니다!]
[평판이 크게 오릅니다!]
[친밀도가……]

"……?"

[???]

태현과 카르바노그 모두 당황했다. 일반적인 상식과는 반대로 행동하는 저들!

"젠장…… 지들은 고생도 별로 안 했으면서……."

"야. 다 들린다. 조심해."

길드원들은 투덜거리면서 보물들을 수레 위로 올렸다.

고생은 그들이 다 했는데 랭커들이 내놓으라고 난리 치는게 정말 짜증 났다.

툭―

"너 뭐 하는 거야?"

"쉿. 조용히 해."

길드원 중 몇 명이 보물들을 반납하지 않고 몰래 빼돌리고 있었던 것이다.

"어차피 양 많아서 몇 개 빼돌려도 몰라. 얼마나 돌려줘야 하는지 쟤네들이 어떻게 알겠어? 쑤닝이 겁이 많고 멍청해서 다 돌려주라고 닦달한 거라니까."

"그래도 김태현인데……."

"맞아. 김태현 상대로……."

"……김태현이 아니라 김태현 할아버지라도 이건 모른다고! 조용히 하고 챙겨!"

"알겠어, 알겠어! 목소리 줄여. 근데 이건 뭐야?"

"김태현 동상이잖아. 국왕 동상이라 그런지 잘 만들어졌더라. 비싸게 팔릴 거야. 봐. 은이잖아."

정확히 말하자면 동상이 아닌 은상이었다. 물론 기계공학 대장장이들은 재료를 아끼려고 은을 도금했지만, 길드원들이 그것까지 알아낼 수준은 아니었다. 그냥 국왕 동상인 데다가 은인 거 보니까 비싸겠다 싶어서 챙긴 것!

"김태현 동상 중에 비싸 보이는 거 많더라. 청동이어도 크기랑 가격 생각하면 손해 안 볼걸."

"하긴…… 국왕 동상을 싸구려로 만들지는 않았겠지. 좋아. 나도 챙겨야지!"

길드원들은 손을 모아 김태현 동상을 차곡차곡 숨겼다.

그걸 알아챈 최상윤이 태현에게 말했다.

"쟤네들이 약탈물 빼돌리는데?"

"뭐? 감히 뭘?"

태현은 발끈했다. 감히 약속을 어기다니! 푼돈이라도 용서하지 않겠다!

"네 동상."

"……그건 그냥 가져가라고 해라."

솔직히 그 동상들은 별로 보고 싶지 않았다. 만들란 소리도 안 했는데 기계공학 대장장이들이 만들어서 뿌려놓은 동상들! 좋은 의도로 해서 망정이지, 아니었다면 바로 고소를 했을 것이다.

'이 자식들은 왜 남의 얼굴을 세계 곳곳에……!'

더 무서운 것은 기계공학 대장장이들 사이에서 유행이 돌고 있다는 점이었다.

-나 이번에 폭탄 재료 구하려고 〈마력이 흐르는 흑철의 산〉 갔다 왔다.

-거기? 거기 올라가기 힘들었을 텐데.

-파워 워리어 길드원들 도움을 받아서 올라갈 수 있었지. 산이 진짜 험하더라. 간신히 정상에서 재료 캐 왔어.

-와. 그냥 오기 아까웠겠군.

-나도 그런 생각이 들었다. 그래서 정상에 김태현 님 동상 하나 남겨놓고 왔어.

-뭐?

-그게 뭔…….

기계공학 대장장이들은 동료의 말에 놀랐다.
저런 짓을 하다니. 저게 무슨…….

……굉장한 아이디어야!
-그런 걸 혼자 하다니!
-미안. 미안. 나도 즉석에서 떠오른 생각이었거든. 험난한 산 정상에서 폭탄 동상을 만들면 꽤나 뿌듯할 것 같았어.
-뭐 보상 나오디?
-어. 아키서스가 내 정성에 감탄하면서 엄청 챙겨줬어.
-우오옷……!
-나도…… 나도 만들 거야!

다른 영지 광장에 몰래 동상 만들어놓고 튀는 것도 민폐인데 이제 각종 던전이나 높은 산 위에도 도전하는 기계공학 대장장이들!
한 번 만들면 기계공학 스킬이 쭉쭉 오르는데 안 할 사람이 없었다. 덕분에 태현만 쪽팔린 상황이었다.
그만 만들어 미친놈들아!
최상윤은 태현이 넘어가자 의아하다는 듯이 다시 물었다.
"뭐? 동상도 나름 비싸잖아."
"넘겨, 넘겨. 그냥 기념으로 가져가라고 해."

"쟤가 안 하던 짓을 하네."

"죽을 때가 된 거 아냐?"

케인의 말에 최상윤은 케인의 뒤통수를 때렸다.

"쟤 죽으면 우리 다 같이 망하거든? 죽을 거면 너 혼자 죽어라."

"아, 아차. 그렇…… 너무 말이 심하지 않아?!"

[볼로네 백작령에서 약탈이 사라집니다.]

[보나조 백작령에서 약탈이 사라집니다.]

[볼로네 백작이 크게 감사합니다.]

[보나조 백작이 크게 감사합니다.]

[영지의……]

[레벨업하셨습니다!]

'국왕 퀘스트도 할만하군.'

물론 이 퀘스트만으로 레벨업한 건 아니고, 랭커들을 썰거나 다른 퀘스트들을 해서 미리 꽤 올린 상태긴 했다.

그래도 이 정도면 감지덕지!

'이제 레벨 151…… 200만 찍으면 소원이 없겠군.'

[카르바노그가 말도 안 된다며 웃습니다.]

'시꺼.'

길드 동맹을 싹 보내고 나니 태현은 다른 고민을 하게 되었다.

'이제 뭘 한다?'

원래라면 직업 퀘스트를 위해 다음 권능을 찾으러 가야 했다. 그렇지만 아무래도 길드 동맹 쪽이 이렇게 있는 상황에서는 왕국에서 떠날 수 없었다. 아키서스 직업 퀘스트는 점점 난이도가 올라가고 있었고, 무엇보다…….

'괴상한 게 너무 많아!'

[카르바노그도 동의합니다.]

한 번 갇히면 나오기 힘든 던전도 수두룩!

그런 던전에 갇히면 비상시에 빠르게 대응할 수가 없었다.

'음. 그러면 국왕 퀘스트나 마저 깰까.'

보아하니 국왕으로서 나오는 퀘스트도 꽤 쏠쏠한 느낌이었다.

"폐하. 저놈들을 속여서 보냈으니 이제 오스턴 왕국으로 올라가서 왕관을 찾으실 생각이십니까?"

"음? 아니. 쟤네들이 내 왕국에 있는데 어떻게 안심하고 올라가겠어?"

아스비안 제국 귀족 전사대는 태현의 말에 실망했다. 왕국 좀 불타더라도 패기롭게 치고 올라가는 걸 원했던 것!

[귀족 전사대의 친밀도가…….]

[평판이 떨어집니다.]

'참자. 나중에 폭탄으로 쓸 수도 있는 놈들이니까.'

귀족 전사대들은 한 명, 한 명의 레벨이 높아 폭탄으로 쓰기 적합한 재질이었다.

[카르바노그가 당황합니다.]

"좋아. 그러면 두 백작 영지에 악마들이 나타난다는데 악마들이나 처리하자."

영지 그늘에 숨어서 치고 빠지는 악마들은 원래 잡기 힘든 곰팡이 같은 존재였다. 이런 악마들을 토벌하기 위해서는 몇 단계의 연계 퀘스트가 필수적!

악마들이 자주 가는 곳을 공격하고, 교단의 힘을 빌려 정화하고, 최종적으로는 궁지에 몰린 우두머리 악마를 잡는 식이었다.

"시간 너무 걸리지 않아?"

"괜히 시작했다가 못 끝내면 귀찮아질 것 같은데."

그걸 잘 아는 일행들은 걱정된다는 듯이 말했다.

"그래서 플레이어들 힘을 빌리려고."

지금 태현의 명령만을 기다리며 모인 수많은 플레이어들!

태현은 물량으로 밀어붙일 생각이었다. 마을 곳곳을 뒤지면서 찾아대면 아무리 악마라고 해도 못 버티겠지!

"어. 플레이어들이 길드 동맹 말고 그냥 영지 악마 토벌인데 나서주나?"

"그건 다 생각이 있단다."

"길드 동맹 놈들이 영지에 악마를 풀었다!"

"허억! 어떻게 이렇게 사악할 수가!"

"생각해 보니 악마들이 나오는 세계수도 오스턴 왕국에 있잖아?!"

"악마를 데리고 다른 영지를 공격하다니 정말 사악하다!"

물론 태현도 한 적 있는 짓이었지만 사람들은 원래 이미지로 기억하는 법이었다. 파워 워리어 길드원들이 소문을 다 퍼뜨리자 태현이 나서서 외쳤다.

"모두들 악마를 잡자! 레벨이 낮아도 상관없다! 있을 법한 곳을 닥치는 대로 뒤진 다음 다른 플레이어한테 말해주면 도와줄 거다!"

"와아아아!"

나비가 날갯짓을 하면 지구 반대편에서는 태풍이 일어난다는 말이 있었다. 태현의 한마디에 자리에 모인 플레이어들은 단체로 열광했다.

〈왕국의 악마 토벌-아탈리 왕국 국왕 퀘스트〉
끔찍한 사실이 밝혀졌다!
오스턴 왕국의 첩자들이 아탈리 왕국에 악마들을 퍼뜨린 것이다.

최근 일어난 영지의 흉작이나 사고, 세금 인상과 이용료 인상 모두 이 악마가 사주한 것이 분명하다.

골짜기나 수도에서 일어난 수상쩍은 폭발도 악마가 사주한 것이 분명하다. 아탈리 왕국의 국왕은 이 모든 악마들을 토벌할 것을 명령한다!

보상 : ?, ????, 아탈리 왕국 공적치 포인트, 아키서스 교단 공적치 포인트.

국경까지 올라왔던 수많은 플레이어들이 우르르 몰려갔다.

목표는 두 백작의 영지! 플레이어들은 마을, 요새, 도시, 성 등 닥치는 대로 몰려갔다.

백작들이 당황할 정도로!

[영지가 너무 혼잡합니다!]

[질서가 하락……]

"저기 골목에 있는 집이 수상합니다!"

"거긴 내 집이다, 이 모험가 놈들아!"

경비대장의 집도.

"앗. 저 저택, 뭔가 음침한 게 수상하지 않습니까?"

"저기는 남작님 저택이잖아! 미친놈들아!"

퀘스트에 눈이 돌아간 플레이어들은 무서웠다. 원래 혼자서 퀘스트를 할 때면 귀족 NPC가 '어디서 감히 천한 놈이! 꺼져라!'하면 '흑흑…… 너무해!'하면서 물러났던 그들이었다.

그러나 수십, 수백 명이 같이 움직이니 그럴 필요가 없었다.

"국왕 폐하께서 명령하신 거다! 네가 비켜라!"

"아, 아니, 이런 천한 놈들이…… 미친 것……. 으아악!"

플레이어들은 우르르 달려가 남작의 멱살을 움켜쥐고 번쩍 들어 옆으로 던졌다.

"와아아! 들어가자! 악마가 있을 것 같다!"

[악마 숭배자 데라켄을 발견했습니다!]

[악마 숭배자 데라켄의 사교도 양성소를 발견했습니다!]

"와!!! 발견했다!"

"역시 수상했다고 내가 말했잖아!"

심지어 이런 거친 시도가 효과적으로 먹혀 들어갔다. 물량 앞에는 장사 없다고, 철저하게 숨겨났던 악마들의 비밀 장소도 탈탈 털리기 시작한 것이다.

포섭한 귀족, 상인, 장교 등 각종 NPC들 발각!

"악마다! 태워 죽이자!"

"악마가 있던 집이다! 태우자!"

"아, 아니…… 진정해라!"

한창 악마들과 싸우던, 볼로네 백작은 기사단을 이끌고 돌아다니다가 급히 귀환했다. 영지에 무슨 혁명이라도 일어난 것 같았기 때문이었다.

밤인데도 거리 곳곳에 횃불이 가득!

수많은 플레이어들이 함성을 지르며 돌아다니고 있었다.

"모두 멈춰라! 모험가들아! 이게 뭐 하는 짓이냐!"

거리를 보니 몇몇 집은 이미 활활 불타고 있었다.

"우리는 악마를 찾고 있다!"

"맞다!"

"세상에 이렇게 악마를 찾는 방법이 어디 있단 말이냐! 병사들에게 명령해서 너희들을 전부 잡아 가둘 수도 있지만, 한 번만 용서해 줄 테니 당장 멈추도록 해라!"

원래 한두 명이면 그냥 바로 감옥에 가뒀겠지만, 이렇게 모험가가 많으니 가둘 엄두가 나지 않았다. 대단한 귀족 NPC라도 질릴 정도의 숫자!

플레이어들은 날카롭게 반응했다.

"우리가 악마를 잡고 있는 걸 방해하다니! 국왕 폐하의 명령인데!"

"저거 국왕 폐하의 명령을 어기는 거 보니까 악마한테 홀린 거 같다!"

"맞다! 악마를 잡는 걸 방해하는 놈은 악마에게 홀린 거다!"

볼로네 백작은 기가 막혔다. 지금 기사단을 이끌고 악마를 찾기 위해 최선을 다하는 그였다.

귀족으로서의 의무와 책임을 다하는 자신! 그런데 저런 천한 놈들이 그를 악마에게 홀렸다고 모욕하다니!

"어떤 놈이냐! 당장 나와라!"

"백, 백작님! 피하셔야 할 거 같습니다!"

"뭐…… 뭐라? 저기가 내 성인데 어디로 피하라는 거냐?"

볼로네 백작령은 가장 가운데에 있는 백작의 성, 그 성을 둘러싸고 있는 번화한 도시, 그리고 그 도시 주변에 퍼진 마을들로 이뤄져 있었다.

당연히 여기서 가장 중요한 곳은 백작의 성과 도시!

그리고 지금은 근처 마을은 물론이고 도시까지 플레이어들에게 점령당한 상태였다.

"기사들이여! 뚫고 들어간다!"

"아니…… 백작님! 다시 생각해 주십시오!"

"저 안에 싸움이 일어나면 피해가 커질 수도 있습니다!"

정예 귀족 기사들이야 레벨이 300, 400을 넘나드는 강력한 NPC였다. 그렇지만 숫자가 너무 적었다. 좁은 도시 안에서 싸우다가 백작이 끌려가기라도 한다면…….

게다가 저기는 백작의 땅! 저기서 싸움이라도 벌어졌다가는 지금 불타고 있는 저택의 수십 배는 더 박살 날 수 있었다.

"그러면 어쩌란 거냐!"

"국왕 폐하께 가서 도움을 요청합시다!"

"뭐라?!"

볼로네 백작은 진심으로 싫다는 표정을 지었다. 안 그래도 억지로 충성을 맹세하고 아키서스 교단 입교한 것 때문에 불만과 원한이 쌓여 있는 그였다. 그런데 다시 태현에게 가서 무릎을 꿇고 부탁을 해야 한다니!

"폐하께서도 충성 맹세를 받은 지 얼마 되지 않은 지금, 도움 요청을 거절하진 못하실 겁니다!"

"맞습니다. 김태현 국왕 폐하께서는 명예를 아는 영웅입니다. 충성 맹세를 받았으니 백작님을 도우려 전력을 다하실 것입니다!"

"……크으윽. 알겠다."

볼로네 백작은 이를 악물며 고개를 끄덕였다. 일단 기사들이 하라는 대로 할 생각이었다.

"싫은데?"

"감사합니다. 폐하. 지금 당장…… 아니, 잠깐. 뭐라고 하셨습니까?"

"싫다고 했는데."

"……."

"아, 아니. 폐하. 충성 맹세를……."

볼로네 백작은 당황했다.

세상에는 상도덕이라는 게 있었다. 백작이 충성 맹세를 했으면 왕은 일이 생겼을 때 지켜줘야 하지 않나?

"했지. 잘 받았네. 세금도 잘 받았고, 잘 쓰고 있다네."

"그런데 왜 안 도와주시는 겁니까?!"

"도와줄 일이 아니니까 그렇지. 내가 정당한 일에는 열심히 나서서 도와주는 사람이야. 오스턴 왕국 쪽에서 약탈하러 온 놈들 어떻게 됐지? 내가 다 몰아냈잖아."

"그건…… 감사합니다. 하지만 이 천한 것들이 저를 막고……"

"악마를 토벌하려는데 방해하니까 그런 거지. 백작이 모험가들의 진심을 몰라주고 섭섭하게 대해서 그래. 나는 언제나 진심을 알아주고 친절하게 대하지. 보고 좀 배우게."

볼로네 백작이 빠드득 이를 갈았다.

"아니…… 악마를 잡더라도 도시를 그렇게 뒤집으면……"

"효과적인 방법이지. 음음. 이런 말을 알고 있나, 백작? 빈대를 잡기 위해서는 초가삼간이라도 다 태워야 한다."

"……그런 말이 있습니까? 처음 듣습니다만."

"언제나 희생이 필요하다, 이 말이야."

태현은 느긋하게 앉아서 볼로네 백작을 내려다보았다.

생각지도 못한 악마 퇴치 퀘스트의 진행 방향!

설마 플레이어들이 도시를 점령하고 백작을 쫓아낼 줄은 생각도 못 했었다.

숫자가 많아지니 이런 짓도 가능하구나!

'이게 바로 단결의 힘인가!'

혼자 하면 할 수 없지만 여럿이서는 할 수 있다.

이것이 함께한다는 것인가!

판온 1 때는 대부분 혼자 플레이를 했던 태현이었기에 이런 기분은 알지 못했었다.

사람들이 이래서 우정, 단결을……

[카르바노그가 그건 아닌 것 같다고 말합니다.]

아무리 생각해도 지금 도시를 점령한 플레이어들과 단결, 우정은 별로 상관이 없는 것 같았다.

굳이 따지자면 광기!

실제로 악마들이 발견되고 있으니 플레이어들은 더더욱 신이 나서 도시를 헤집고 다니고 있었던 것이다.

태현이 그렇게 흐뭇해하는 동안 볼로네 백작은 기가 막히다는 듯이 외쳤다.

"폐하! 제 영지입니다!"

"알아. 알아. 누가 모른다고 했나?"

"어떤 정당한 이유를 붙이더라도 저 사악한 무리가 제 영지를 불법적으로 점령하고 있다는 것은 변하지 않습니다! 당장 저들을 토벌해 주십시오!"

"오. 말 잘하는데?"

"그러게. 백작 자리는 그냥 딴 게 아니구나."

태현 일행은 수군거렸다. 의외로 볼로네 백작이 물러서지 않고 잘 버티고 있었던 것이다.

솔직히 더럽고 치사해서 그냥 물러설 줄 알았는데!

그만큼 볼로네 백작이 곤란한 상황이기도 했다. 기사들을 데리고 성 밖으로 나왔다가 졸지에 자기 성을 잃어버리게 생긴 것이다.

판온 역사상 전례가 없던 희귀한 일!

그러나 볼로네 백작은 눈앞의 왕을 아직도 파악하지 못하고 있었다. 태현도 판온 역사상 전례가 없던 양심 없는 왕! 명성이 높고 업적이 많다고 모두가 고귀한 양심을 가진 건 아니었다.

"듣기 싫다! 볼로네 백작! 자기 영지에 날뛰는 도적도 해치우지 못해 내가 해결해 줬거늘, 자기 영지의 백성도 제대로 관리하지 못해 이런 일을 만들다니! 그대는 부끄러움을 알아야 한다. 자기 영지의 일은 스스로 처리하도록 하라! 만약 이 일을 해결하지 못한다면 그대의 백작 작위를 회수하겠다!"

[영주 귀족의 백작 작위를 회수할 경우 다른 귀족 NPC들이 격렬하게 반발할 수 있습니다!]

[반란이 일어날 수 있습니다!]

[최고급 화술 스킬을……]

[현재 왕의 권위가 높습니다.]

[현재 왕국의 치안이……]

[현재 왕국의 평판이……]

[반란의 확률이 줄어듭니다.]

'됐군.'

태현은 안심했다. 지르면서도 실짝 걱정했던 것이다. 아탈리 왕국은 각 영지를 다스리고 있는 영주 귀족들과, 그들 위에 있는 국왕 태현으로 구성되어 있었다.

국왕이라고 해도 직접 다스리는 곳은 수도와 골짜기뿐!

다른 영주보다 좀 더 권한이 많고 강력한 영주일 뿐, 그렇게까지 압도적인 차이는 아니었다. 게다가 태현 같은 경우는 왕관을 썼을 때 살라비안 교단 습격 때문에 처음부터 다시 군대를 만들고 도시를 관리해야 했다.

'아키서스 교단 때부터 그랬던 거 같은데⋯⋯.'

생각해 보니 서러워진다! 남들은 완성된 걸 먹는데 태현은 하나부터 열까지 다 스스로 해야 했다.

어쨌든 국왕이라고 해도 귀족들이 단체로 반란을 일으키면 할 수 있는 게 없으니 마음대로 행동할 수는 없었다. 다른 귀족들이 태현을 무시해도 태현이 참았던 이유기도 했고.

이번 난리를 기회로 귀족들을 하나씩 때려잡고 있는 지금 상황. 이렇게 된 이상 끝까지 간다!

태현은 내친김에 백작 작위도 뺏어볼 생각이었다. 다행히 생각했던 것처럼 반란 확률이 높게 나오진 않았다.

"폐하! 폐하!"

볼로네 백작이 애타게 외쳤지만 태현은 못 들은 척하고서 재빨리 움직였다. 원래 이런 건 자기 할 말만 하고 빠르게 빠져야 했다. 아무리 태현이 최고급 화술 스킬을 갖고 있다 하더라도 오래 이야기하다 보면 말꼬리를 잡힐 수 있었다.

"와. 지금 볼로네 백작 더 아쉽게 하려고 그러는 거지? 백작이 급하게 성 찾으려고 하면 도움을 받을 수밖에 없으니까?"

케인은 감탄했다.

볼로네 백작에게서 골드를 더 뜯어내려고 저러는 거구나!

"무슨 소리야? 볼로네 백작이 성 못 찾게 할 건데. 다들 모여. 지금 볼로네 백작령으로 가서 공성전 준비할 거니까."

볼로네 백작이 성을 못 찾도록 확실히 방해해 줄 생각!

"야, 야! 아무리 생각해도 오바야!"

"저도 그런 것 같아요, 선배."

"들키면 뒷감당이 불가능하지 않나? 게다가 막아내서 점령한다 치면 어떻게 하려고?"

태현이 날름 새 영주가 되어버리면 볼로네 백작이 가만히 있지 않을 것이다. 아는 귀족들을 총동원해서 '아이고 저 국왕놈이 죄 없는 귀족들의 영지를 뺏는다!'라고 반란을 일으킬 가능성이 컸던 것이다.

"걱정 마라. 내가 먹을 생각은 없거든."

지금 있는 수도와 골짜기도 골드 잡아먹는 괴물이었다. 영지에 건설할 골드만 아꼈어도 진짜 현실에서 건물 하나를 샀겠다!

"그러면 왜 막는 건데? 누가 영주를 하려고?"

"누가 먹든 지금 볼로네 백작보다는 나한테 협조적일 테니까. 수도 때처럼 똑같이 할 거야."

태현은 수도를 점령했을 때 유지비와 수리비를 충당하기 위해 플레이어들을 끌어들였다. 물론 왕궁 주변 내성은 태현이 갖고, 나머지 인원들에 태현 일행을 앉히나서 실질적으로 태현이 통치하는 것이나 마찬가지였다.

여기서 교훈을 얻은 태현이었다.

볼로네 백작령은 좀 더 적극적으로 해볼 생각!

태현이 손을 떼고, 거기 모인 플레이어들이 정말 알아서 통치하도록 내버려 두는 것이다. 어차피 태현이 먹어봤자 뒤탈만 날 영지, 선심 크게 쓰는 게 좋았다.

[카르바노그가 역시 선심은 남의 재산으로 해야 한다고 감탄합니다.]

"들어라!"
웅성웅성-
곳곳을 뒤지며 '너 악마지!', '여기 악마 숨겼지!' 하던 플레이어들은 일제히 동작을 멈췄다.
태현이 광장에 나타난 것이다.
"나는 너희들이 이렇게 악마 토벌에 열심히 하는 것에 감동했다!"
"와아아아!"
"우리가 열심히 하긴 했지!"
"악마 많이 잡았어요!"
"그래서 나는 결정을 내렸다."
플레이어들은 숨을 죽이고 태현의 입만 쳐다보았다. 태현이 대체 무슨 결정을 내린 것일까?
"악마를 몰아내는데 가장 큰 공헌을 한 너희들에게 이 도시를 주겠다고!"
너무 충격적인 말이어서 반응이 바로 돌아오지 않았다.
세상에 플레이어들한테 그냥 영지를 주는 사람이 어디 있겠는가?

아무리 작은 마을이나 요새라도 플레이어들은 영지를 갖고 싶어했다. 에스파 왕국, 오스턴 왕국에서 사람들이 왜 그렇게 치고받고 영지전을 펼쳤는가.

그저 영지 하나가 갖고 싶었기 때문에!

어마어마한 이득이 나오기도 했지만, 이득을 떠나서 영지는 플레이어들의 로망이었다.

"열심히 퀘스트를 한 너희들에게 줄 만한 보상이 이것밖에 생각나지 않았다! 이 영지는 너희들의 것이다!"

"······와아아아아아아아아!"

광장이 떠나갈 듯한 함성이 터져 나왔다.

"김태현! 김태현! 김태현!"

"광장에 동상을 세우자!"

'어떤 놈이야?'

태현은 홱 고개를 돌려 노려보았다. 생김새가 어째 기계공학 대장장이 같았다.

"이 영지는 너희들의 영지다!"

"와아아아아!"

"최선을 다해서 지켜라! 다시 찾으러 오는 놈이 있어도 상관하지 말고 말려라!"

지금 볼로네 백작이 듣는다면 뒷목을 잡을 소리!

때마침 메시지창이 떴다.

[볼로네 백작이 기사단을 이끌고 공성전을 시도합니다!]
[내성을 일정 시간 이상 점령당하면 공성전에서 패배합니다.]

〈볼로네 백작령을 지켜라!-공성전 퀘스트〉

사악하고 비열한 악마에게 점령당한 볼로네 백작령!

악마의 마수는 일반 NPC뿐만 아니라 영주한테까지 미쳤다. 볼로네 백작은 악마에게 홀려 악마를 퇴치하는 당신을 쫓아내려고 했다. 이에 영웅인 아탈리 국왕은 당신들에게 볼로네 백작령을 맡겼으니, 백작령의 미래는 당신에게 달렸다!

악마와 볼로네 백작을 퇴치하고 볼로네 백작령을 정화하라!

보통 영지전이나 공성전에서 플레이어가 적극적으로 참가하는 경우는 드물었다. 길드 단위로 붙는 영지전이면 그나마 길드원들이 열심히 싸웠지만, 귀족 NPC들끼리 붙는 거라면 다들 끼길 꺼려 했다.

괜히 불리한 싸움에 꼈다가 손해 볼 이유가 없는 것이다.

그러나 이번에는 달랐다. 볼로네 백작령에 있던 플레이어들은 전원 집합! 그뿐만 아니라 다른 곳에 있던 플레이어들도 도와주러 달려왔다.

-김태현이 볼로네 백작령을 풀었다고??

-와. 그게 말이 됨? 영지를 그냥 공짜로??

-정말 욕심이라고는 하나도 없는 건가? 김태현 정말…….

모든 사람들이 태현을 칭송했다. 다들 욕심을 부리느라 혈안이 되어 있는 지금 영지를 그냥 뿌리다니!

-김태현은 욕심 좀 부려야 한다. 착한 짓만 해서는 계속 이길 수 없어.

-맞아. 다른 랭커들 보라고. 진짜 욕심 더럽게 많다니까. 김태현도 욕심 좀 부려야 한다.

"아키서스 십자군! 아키서스 십자군에 가입하시오!"

태현 일행은 변장하고서 공성전을 준비하려고 했다. 아무리 그래도 여기서 볼로네 백작과 마주칠 수는 없었으니까.

그런데 어디선가 익숙한 목소리가 들렸다.

"저건……."

"갈락파드잖아?!"

생각해 보니 두 백작의 충성 맹세를 받으면서, 아키서스 신전을 짓기 위해 갈락파드를 감시로 보냈었다.

여기 있는 게 이상하지는 않았다. 문제는 하라는 건물 건설은 안 하고 깃발을 들고 돌아다니고 있다는 것이지!

"아키서스 십자군에 가면 모든 죄를 용서받을 수 있소!"

갈락파드는 쩌렁쩌렁한 목소리로 말하고 다녔다.

원래 겉모습 하나는 되게 그럴듯한 갈락파드라, 거대한 아키서스 교단 깃발을 들고 다니는 모습이 그림처럼 잘 어울렸다.

뒤를 보니 벌써 수백 명의 플레이어들이 졸졸 따라가고 있었다.

"헉. 악명 스탯도 사라지나요?"

"그렇소!"

"제가 지금 PK 때문에 붉은 상태인데……."

"그 죄도 사해지오!"

"다른 교단인데……."

"아키서스 교단에 들어오시오! 그러면 용서받을 수 있소!"

"안 들어가면 어떻게 되죠?"

"저 이단 놈을 당장 잡아 죽여라!"

갈락파드가 호령하자 뒤에 따라다니던 〈아키서스 십자군〉 소속 플레이어들이 일제히 달려들려고 했다.

"으아아악! 아니 그냥 물어본 거예요! 들어갈게요! 들어갈게요!"

"아주 좋소! 들어오시오! 악마를 토벌하는 〈아키서스 십자군〉에 가입하시오! 모든 죄를 용서받고……."

태현 일행은 할 말을 잃었다.

저 저 미친놈……!

"저거 말려야 하는 거 아니냐?!"

케인은 겁을 먹고 말했다. 아무리 봐도 〈아키서스 십자군〉에 가입한 플레이어들이 제정신이 아닌 것 같았기 때문이었다. 어딘가 한 군데가 맛이 간 것 같은 서늘함!

'기계공학 대장장이들 같아!'

약간 다른 방향으로 미쳤지만 미친 건 똑같았다.

"그런데 저걸 어떻게 말리냐?"

"그러게. 말렸다가는 너까지 매달릴 거 같은데."

수군거리는 일행들의 대화를 들으며 태현은 고개를 돌렸다. 약간 이상하긴 하지만 일단 지금 상황에서는 도움이 될 것 같았다.

저렇게 열심히 싸운다는데!

"자. 쟤네들은 알아서 잘 싸우라고 하고. 우리는 우리끼리 알아서 잘하면 돼. 다들 명심해. 볼로네 백작한테 들키지 마라. 들키면 모르는 척할 거야."

참된 리더! 들키면 쿨하게 버린다!

다들 고개를 끄덕이며 복면을 썼다. 사람들이 많아서 들키진 않겠지만 그래도 혹시 모르는 일이었으니까.

"그런데 길드 동맹은 뭐 하고 있을까?"

"걔네가 골드 털고 있을 거 생각하니까 되게 배가 아픈데……."

"나중에 다시 털 거지? 그렇지?"

"물론이지."

"역시!"

태현의 말에 모두 기뻐했다. 태현이 그걸 그냥 보고 있을 리가 없지!

"이, 이게 어떻게 된 거냐?"

쑤닝과 길드원들은 경악했다.

영지에…… 털 게 없었던 것이다.

텅텅 빈 마을!

빵 하나도 보이지 않을 정도로 텅 빈 마을이었다.

"우, 우연 아닐까요? 어쩌다가 폐허가 된 마을일 겁니다."

"맞습니다. 더 들어가면……."

그러나 이건 시작일 뿐이었다.

다음 마을에서도…….

[마을에 사람이 없습니다!]

[상인에게서 구매를 할 수 없습니다.]

[대장장이한테서……]

마찬가지였다. 나름 잔뼈가 굵은 길드원들이었지만 이런 경험은 또 처음이었다.

"네크로맨서나 리치가 습격한 거 아닙니까?"

"악마가 나타났거나…… 무슨 퀘스트일 가능성이 높습니다."

멀쩡한 마을에 NPC만 싹 사라지다니. 리치가 나타나서 주민들을 다 잡아갔거나, 아니면 다른 대형 퀘스트의 냄새가 났다.

길드원들은 고민했다. 약탈하러 왔는데 퀘스트를 해야 하나?

상황과 장소가 안 어울리긴 하지만, 판온 플레이어들은 기본적으로 퀘스트에 목마른 사람들이었다. 원수와 결투하러 가더라도 퀘스트를 만나면 일단 고민하고 본다!

희귀한 퀘스트면 퀘스트일수록 더더욱 끌리게 마련.

"정보 없었던 거 보니까 우리가 가장 먼저 발견한 퀘스트 아닐까요?"

"게시판에 이런 퀘스트 있단 말은 딱히 들어본 적 없던 것 같은데. 정말 우리가 처음……?!"

생각지도 못한 횡재에 길드원들은 수군거렸다.

살다 보니 이런 행운도 있구나!

"모두 진정해라. 지금 약탈해서 골드를 충당해야 하는 마당에 무슨 오래 걸리는 퀘스트란 말이냐!"

쑤닝은 엄하게 말했지만 입가가 꿈틀거리는 건 숨길 수 없었다.

솔직히 퀘스트가 기대되는 건 사실! 여기 올 때만 해도 걱정이 좀 있었는데 행운이 따라주는 기분이었다.

'그래도 골드에 집중해야지.'

쑤닝은 여기 온 목적을 잊지 않으려고 애썼다.

길드의 자금을 충당해야 한다!

"퀘스트는 단서가 더 나오면 생각하도록 하고 일단 이동한다!"

"예!"

마르체티 백작령이 이렇게 된 건 리치 때문이 아니었다.

태현 때문도 아니었다. 기계공학 대장장이들 때문도 아니었다.

그렇다면?

"내가 이 영지의 주인이니 내 명령을 들어라!"

바로 마르체티 백작 때문이었다. 볼로네 백작이나 보나조 백작과 달리 마르체티 백작은 준비할 시간이 있었다.

마르체티 백작은 혹시 모를 사태를 대비해 준비했다. 안 그럴 경우 정말 국왕한테 고개를 숙여야 하는 굴욕이 있을지도 모르니까!

용병대를 고용하고 기사단을 움직여 경계에 나선 것이다.

그리고 한 가지 더.

"마을에 있는 놈들은 전부 재산을 가지고 성벽 안으로 이동해라!"

"아이고, 백작님! 제 밭이며 소가 다 저기 있는데!"

"지금 가면 농사가 망합니다요!"

"그런 걸 내가 왜 신경 써줘야 한단 말이냐! 도적놈들한테 내 재산을 뺏길 순 없다. 전부 다 성벽으로 들어와라!"

성벽 밖 마을에 있는 NPC들을 전부 다 성벽 안으로 옮겨 버리는 폭거!

태현이 들었어도 '아니 뭐 저런 미친놈이 있냐!?' 하고 당황할 짓이었다.

한 해 농사 망치니 영지의 경지 스탯도 내려가고 치안 스탯도 내려가고 불만 스탯은 올라가고……. 도적놈들한테 한 푼 뜯기기 싫다고 아예 불을 질러 버리는 수준!

"빈대를 잡기 위해서는 초가삼간을 태워야 한다는 말을 들었다. 아주 마음에 드는 말이었다. 나 마르체티 백작이 명하노니 모든 주민들은 성벽 안으로 이동해라!"

그 결과 길드 동맹을 맞이하는 건 텅텅 빈 마을이었다.

기사들과 용병들은 정말 한 푼도 남기지 않고 마을의 재산들을 깡그리 옮겨 버렸다.

남은 게 하나 있긴 했다.

"……김태현 동상은 왜 여기 있냐?"

"……그러게 말입니다."

"이 국왕의 동상도 챙기고 갈까요?"

"백작님께서 재수 없는 국왕의 얼굴을 보고 싶어 하실 것 같냐! 두고 와라!"

백작이 싫어하는 바람에 남은 태현 동상! 길드 동맹은 일단 그거라도 챙겼다. 인건비도 안 나올 것 같았지만……!

"챙겨. 챙겨."

"지나가는 놈들두 안 보이고…… 정말 무슨 일 있는 거 아닙니까?"

아직 사태 파악이 안 된 길드 동맹 파티들은 서로 연락하며 혼란스러워했다. 지나가는 플레이어도 없고 상인도 안 보이는 상황!

물론 이것도 마르체티 백작 때문이었다.

"돌아다니다 잡히는 상인 놈은 처형이다! 처형!!"

악마 주케넨은 반쯤 혼이 나간 얼굴이었다. 그는 완전히 볼로네 백작령을 장악하고 있었다. 지하 수로에서는 악마 숭배자들이 마법진을 그리면서 대기하고 있었고, 영지의 귀족들과 부자들이 주케넨의 말에 홀려 간도 쓸개도 빼주고 있었다. 설령 성기사단이 와도 이렇게 촘촘하게 얽힌 그물을 풀어내진 못할 것이라고 주케넨은 자신했다.

그의 주인 에다오르도 한때 총독으로 위장했었지만 그의 위장은 그보다 한 수 위라고 자신할 수 있을 것 같았다.

그런데…… 갑자기 웬 미친 군중 떼가 우르르 몰려들더니 닥치는 대로 불을 지르고 악마 탐지 마법을 걸고 다녔다.

원래라면 지위 때문에 들키지 않을 귀족들도 닥치는 대로 발각! 귀족들이 지위를 써서 '물러나지 못할까!' 하면 군중들은 '악마다! 태워라!' 하면서 끌고 나갔다.

주케넨은 기겁해서 지하 통로로 도망칠 수밖에 없었다. 싸우고 뭐고 그럴 정신이 없었다. 너무 갑작스러웠다.

"볼로네…… 볼로네 백작령은…… 어떻게 됐느냐? 남은 놈들은?!"

"전, 전부 다 잡혀서……."

주케넨을 따라 나온 악마 숭배자들과 흑마법사들이 고개를 푹 숙였다.

"보나조 백작령! 그래! 보나조 백작령이 남아 있다!"

보나조 백작령에서도 나름 악마를 퍼뜨린 주케넨이었다. 볼로네 백작령이 날아간 건 어이없어도 보나조 백작령이라면……!

"거기도……."

"미친놈들이 들이닥쳐서……."

그랬다. 볼로네 백작령에 들이닥친 성난 플레이어들이 보나조 백작령이라고 안 들이닥칠 린 없었다. 보나조 백작도 볼로네 백작과 비슷하게 쫓겨난 상태!

차이점이 있다면 보나조 백작은 겁이 더 많다는 점이었다. 성난 플레이어들이 성 앞을 점령하자 보나조 백작은 재빨리 협상에 나섰다.

"나는 악마와 결탁하지 않았다! 너희들 마음대로 해도 좋다!"

웅성웅성-

"정말일까?"

"일단 불에 태워보는 게 좋지 않을까? 안 타면 악마겠지."

"아…… 아니! 진정해라. 너희들이 원하는 대로 해주겠다! 무엇을 원하느냐!"

"악마 퇴치! 악마 퇴치!"

"모든 악마에게 죽음을!"

"아키서스 십자군에 가입해라!"

"경비대장이 수상하다! 경비대장을 쫓아내라! 우리가 맡겠다!"

"알겠다! 알겠다! 다 들어주마!"

보나조 백작은 양손을 들고 플레이어들을 달랬다. 기사들이 당황할 정도였다.

"주군. 저런 말을 다 들어줄 필요가……."

"시끄럽다! 저렇게 숫자가 많은 게 보이지 않단 말이냐! 좋아. 이제 다 들어줬으니 끝난 건가?"

물론 아니었다. 태현이 '모두 악마를 잡자!' 했을 때 플레이어들은 대부분 가까운 볼로네 백작령으로 달려갔다.

그렇다면 보나조 백작령으로 간 건 누구인가?

정답은 바로…….

"아직 안 끝났다!"

"서기관 자리도 줬으면 좋겠다! 아니다! 재무관 자리도!"

"선술집 주인 자리도!"

파워 워리어 길드! 남들이 다 볼로네 백작령으로 가자, 파워 워리어 길드원들은 '남들이 안 가는 곳에 가야 많이 털 수 있지 않을까?' 하고 보나조 백작령으로 향한 것이다.

그리고 파워 워리어 길드원들은 뜻밖의 횡재를 하게 되었다. 원하는 대로 다 해주는 호구…… 아니, 착한 백작 보나조 백작!

파워 워리어 길드원들은 신이 나서 닥치는 대로 외쳐댔다.

외치는 대로 감투 자리가 툭툭 떨어지니 나중에는 〈성문 4 경비병〉이나 〈마굿간 3 청소지기〉 같은 감투 자리도 내놓으라고 할 정도였다. 볼로네 백작령은 지금 백작과 기사단 vs 아키서스 십자군과 플레이어들로 폭풍전야였지만, 보나조 백작령은 평화로웠다.

파워 워리어 길드에게 거의 점령당했다는 것만 빼고!

-길마님! 저희 여기 거의 다 점령했어요! 백작이 우리 말 다 들어줘요!
-??????

이다비는 길드원들의 연락에 당황했다.
뭔 일이 있었던 거야!?

볼로네 백작령은 싸움 나기 일보 직전, 보나조 백작령은 완전 점령……. 주케넨과 네크로맨서, 악마 숭배자들은 터덜터덜 발걸음을 옮길 수밖에 없었다.

다른 악마면 모를까 주케넨은 싸움에 자신이 없었다. 게다가 아탈리 왕국은 '그' 아키서스의 화신이 있는 나라 아닌가!

솔직히 정면으로 싸우고 싶진 않았다. 뒤에서 부하들을 보내 싸우고 싶었다.

"걱정하지 마라. 새 도시를 찾는다. 내 힘으로 도시를 다시 타락시켜 주마!"

"믿습니다, 주케넨 님!"

"오오오!"

네크로맨서들과 숭배자들은 이미 주케넨의 능력을 봤기 때문에 도망치지 않고 뒤를 따랐다.

주케넨의 목적지는 마르체티 백작령! 거기 가서 새로운 악의 씨앗을 퍼뜨릴 생각이었다.

"……?"

"저기 모험가들이……."

그러던 도중 마주친 모험가 파티! 길드 동맹 파티 중 하나인, 그것도 쑤닝이 직접 이끄는 핵심 파티였다.

'이거 큰일이다!'

상황을 파악한 쑤닝의 얼굴이 창백해졌다.

상황이 얼마나 고약한 상황인지 바로 알아차릴 수 있었다.

'미친 백작 놈 같으니! 뭐 하는 짓이냐!'

골드 좀 뜯기기 싫다고 마을 NPC들을 싹 데리고 옮기다니!

말도 안 되는 규모의 횡포에 말도 안 나왔다.

처음에는 김태현이 속임수를 쓴 것 아닌가? 싶었다.

-길마님. 김태현이…….

-맞습니다. 명령을 내린 거 아닐까요?

-그게 말이 되냐! 김태현이 무슨 신이라도 되냐!

김태현이 아무리 국왕이라도 백작한테 '야 네 영지 다 싹 치우고 도적놈들 가져갈 거 없게 만들어라'라고 할 수는 없었다.

"어떻게 하실 겁니까?"

"성안으로 들어가서 안에서 흔들어보는 건 어떻습니까?"

"위험해. 성안에 기사들 숫자가 장난 아니더라."

마르체티 백작은 다른 백작들이 당하는 걸 보고 교훈을 얻은 상태였다. 기사들을 전부 한 자리에 불러 모으고, 용병들도 잔뜩 고용했다.

후한 대우에 플레이어들도 퀘스트를 받고 들어갈 정도!

그만한 인원들이 철통처럼 영지를 지키고 있으니 안에 들어가서 기습 같은 건 어림도 없었다. 길드 동맹도 이번에는 나름 소수로 골라 왔기에 숫자로 밀어붙일 수는 없었다.

파티들이 전부 모여서 기습을 해도 재수 없으면 제압당할 수도 있다!

'애초에 그런 짓을 하라고 해도 이 자식들이 말을 들을지가 문제지.'

랭커들이야 원래 이기적이었고 남은 길드원들은 안 그래도 불만이 많아져 쑤닝의 말을 듣지 않을 수도 있었다. 길마로서 자기 권위도 신경 써야 하는 입장에서 쑤닝은 함부로 행동할 수가 없었다.

"길마님. 저기⋯⋯."

"뭐냐? 엇⋯⋯!"

쑤닝도 주케넨을 발견했다.

"털자!"

"털어야 한다!"

"제발 많이 갖고 있어라!"

"아니, 근데 가난해 보이는데……."

랭커 중 한 명이 바로 주케넨과 네크로맨서들의 견적을 냈다. 딱 봐도 허름한 옷차림이 별로 비싸 보이지 않았다.

의심을 피하기 위해 하고 다니던 위장 덕분!

주케넨의 머리가 팽팽 돌아갔다. 이 모험가들의 정체는?

'이놈들이 국경에 나타난 약탈자 놈들이구나!'

주케넨은 불끈 쥐었다. 역시 그에게는 행운이 따르고 있었다.

'이놈들을 이용해서 마르체티 백작령 안에 침입해 혼란을 만들겠다. 그사이 나는 다시 내 부하들을 만드는 거다!'

"살려주십시오! 마르체티 백작의 성 안으로 들어가는 방법을 가르쳐 드릴 테니 제발 목숨만 살려주십시오!"

"……?!"

길드원들은 깜짝 놀랐다. 방금 이놈이 뭐라고 한 거지?

"그게 뭐냐! 말해봐라!"

이게 무슨 굴러들어온 떡이냐!

길드원들은 침착해지기 위해 애썼다.

"볼로네 백작 왔군."

"숫자가 엄청 늘었어요."

"뭐, 기사단만으로 돌격하진 않겠지. 용병들도 고용하고 다른 귀족들한테 기사들도 빌렸겠지."

볼로네 백작 쪽 기세는 흉흉했다.

분노 그 자체!

하긴 그 분노가 이해가 가긴 했다. '어' 하는 사이 영지를 뺏겨 버렸으니…….

"그런데 아무리 봐도 우리가 유리해 보이는데."

케인의 말에 모두가 고개를 끄덕였다.

성 주변에 빽빽하게 모인 플레이어들! 정말 어마어마하게 모인 숫자였다.

이렇게 모여 있으면 각자 다른 꿍꿍이를 가질 법도 했는데, 여기 모인 플레이어들은 순수했다.

군중심리! 플레이어들은 마치 뭔가에 홀리기라도 한 것처럼 한마음으로 똘똘 뭉쳐 외치고 있었던 것이다.

"압제자, 폭군, 사악한 백작의 목을 따자!"

"저 무능하고 악독한 백작을 봐라! 저놈 때문에 영지 경제가 엉망이다! 저놈이 세금을 그렇게 올렸다더라!"

"볼로네 백작이 우물에 독을 풀었다!"

"내가 어제 간 상자 쪽박 난 것도 볼로네 백작 때문이라더라!"

점점 더 뜨거워지는 분위기!

뜨거워지다 못해 활활 타오를 것 같은 분위기였다.

볼로네 백작이 성격이 좀 더럽고 재수가 없고 오만하긴 했어도 지금 플레이어들이 외치는 일들을 하진 않았다.

"이…… 이 천한 것들이 감히……!"

당연히 볼로네 백작은 분노할 수밖에 없었다.

성벽 위에서 말하는 것만 들으면 무슨 천하의 대악당!

사디크 교단의 뒤를 잇는 대륙의 악당이었다.

쿵- 쿵-

성벽 위에 깃발이 올라갔다.

아키서스 교단의 깃발! 〈아키서스 십자군〉에 즉석 가입한 플레이어들이 올린 깃발이었다.

백작령에 있는 플레이어 2/3이 넘게 참가한 어마어마한 가입률! 아키서스 교단을 안 믿던 사람들도 참가할(갈락파드 몰래) 정도로 뜨거운 반응이었다.

볼로네 백작은 깃발을 보고 다시 분통을 터뜨렸다.

"저놈의 깃발! 저놈의 천박한 교단이 나타나고 나서 왕국 꼴이 엉망이야! 저 근본 없는 천박한 교단 때문에!"

"백, 백작님. 아무리 그래도 신을 모욕하는 건……."

"크윽……."

다른 기사들이 백작을 말리려 들었다. 아무리 그래도 신을 모욕하는 건 무서웠던 것이다. 판온에서 신을 모욕하고 다니는 건 정말 겁이 없고 잃을 게 없는 플레이어거나, 악마거나, 아니면 아키서스 관련자!

"김태현 국왕은 뭘 하고 있단 말이야! 자기가 교황이면 저놈들을 관리해야지!"

"국왕 폐하도 저 천박한 놈들이 저렇게 미쳐 날뛸 거라고는 예상하지 못했을 겁니다."

"맞습니다. 저렇게 미쳐 날뛰는데 그걸 어떻게 막겠습니까?"

백작과 달리 기사들은 태현에 대해 우호적인 반응을 보여주었다.

그놈의 명성과 업적! 아탈리 왕국의 해적, 사디크 교단, 살라비안 교단, 악마까지 다 쓸고 다녔는데 기사들이 태현을 존경하지 않을 리 없었다.

높은 악명? 에이, 그건 적들이 퍼뜨린 헛소문일 거야!

"……아무리 그래도 그러면 자기가 와서 책임을 져야 하지 않나!"

"맞는 말씀이십니다!"

백작이 씩씩거리자 기사들은 비위를 맞춰줬다. 여기 있는 건 백작이지 태현이 아니었으니까.

그러나 그들은 몰랐다. 설마 국왕이 저 성문 뒤에 숨어서 함정을 설치하고 있을 거라고는!

"아마 여기로 오겠지? 함정으로 한 번에 보내야겠다."

"근데 여기서 터뜨리면 성벽이 무너지지 않을까?"

"무슨 소리야?"

"아. 하긴. 네가 폭탄을 한두 번 터뜨리는 것도 아닌데 다 계산을 했겠……."

"무너뜨리려고 하는 건데?"

"……."

"왜 그렇게 쳐다봐? 처음 해보는 것도 아닌데."

"그, 그거야 그렇지만……."

대부분의 사람들은 자기 손으로 성벽을 무너뜨리는 일을 한 번도 못 해봤지만, 태현 일행은 이번이 처음이 아니었다.

"앗. 태현 님! 저희가 도와드리겠습니다!"

"이런 기회를 놓칠 순 없지요!"

냄새를 맡은 기계공학 대장장이들이 소매를 걷어붙이며 달려왔다.

태현과 같이 성문을 날려 버릴 기회라니! 폭탄의 거장과 같이 폭발 함정을 만드는 건 정말 꿈에 그리던 기회였다.

우르르-

"작작 와!"

태현은 기겁해서 외쳤다. 성벽 위에 있던 기계공학 대장장이까지 '태현 님! 오오 지금 갑니다!' 하면서 뛰어내리고 있었다.

정말 쓸데없는 열정!

"자! 잘 들어라. 계획은 간단하다. 백작은 기사를 보내 성문을 정면으로 뚫고 바로 자기 성을 되찾으려고 할 거다."

볼로네 백작은 자부심이 많고 거만한 귀족이었다.

그한테는 지금 상황 자체가 수치!

그런 귀족이 여기서 플레이어들과 싸우면서 비겁하게 우회하거나 꼼수를 쓸 리 없었다. 정면으로 뚫고 들어가 플레이어들은 두들겨 패서 내쫓은 다음 성을 점령하려고 할 것이다.

'그리고 꼼수를 쓰기에는 인원도 적은 편이고.'

기사들을 빌리고 용병을 고용했어도 역시 숫자가 적었다.

백작령에 우글거리는 아키서스 십자군에 비하면 소수!

저렇게 인원이 차이가 나면 나눠서 기습하기도 힘들었다.

볼로네 백작은 정확히 태현의 예측대로 움직였다.

"내 자랑스러운 기사들이여! 저 간악한 도둑놈들의 무리를 보아라!"

성문 앞 언덕 위에 일렬로 늘어선 기사들. 숫자는 백 명도 되지 않았지만 담담히 말 위에 앉아 있는 모습은 플레이어들을 긴장하게 만들었다.

군중심리와 광기 때문에 방금까지 잊고 있었던 사실! 귀족 기사 NPC는 한 명 한 명이 보스 몬스터에 필적하는 강자!

꿀꺽-

"야. 괜찮을까? 내 공격은 갑옷 뚫지도 못할 것 같은데."

"흠집도 안 날 것 같다야……"

각종 축복 버프를 받고, 중갑옷으로 단단히 무장한 채 말을 타고 돌진하는 기사는 움직이는 요새였다.

스킬을 뿜어대며 지나가는 길을 파괴하는 이동요새!

"걱정 마라! 우리에게는 아키서스가 있으니!"

갈락파드는 성벽 위를 돌아다니며 플레이어들에게 용기를 불어 넣어줬다. 딱히 근거는 없었지만 플레이어들은 갈락파드의 자신만만한 기세에 홀딱 넘어간 상태!

"과연!"

"기사한테 쫄지 말자!"

"그런데 기사를 어떻게 잡는다는 거지?"

그 대답은 곧 밑에서 들려왔다.

"함정 설치 끝났다!"

"모두 아래로 내려와서 대기해! 기사 놈들이 태현 님의 함정에 빠지면 그때 전원이 달려드는 거야!"

"야! 내 이름은 그만 말하라니까!"

볼로네 백작의 전술은 기사들을 정면 돌격시킨 뒤 성문을 박살 내고, 플레이어들을 쓸어버리는 심플한 정공법이었다.

뻔한 방법이었지만 원래 정공법의 강함은 알고서도 막기 힘들다는 것에 있었다. 기사를 막지 못한다면 저 공격을 어떻게 막겠는가?

그래서 태현은 다른 방식으로 접근했다. 기사들을 플레이어로 못 막으면 다른 걸로 막으면 되지! 기사들이 성문을 지나는 순간 그 주변을 날려 버린다. 거기서 끝나지 않고 각종 저주와 마법을 닥치는 대로 난사한다.

기사들이 버티더라도 최소한 발은 묶일 터.

그때 여기 몰린 플레이어들이 전부 덤벼들어서 진흙탕 싸움으로 몰고 가면 됐다.

'용병들은 별 수 못 쓸 테고, 기사들 사로잡으면 몸값에…… 볼로네 백작도 꼬리를 내리겠지.'

믿고 있던 기사들도 다 사로잡히면 볼로네 백작도 얌전하게 태현 앞에 고개를 박으리라.

완벽한 계획!

그렇게 태현이 흡족한 얼굴로 고개를 끄덕이는 사이, 성문 앞 언덕에서는 예상 밖의 일이 벌어지고 있었다.

"나를 따르라!"

"백작님! 위험하실 수도 있습니다!"

"흥! 저런 천한 놈들의 공격이 나에게 맞을 것 같으냐! 나를 따르라! 돌격! 도둑놈들에게 죽음을!"

"어…… 어……??"

태현 일행은 당황했다.

왜 볼로네 백작이 앞에서 달려오지?

"야! 백작은 그냥 뒤에 있을 거라며! 어떻게 해?!"

케인은 당황해서 태현을 불렀다. 볼로네 백작을 죽일 생각은 없었다. 살려서 협상을 할 생각이었던 것이다.

영주 귀족 NPC가 죽으면 일이 커졌다. 아무리 사고였다고 해도 다른 귀족들이 '음 어쩔 수 없는 사고였군'이라고 받아들이지는 않을 것!

'국왕이 땅을 뺏으려고 귀족을 함정에 빠뜨려 죽이고 다닌다!' ……라고 소문이 퍼질 수도 있는 것이다.

태현은 자기 명령을 거절하고 멋대로 노는 영주들을 통제하고 싶은 거였지, 반란을 상대하고 싶은 게 아니었다.

그러나 이런 상황에서는 태현도 할 수 있는 게 없었다.

'아니, 저 백작 놈은 왜 가장 맨 앞에서 달려오는 거야?'

태현은 어이가 없었다. 귀족이면 귀족답게 뒤에서 지휘를 해야지!

"말려봐!"

"어떻게 말리라고…… 볼로네 백작! 성문에는 함정이 있다! 오지 마라! 돌아가라!"

그러나 볼로네 백작은 귓등으로도 듣지 않았다.

천박한 놈들이 또 속임수를 쓰는구나!

"봐라! 저놈들이 두려워서 속임수를 쓰는구나! 이 백작령의 정당한 주인인 내가 성문을 뚫었다! 에잇!"

콰직!

볼로네 백작이 검을 한 번 휘두르자 두꺼운 성문이 박살 났다. 마치 안에서 미리 박살 내놓은 것 같은 빠르기!

그러나 볼로네 백작은 그런 것도 모르고 더욱 기세가 올랐다!

"자! 날 따라와라!"

"백작님! 위험합니다! 저희가……."

"흥! 우리 가문에 대대로 내려오는 이 갑옷과 목걸이가 나를 보호한다! 하찮은 놈들의 공격은 나를 절대……."

볼로네 백작은 성문을 부수고 안으로 말을 달렸다.

딱- 무언가 작동되는 소리!

콰콰콰콰콰콰콰콰콰쾅!

폭발과 함께 태현 일행은 눈을 질끈 감았다.

망했다!

"아니야. 모두 침착해! 볼로네 백작은 기본 레벨이 있는 데다가 자신만만했어. 분명 강력한 장비를 갖고 있을 거다. 그러니까 이 폭발에도 버틸 수 있을지도 몰라."

"오……."

"확실히……!"

일행은 솔깃했다. 그러나 그건 태현의 스킬을 잊고 있을 때의 이야기였다.

[최고급 기계공학 스킬을 가지고 있습니다!]

[다른 기계공학 대장장이들의 폭탄을 사용할 때 최적의 효과를 만들어냅니다!]

[폭탄에 섞인 장애물이 추가적인 효과를 만들어냅니다!]

[적들에게 추가 대미지를 줍니다!]

[파편이 치명타를 입힙니다!]

수십 개가 넘게 뜨는 기계공학 관련 추가 보너스 메시지창!

태현과 카르바노그는 침묵했다. 그래도 태현은 끝까지 포기하지 않고 말했다.

"아니, 그래도 정말 좋은 장비를 갖고 있으면 버틸 수 있……."

[레벨 업 하셨습니다!]

[레벨 업 하셨습니다!]

[칭호: 볼로네 백작령의 해방자를 얻었습니다!]

[명성이 크게 오릅니다!]

[백작의 폭정에 시달린 볼로네 백작령의 NPC들이 당신에게 매우 감사할 것입니다!]

[아탈리 왕국의 귀족들이 이 사실을 알면 매우 분노할 것입니다.]

[왕국의 반란 가능성이 높아집니다.]

[볼로네 백작위를 회수했습니다.]

[볼로네 백작위를 수여 가능합니다.]

[볼로네 백작령 통치 가능……]

이제 더 이상 아니라고 부정할 수가 없었다. 태현은 한숨을 푹 쉬었다.

내전 안 하고 정리 좀 잘 하나 했더니!

"어쩔 수 없다."

"?"

"……떠넘기자!"

누구한테!?

CHAPTER 5

"후. 다 잘 풀려가다가 괜히 백작이 꼬여서……."

태현은 투덜거렸다. 볼로네 공성전은 다시 생각해도 아쉬웠다. 백작만 뒤에 있었으면 기사들 생포한 다음 날로 먹었을 텐데. 백작이 돌격한 덕분에 뒷일을 고민해야 했다.

'케인 놈은 이 와중에 신나서 관광하러 다니고…….'

이제 곧 한국으로 돌아가게 되니 필사적으로 돌아다니는 케인이었다. 어제 보니 양팔 양다리에 기념품을 주렁주렁 달고 오더라!

정말 같은 일행이라고 아는 척하기 싫은 패션 센스!

"무슨 일로 부르신 겁니까, 김태현 선수?"

에이전트, 빈센트가 의아하다는 표정으로 문을 열고 들어왔다. 태현이 그를 부를 이유가 별로 없었던 것이다.

'부탁할 게 있는 건가?'

계약도 하지 않은 태현이 그한테 부탁하는 건 어떻게 보면 들어줄 이유가 없는 일이었다. 그러나 빈센트는 달려왔다.

왜냐하면…… 김태현은 평범한 선수가 아니었으니까!

세계에서 손꼽히는 선수는 일반 선수와는 다른 논리가 적용됐다. 일반 선수는 에이전트에게 돈을 내고 에이전트의 서비스를 받지만, 세계에서 손꼽히는 선수는 에이전트가 돈을 주고서라도 자기 고객으로 끌어들이려고 했다. 세계에서 손꼽는다는 명성에는 그만한 가치가 있는 것이다.

"그러고 보니 옷은 받으셨습니까?"

"옷? 어. 그걸 어떻게 알고 계시죠?"

"하하. 그 디자이너를 소개시켜 준 사람이 접니다."

"뭐 곧 완성된다는 연락을 받긴 했는데……."

태현은 의아해했다. 빈센트가 어떻게 어머니한테 디자이너를 소개해 줬다는 거지?

"본론으로 돌아가서, 무슨 일로 부르신 겁니까? 제가 해드릴 일이라도?"

"아. 빈센트 씨와 계약하고 싶어서 불렀습니다."

"……예?"

빈센트는 눈을 깜박였다.

꿈인가?

물론 꿈이 아니었다.

"혹, 혹시…… 뉴욕 라이온즈 쪽에 들어갈 생각을 하신 겁니까?!"

빈센트가 전했던 제안. 미국의 명문 게임단인 뉴욕 라이온즈가 했던 대형 제안인, 팀 KL을 통째로 매수하겠다는 제안!

던전 대회 우승 전에 1억 달러라는 액수가 나왔으니, 거기서 더 오른다고 해도 이상할 건 없었다.

그러나 빈센트는 반쯤 포기하고 있었다. 태현의 성격상 느낌이 왔던 것이다. 팀원들을 버리고 뉴욕 라이온즈에 들어갈 사람이 아니라고.

"아. 그건 아니고요."

"역시…… 혹시 다른 곳은?"

"다른 곳의 제안도 비슷합니다. 애초에 구체적인 제안을 한 곳도 거절했는데 구체적인 제안을 안 한 곳은 이야기할 것도 없지요. 제가 빈센트 씨를 부른 건 에이전트 계약을 하고 싶어서였습니다."

태현은 빈센트가 놀라서 할 말을 잃은 사이 말을 계속했다.

"원래 저희 팀에서는 제가 스폰서나 광고 따오는 걸 책임지고 하고 있었는데, 아무래도 이게 한계가 있더군요."

당연한 소리였다. 다른 전문 게임단이었다면 아예 따로 담당 부서가 있었을 것! 아마추어들끼리 모여서 만든 게임단이야 코치도 감독도 데스크도 없었다지만, 태현이 팀은 세계 대회에서 우승을 한 팀이었다.

이런 팀이 이렇게 주먹구구식으로 돌아간다는 것 자체가 놀라운 일!

당장 이번 대회에서 4강권에 든 팀들은 다 든든한 조직을 갖고 있었다.

'사람인가?'

빈센트는 다른 의미로 경악했다. 그렇다면 태현은 팀원들을 이끌고 그 대회를 뛰면서, 동시에 밖으로는 스폰서를 만나고 광고를 따왔다는 뜻이 됐다.

사람이 몸이 열 개도 아니고······.

"그래서 전문가한테 맡기려고 이렇게 불렀습니다. 저희 애들도 이제 슬슬 계약 관해서 전문적으로 관리가 필요할 것 같고."

에이전트는 게임단과 선수의 계약만을 조절하지 않았다. 사실상 선수의 게임 외적 모든 것을 담당한다고 봐도 좋을 정도! 광고 관리, 스케줄 관리, 세금 관리, 재산 관리 등 에이전트의 역할은 상상을 초월했다.

태현은 직감하고 있었다. 이번 대회를 기준으로 태현 팀의 선수들 위상이 달라질 수밖에 없다고.

'유명 랭커 김태현이 이끄는 소규모 아마추어 팀'에서 '대회에서 우승한 확실한 강팀'으로 변한 것이다.

당장 해외 기업 몇 군데에서도 슬슬 광고나 후원 제안이 들어오고 있는 상황. 이전처럼 태현이 다 맡아서 처리할 수는 없다! 계약의 옥석을 가리고 좋은 걸 추천할 수 있는 전문가가 필요했다.

그리고 태현은 빈센트를 믿었다. 계약도 하지 않은 선수들을 위해 계속 찾아와서 노력하는 꾸준함은 아무나 보여줄 수 있는 게 아니었다.

빈센트는 감동했다. 그가 태현에게 보여준 진심이 통한 것이다. 그렇지 않으면 태현이 이렇게 말해줄 리 없었다.

"……이런 걸 기대하지 않았다면 거짓말이겠지요. 최선을 다하겠습니다. 김태현 선수! 팀 KL의 선수들이 만족할 수 있는 능력을 보여 드리겠습니다."

빈센트는 손을 내밀었다. 태현은 그 손을 맞잡았다.

이 업계는 넓고도 좁았다. 빈센트가 팀 KL과 계약했다는 소문은 다른 에이전트들에게도 순식간에 퍼져 나갔다.

"팀 KL? 에이전트 안 두는 줄 알았는데 생각이 있었군!"

모든 선수들이 에이전트를 두는 게 아니었다. E스포츠 쪽에서는 에이전트 없는 선수들이 더 많았다. 다른 업계처럼 에이전트가 필수적인 업계가 아니었던 것이다.

몇몇 스타 선수들만 계약한 정도!

그렇기에 태현이 에이전트를 두지 않는 것도 그렇게 크게 이상한 일은 아니었다. 그러나 그게 아니라는 게 밝혀진 지금. 다른 에이전트들은 눈빛을 빛내기 시작했다.

제이미도 그중 하나였다.

'빈센트 놈보다는 내가 낫지.'

빈센트는 능력이 없는 에이전트가 아니었다. 그렇지만 제이미는 빈센트가 어설프다고 생각하는 사람이었다.

자고로 계약이란 골수까지 빼먹어야 하는 법! 선수의 이미지를 챙기거나, 게임단과 선수 서로 좋은 계약이라거나, 그런 건 필요 없었다.

중요한 건 오로지 돈! 게임단을 흔들고 협박하고 어르고 약점을 쥐어서 더 많은 돈을 뜯어내는 게 에이전트가 할 일이었다. 그 과정에서 불법과 합법 사이를 아슬아슬하게 오가도 그게 뭐가 중요하겠는가.

제이미 코퍼레이션에 선수들이 몰리는 데에는 다 이유가 있었다.

"김태현 선수가 이 호텔에 머물고 있지요?"

"고객의 정보는 알려 드릴 수 없습니다."

"하하. 다 알고 왔으니 모르는 척 안 해도 됩니다. 이 명함을 전해주면 알아서 할 겁니다."

제이미는 태현 팀이 묵는 호텔 로비로 찾아가 명함을 건넸다.

김태현도 내 이름을 보는 순간 바로 알아차리리라!

제이미의 명성은 이미 드높아서, 야구나 축구 쪽에서도 모르는 사람이 없었다. 김태현도 분명히 제이미의 이름을 알 것이다.

'에이전트의 이름은 어떤 선수를 다루느냐에 따라 달려 있다. 김태현을 잡으면 E스포츠 쪽에서는 확실해진다!'

현재 최고 선수를 고객으로 둔다면, 앞으로 열릴 E스포츠 시장에서 제이미 코퍼레이션은 확실한 1등이 되리라.

……근데 연락이 왜 안 오지?

'직원이 안 줬나?'

제이미는 다시 호텔로 찾아갔다. 그리고 무작정 기다렸다.

귀찮은 일이지만 이 정도는 제이미가 해본 일 중 쉬운 편에 속했다.

"김태현 선수! 김태현 선수!"

마침 태현이 나오는 게 보였다. 제이미는 재빨리 태현에게 다가갔다.

"제 명함 받았겠죠? 제 이름을 알 겁니다. 제가 바로……."

"뉘신지?"

"어. 명함을……."

"아, 그거? 버렸는데요. 누군지도 모르는 명함을 받았는데 제가 연락해야 합니까?"

"제이미 코퍼레이션…… 그러니까……."

그가 이렇게 푸대접받은 게 얼마 만인가!

제이미는 너무 당황해서 말을 잇지 못했다.

그러는 사이 태현은 직원들을 불렀다.

"이 사람 좀 이상한데 쫓아내 주시죠."

"예."

"앗, 잠깐만! 잠깐만! 김태현 선수!"

제이미는 화끈거리는 얼굴을 감싸 쥐었다.

"크윽……!"

갓 사업을 시작한 이후 이런 굴욕은 오랜만이었다.

무슨 듣도 보도 못한 사기꾼 취급을 받다니!

'김태현은 빈센트와 계약을 바꿀 생각이 없나 보군.'

보아하니 제이미가 어떤 에이전트인지 모르니 저런 태도를 취하는 게 분명했다. 빈센트가 세상 물정 모르는 어린 선수를 아주 잘 구워삶은 게 분명!

스포츠 쪽에는 이런 일들이 흔했다. 워낙 자기 일만 하다 보니 다른 것은 잘 모르는 선수들이 많았던 것이다.

제이미는 전략을 바꿨다. 일단 다른 선수들부터!

"케인 선수. 안녕하십니까."

"헉. 어떻게 알아보셨어요?"

케인은 당황했다. 게임 밖에 있을 때 케인을 알아보는 건 정말 소수의 사람들뿐이었다.

"제가 케인 선수의 팬인데 알아보는 건 당연하지 않겠습니까!"

"제 팬들 제 얼굴 잘 모르던데…… 크흑……."

"?"

"아무것도 아닙니다. 어쨌든 사인해 드릴까요?"

"아니 사인은 괜찮……."

샤샤샥-

케인은 듣지도 않고 펜을 꺼내 제이미의 옷 위에 사인을 해버렸다. 제이미의 얼굴이 일그러졌다.

이게 얼마짜리 옷인데!

그러거나 말거나 팬을 만나 신난 케인은 사인을 해버렸다. 요즘 팬들을 만나 사인해 주는 데에 재미를 들린 케인! 가히 연쇄사인마라고 해도 과언이 아니었다.

'심지어 사인도 더럽게 못하잖아?!'

예쁘기나 하면 의미나 있지…… 케인은 악필 중 악필이었다.

"감…… 감사합니다."

제이미는 표정을 유지했다.

프로 중의 프로! 선수들 중 온갖 행패를 부리는 선수들도 잘 구슬려 온 제이미였다. 케인 정도면 행패 축에도 끼지 못했다.

"케인 선수. 사실 이야기하고 싶은 게 있습니다."

"아. 죄송합니다. 안 돼요."

"???"

"김태현이 하지 말랬거든요."

"……?????"

혹시 김태현이 네 부모님이니?

제이미는 어이가 없었다. 케인 정도 되는 선수가 무슨…….

"아니, 케인 선수. 김태현 선수가 팀의 리더고 게임단 소유주라는 건 알고 있습니다만 그래도 행동 하나하나를 다 명령할 수는 없는 거 아닙니까. 케인 선수도 하고 싶은 게 있다면 스스로 할 수 있는 법이죠."

"그렇죠?"

"예! 당연한 겁니다."

"근데 안 돼요. 혼납니다."

"……."

"아. 이건 어디 가서 말하지 마세요. 쪽팔리니까."

케이우 주변을 두리번거리더니 목소리를 낮췄다. 자기도 쪽팔린 건 아는 모양이었다.

태현은 미국에 온 뒤 팀 관리를 간단하게 했다.

"케인. 넌 밖에 나가서 특정 사람과 3분 이상 대화하지 마

라. 어디 가자고 하면 거절해. 따로 이야기하자고 하면 거절해. 하여간 뭐든 간에 이야기 길어질 거 같으면 거절해!"

"다른 사람들은?"

"다른 사람들은 뭐 알아서 잘하겠지."

케인만 특별 취급! 아무리 생각해도 사고 칠 가능성이 가장 높은 게 케인이었던 것이다.

"케인 선수. 지금 상황에 불만이 있으시면 저와 이야기하시면 됩니다."

생각해 보니 좋은 상황 같았다. 제이미는 이게 기회라는 걸 깨달았다.

'동양에는 꿩 대신 닭이라는 속담이 있었지?'

태현은 못 빼가도 케인을 빼간다면? 케인 정도면 명문 게임단에서도 원하는 선수였다. 헌신적이고, 열심히 하고, 팀의 승리를 위해 몸을 바칠 수 있는 탱커! 게다가 케인을 시작으로 태현이나 다른 선수들도 마음을 돌릴 수 있었다.

"김태현 선수의 게임단이 좋은 게임단이라는 건 알지만 세상에 게임단이 꼭 거기만 있는 건 아닙니다. 그리고 프로 선수라면 게임단을 이적하는 게 이상한 일은 아니잖습니까."

"아. 게임단 관련 이야기하러 오신 거였어요?"

케인은 물었다. 제이미는 고개를 끄덕였다.

"예. 제가 제이미 코퍼레이션의 사장 제이미……."

"제 팬이 아니라?"

"아니 팬이기도 한……."

제이미는 뭔가 이상한 걸 눈치챘다. 케인이 매우 상처받고 배신당한 눈빛으로 쳐다보고 있었던 것이다.

"사람 살려!! 이 사람이 저한테 사기 치려고 해요!!"

제이미는 기겁했다. 정말 생각지도 못한 반응!

"뭐야? 무슨 일이야?"

사람들이 몰려들자 제이미는 당황해서 도망칠 수밖에 없었다. 팀 KL과 얽히면서 정말 다양하게 수난을 겪는 제이미!

"제이미라는 사람 아십니까?"

"아. 대단한 에이전트죠."

"표정은 별로 안 좋아 보이시는데요."

"그…… 사람이 좀 너무 지독해서 안 좋은 소문이 있을 때가 있거든요. 돈밖에 모른다, 이용가치가 떨어진 선수는 냉정하게 자른다…… 근데 제이미는 왜 물어보신 겁니까?"

"아. 호텔에 찾아왔는데 잡상인인 줄 알고 내쫓았죠."

"?!?!?!"

"뭐 그런 사람이라니 잘됐네요. 어쨌든 정리해 봅시다. 일단 광고 들어오는 건 다 담당하시게 될 텐데, 전부 거절할 생각은 없습니다. 대신 직접 다 출연할 수는 없으니 판온 영상 활용한 광고 위주로 받아주세요. 당연히 기업 이미지 생각해서 받으시는 거 잊지 말아주시고요. 직접 출연의 경우 그쪽에서 사람 보내고, 2시간 미만으로 끝낼 수 있는 경우에만 고민해 보겠습니다. 광고 말고 그 외 방송은 정말 필요한 게 아니면 나갈 일 없을 겁니다. 인터뷰 같은 경우도 대회 때 하는 거면 충분합니다."

빈센트의 입이 떡 벌어졌다. 처음 계약한 선수가 이렇게 확실하게 정리해 놓은 경우는 드물었다.

"김태현 선수, 절 고용할 필요가 있었습니까?"

"무슨 소리. 저뿐만이 아니라 다른 사람들도 다 관리해야 하는데요. 특히 케인 좀 감시…… 아니, 관리해 주세요."

제일 불안한 놈! 어디 가서 사기나 당하지 않을지 걱정이었다. 유명해졌겠다, 돈도 많겠다, 케인은 사기꾼들이 가장 원하는 타깃이 될 것 같았다.

"에이, 설마 그러겠습니까. 케인 선수도 바보가 아닙니다."

"음……."

빈센트가 말했지만 태현은 동의할 수가 없었다. 바보는 아니어도 어디 가서 사기는 당할 것 같은데…….

"어쨌든 이 정도로 해주세요."

"그렇지만 너무 아깝군요. 김태현 선수가 직접 출연하는 게 아니라면 페이가 확 깎이는데 말입니다."

아무래도 직접 출연해서 촬영을 하는 것과 달리, 이미 있는 태현의 영상과 목소리를 사용해서 하는 광고는 페이가 떨어졌다.

"그중 옥석을 가려내서 가지고 오겠습니다. 아. 김태현 선수. 지금 니케아 사에서 후원 관련으로 이야기를 하고 있는데 이건 참석하셔야 할 것 같은데요. 팀원 전원이 참석하셔야 할 것 같습니다."

세계 최고의 스포츠 용품 회사 중 하나, 니케아! 태현이 후원을 받고 있는 프로스다스는 비교할 수 없을 정도로 규모가 큰 회사였다.

"그런 거라면야 어쩔 수 없죠. 이야기 다 되면 애들 데리고 참석하겠습니다."

"네. 그렇게 하겠습니다."

"너 왜 표정이 그러냐?"

태현은 케인을 의아하다는 눈빛으로 쳐다보았다.

매우 상처 받은 얼굴!

"혹시 차였니?"

"안 차였거든?! 지금도 가끔 통화하거든?! 기념품도 샀다고!"

"네가 산 잡동사니…… 아니, 솔직히 잡동사니 맞지. 그중에서 선물이 있었다고?"

태현은 말을 작게 하려다가 그냥 원래대로 돌렸다.

"이거 봐. 뉴욕이라고 크게 써진 티셔츠야."

"……???"

"이 크게 써진 센스가 좋지 않냐?"

태현은 경악했다. 최상윤도, 정수혁도 경악했다. 백 년의 사랑도 차갑게 식을 것 같은 패션 센스!

"야…… 네가 선물 주려는 건 아이돌 아니었어?"

태현은 당황했다. 연애를 잘 알진 못했지만, 그래도 저게 여행 갔다 온 선물로 줄 물건이 아니라는 것 정도는 느껴졌다.

"너도 같은 소속사잖아? 왜 모르는 척을 해?"

"아니, 아는데…… 바뀌었나 했지."

"받으면 기뻐할 거라고! 너희들은 이런 선물이나 준비했냐?!"

케인은 일행이 자기 선물을 비웃는다는 걸 깨달았다. 정확히 말하자면 비웃는 게 아니라 딱하게 여기고 있는 것이었지만!

"태현 님. 태현 님."

이다비가 태현의 옆구리를 쿡쿡 찔렀다.

"왜?"

"잠깐 와보실래요?"

"?"

태현은 이다비의 뒤를 쫓았다. 케인도 태현의 뒤를 쫓았다.

"……아니, 왜 따라가요!?"

옆에 있던 이다비 동생들은 어이가 없어서 외쳤다. 왜 따라가는 거야!?

케인은 당황해서 대답했다.

"아니, 습관이 되어서……."

그냥 아무 생각 없이 뒤를 쫓아가던 습관!

"그보다 쫓아가면 안 되는 거냐? 왜?"

이다비 동생들은 이마를 짚었다. 이미 틀린 것 같았다.

이다비도 포기하고 그냥 선물을 꺼내고 있었다.

"이거, 선물이에요. 정장이 하나 필요하실 것 같아서……."

태현은 깜짝 놀랐다. 이다비가 선물했다는 것에 놀란 게 아니었다. 생각이 겹쳤다는 것에 놀란 것!

"잠깐, 잠깐."

"필요 없으세요?"

"아니. 그게 아니라…… 나도 똑같은 걸 준비해서……."

'그래서 그런 거였군.'

태현은 빈센트나 마틴 킴의 반응이 이상했던 걸 떠올렸다. 생각해 보니 이다비랑 겹쳐서 그랬던 거였다.

"네가 판온에서, 게임단에서 가장 일을 많이 하는 거 알아. 그래서 뭐라도 선물해 주고 싶었어."

태현이나 이다비를 제외하면 사실 다른 선수들은 그냥 별생각 없이 편하게 판온을 했다. 게임단 관리부터 이것저것 다 맡고 있었고, 이다비는 파워 워리어 운영하면서 각종 언플과 뒷공작에 정보 수집까지 하고 있었으니…….

"태현 님……!"

이다비가 눈물을 글썽거렸다. 그걸 본 최상윤이 케인의 옆구리를 찔렀다.

"네 선물하고 차이점을 알겠지?"

케인은 조용히 뉴욕 티셔츠를 집어넣었다.

다른 거 사야겠다!

미국의 스포츠계에는 선수들만 있지 않았다. 수많은 수학자들과 과학자들도 있었다. 그들은 체계적으로 스포츠를 분석해 이론과 데이터를 만들었다.

미국이 스포츠 강국인 데에는 다 이유가 있었던 것이다. 그리고 그런 인재들은 E스포츠에도 흘러들어오고 있었다.

'이제는 선수들만 주먹구구식으로 뛰어서 이길 수 있는 시대가 아니다!'

당장 던전 대회 8강권을 살펴보면 한 팀만을 제외하고 나머지는 다 최신 분석 기술을 받아들인 팀이었다.

특히 미국 쪽이 이런 부분에서 빨랐다. 한국 명문 게임단들은 과거의 영광에 취해 변화하지 못하는 사이, 최신 현대 기술로 무장을 하고 발 빠르게 움직인 미국 게임단들!

그 결과가 바로 지금 이렇게 나타나고 있었다. E스포츠 강국이라는 이름이 무색할 정도로 올라간 팀이 적어진 것이다.

태현과 이세연 같은 돌연변이들이 아니었다면 체면치레도 못 했을 것!

"김태현을 그렇게 영입해야 하나?"

"예. 하려면 지금 하는 게 좋습니다."

"우리는 스미스도 있는데?"

"스미스도 좋은 선수지만 불안합니다. 김태현을 영입할 수 있으면 향후 10년을 확실하게 보장할 수 있습니다."

뉴욕 라이온즈 소속 분석가들은 입을 모아 그렇게 말했다.

선수에게 중요한 건 두 가지로 나뉘었다.

육체와 두뇌! 물론 말 그대로의 육체는 아니었다. 판온에서 실제 육체를 들고 가는 건 아니었으니까.

그들이 말하는 육체는 반사속도였다.

"이 영상을 보십시오. 김태현 선수는 다른 선수들보다 반사속도 자체가 월등합니다. 여기서 스킬 이펙트가 터지지도 않았는데 먼저 움직여서 검을 휘두르고 있죠."

반사속도가 빠르다는 건 남들의 공격을 보고, 피하고, 카운터를 넣을 수 있다는 뜻이었다.

결국 이게 컨트롤 차이로 이어지는 것!

컨트롤 좋은 레벨 90짜리와 컨트롤 구린 레벨 100이 싸우면 90이 이기는 게 판온이었다. 하물며 차이가 적은 랭커들이라면 어떻겠는가.

"동일 스탯에서, 스킬 싸움이 아닌 평타 싸움으로 김태현 선수를 압도할 수 있는 선수는 없습니다. 치고받으면 바로 밀려요."

"게다가 이렇게 감각적으로 플레이하는 선수는 계획을 짜지 않고 허술한 경우가 많은데 김태현 선수는 그렇지도 않습니다. 행동 하나하나에 다 다음 계획을 궁리하고 있어요. 여기서 보면 한 대 때리고 왼쪽이 아니라 오른쪽으로 상대를 몰잖습니까? 이게 오른쪽 앞에서 자기를 노리고 있는 상대를 의식하고 하는 행동입니다. 벽을 만드는 거죠."

선수는 두 종류로 나뉘었다. 감각적으로, 본능을 믿고 날뛰는 선수와 침착하게 머리를 굴리며 싸우는 선수. 전자는 보통

근접 직업이 많았고 후자는 마법사나 사제 쪽이 많았다. 그런데 태현은 둘 다의 모습을 가지고 있었다.

완전체에 가까운 형태!

"판온 같은 경우는 선수가 갑자기 쇠락하거나 하락세에 빠질 이유도 없으니 투자하는 것도 나쁘지 않습니다."

"게임단 매수에 1억 달러를 투자했는데 더 투자를 하라고? 아무리 그래도 그렇지, 주주들이 퍽이나 납득을 하겠군."

"설득을 해야지요. 그리고 매수를 하려는 게 우리뿐만이 아니잖습니까? 심지어 중국 쪽에서도 이야기가 나온다던데."

"그나마 다행이군."

"?"

"김태현 선수는 중국 쪽과 계약하지는 않을 테니까. 악연으로 똘똘 뭉친 사이 아닙니까."

"그렇게 단정하시면 안 됩니다. 세상에 불가능은 없잖습니까. 중국 쪽이 돈으로 해결 보는 건 유명한데……."

"그래도 안 되는 건 안 되는 거지. 후. 그보다 지금 돈이 문제가 아닌 것 같아. 김태현 선수가 왜 거절하는 거 같나?"

"아마 같은 팀원들 때문 아닐까요? 뉴욕 라이온즈에 들어오면 김태현 선수와 달리 다른 팀원들은 출전이 보장되기 힘드니 말입니다. 묻힐 수밖에 없겠죠."

뉴욕 라이온즈 분석팀 입장에서는 케인도 좀 아쉬운 선수였다. 좀 많이 과대포장된 선수!

냉정하게 분석해서 보면 실력 자체는 크게 대단하지 않았다. 그걸 활용하는 태현이 대단한 거였지.

"젠장. 한국은 특이하게 의리가 있는 선수가 나온단 말이야. 선수는 돈 아닌가?"

"뭐. 백작이 죽을 수도 있지. 안 그래?"

"네. 죽으면 뭐 어때요!"

"너희 너무 긍정적으로 변한 거 아니냐??"

최상윤은 당황했다. 태현과 이다비가 지나치게 긍정적으로 변한 것 같았기 때문이었다.

너희들이 서로 기분 좋은 건 알겠는데 그래도 상황은 좀 객관적으로 봐줘!

태현 일행이 언제나 미친 퀘스트들을 깨오면서 목숨 부지할 수 있었던 건 태현이 냉정하게 판단을 내렸기 때문이었다. 그런데 저러니까 매우 불안했다.

설마…….

"아냐. 난 지극히 냉정하다고. 벌써 누구한테 떠넘길지 계획도 다 짜뒀지."

볼로네 백작이 죽은 건 누구 때문인가? 성문에 폭탄을 설치한 태현 때문일 수도 있겠지만, 관점을 바꿔보면……. 길드 동맹 때문 아닐까?

대체 어떻게 관점을 바꿨길래?

"잘 생각해 봐. 길드 동맹 놈들이 약탈하러 와서 볼로네 백작을 암살한 거지. 볼로네 백작 같은 인물이 있으면 마음대로 움직일 수 없으니까."

"그런데 영지 악마 때문에 이 난리가 난 거잖아?"

"아. 그것도 좋군. 좋아! 길드 동맹 놈들이 비열하게 악마들과 손을 잡았다고 해야지."

"……"

"귀족들에게 다 사신을 보낸다! 이번 일을 최대한 강조해야지!"

오스턴 국왕이 사악한 무리들을 풀어 국경 쪽 영지를 약탈한 것도 모자라, 악마와 손을 잡고 볼로네 백작을 암살했다! 볼로네 백작령에 일어난 대소동도 사실 오스턴 국왕이 사주한 거다!

태현은 그런 편지를 써서 재빨리 각 영지의 귀족들에게 보냈다.

[최고급 화술 스킬을……]
[매우 높은 명성을……]
[당신의 악행이 묻혔습니다!]
[소문이 퍼져 나갑니다!]

'됐다!'

놀랍게도 태현의 떠넘기기는 통했다. 태현을 국왕으로서 무시하고 싫어하는 귀족들은 많았지만, 태현이 영웅이고 명성 높고 거짓말하지 않는다는 건 부정할 수 없는 사실이었던 것이다. 게다가 오스턴 국왕이 약탈하러 넘어온 건 부정할 수 없는 사실! 악마가 나타나서 대소동이 일어난 것도 사실!

[아탈리 왕국의 각 영지에서 현상금이 걸립니다.]
[악명이 매우 높아집니다.]

"왜 갑자기 이런 메시지창이 뜨지?"
"약탈한 게 뒤늦게 알려졌나 본데?"
길드 동맹은 상황을 알지 못하고 고개를 갸웃거렸다.
"이쪽입니다. 크헬헬."
"쟤 상인치고 웃음소리가 좀 이상하지 않냐?"
"야. 그런 말 하지 마. 기분 나빠지면 어쩌려고."
NPC와 대화할 때는 조심하고 조심해야 했다. 무심코 한 말실수가 협상을 깰 수도 있었으니까. 더군다나 지금 주케넨은 마르체티 백작의 성으로 들어가는 지하 통로를 안내해 주는 입장!
길드 동맹이 철저히 아쉬울 수밖에 없었다.

[마르체티 백작령의 지하 통로를 발견했습니다!]
[명성이 오릅니다!]
[이 통로를 이용하는 것이 발각될 경우 마르체티 백작의 기사들에게 공격당할 수 있습니다.]
[암살자로 오해받을 수…….]

"들어가자!"

물론 이런 메시지창에 길드 동맹이 겁을 먹을 리 없었다.

[해골 전사가······]

"치워 버려!"

레벨 100도 안 되는 언데드 몬스터들이 지하 통로에 나타났다. 길드 동맹은 코웃음을 치며 쓸어버렸다.

"자. 다들 계획은 알고 있지?"

"예!"

길드 동맹은 계획을 바꿨다. 위로 몰래 올라가 마르체티 백작의 군대에 가입하기로. 약간 시간은 걸리겠지만 안전하게 상황을 파악할 수 있었다.

털기 좋은 곳을 확인하고 가능하면 백작까지도 친다! 파티원들의 숫자는 적었지만 모두가 한자리에 모이면 충분히 가능한 일이었다.

끼이익-

[마르체티 백작령의 내성 부엌에 들어왔습니다!]

지하통로가 끝나고 내성의 지하 부엌이 나타났다. 길드원들은 안도하며 발걸음을 옮······.

"악마다! 악마와 계약한 놈들이 나타났다!"

길드 동맹은 놀랐다. 주케넨도 놀랐다.

대체 어떻게 들킨 거지!?

주케넨은 당연히 알 수가 없었다. 길드 동맹 쪽에 있던 첩자가 정보를 쪽쪽 보고하고 있다는 것을.

첩자→이다비→태현→마르체티 백작령에 있던 파워 워리어 길드원→마르체티 백작의 병사→마르체티 백작!

마르체티 백작에게 이런 식으로 정보가 들어간 것이다.

"마르체티 백작님! 성 지하에 있는 비밀통로로 악마들이 접근해 오고 있습니다!"

"말도 안 되는 소리 하지 마라. 그런 게 어디 있단 말이냐?"

[화술 스킬이 낮습니다.]

[명성이 낮습니다.]

[칭호가 없습……]

[마르체티 백작이 당신의 말을 들어주지 않습니다.]

"제 목숨을 걸겠습니다! 틀릴 경우 제 목을 자르셔도 좋습니다!"

"뭐라?"

[당신의 목을 걸었습니다! 만약 악마들이 나타나지 않을 경우 정말로 처형당할 수 있습니다!]

스킬이 부족하고 명성 스탯이 부족한 파워 워리어 길드원 입장에서 자기 말을 믿게 하려면 목을 걸어야 했다.

"야, 미쳤냐?!"

"목은 오바야! 진짜 친다니까?"

다른 플레이어들은 그를 보고 비웃었다.

"또 또 나대는 애 나오네."

"귀족 NPC 만만하게 보고 눈에 들려고 하는 놈이 있다니까."

판온 한 지 얼마 안 되는 플레이어들 중에서는 자기 위치를 잘 모르고 귀족 NPC에게 친한 척을 하는 플레이어들이 있었다. 물론 그 결과는 호된 응징!

귀족 NPC는 명성이나 칭호 같은 자격이 없는 플레이어를 혹독하게 대했다. 영주 얼굴 한 번 보려면 연계 퀘스트를 몇십 번 깨야 한다는 말이 괜히 있는 게 아니었다.

그러나 길드원은 자신 있었다. 설마 김태현이 말해준 사실이 틀릴 리가 있겠나!

"좋다! 틀리면 네 목을 베겠다!"

마르체티 백작은 불쾌하다는 듯이 얼굴을 찡그리며 말했다.

귀족 NPC들의 기본 인성! 그 인성을 생각해 봤을 때 정말 틀리면 목이 날아갈 것이다.

보고 있던 플레이어들은 다들 멍청한 길드원을 비웃……

"악마가 나타났습니다!"

"악마가 나타났습니다! 지하에 비밀통로가 정말로 있었습니다!"

"뭐라?!"

깜짝 놀라는 마르체티 백작! 그도 모르는 비밀통로가 정말로 있었다니! 게다가 거기로 악마가 들어오다니!

"당장 기사들을 불러라! 비밀통로를 지켜야 한다! 설마 이렇게 비열하게 기습하다니! 도적 떼라고 해도 정도가 있지!"

마르체티 백작은 분노해서 기사들을 불렀다. 잔뜩 중무장하고 사제들에게 버프까지 받은 기사들이 눈에 불을 켜고 비밀통로를 향해 달려들었다.

피할 곳 없는 성의 좁은 지하실+사방에서 달려드는 기사, 용병, 플레이어들! 태현도 '와 저건 좀 아니지 않나?' 싶을 정도의 고난이도 던전이 만들어지고 있었다.

[마르체티 백작이 당신의 충언에 감동합니다!]

"하찮은 놈 주제에 제법이구나! 네 이름이 무엇이냐?"
"최민수라고 합니다!"
"너를 내 시종으로 명하겠다!"

[<마르체티 백작의 시종> 자리를 받았습니다!]
[거절할 경우 마르체티 백작이 매우 분노할 수 있습니다!]

시종. 태현이나 랭커였다면 '아니 내가 이 레벨에 시종 자리 받고 기뻐해야 해?' 하면서 거절했겠지만, 최민수는 그런 쟁쟁한 플레이어가 아니었다. 좌우명이 '가늘고 길게 가자'인 파워 워리어의 잡초 같은 플레이어!

최민수는 자기가 직접 퀘스트를 깨는 것보다 태현의 뒤를 따라다니면서 나오는 콩고물만 주워도 대만족이었다.

보라!

예전에는 아무도 안 보던, 파워 워리어 길드원들만 와서 응원해 주던 개인 방송도 이제는 어엿한 인기 방송의 목록에 들어가고 있지 않은가.

-ㅋㅋㅋㅋ 시종 ㅋㅋㅋㅋㅋ
-잘 어울리는데?

응원해 주는 시청자들!

최민수 방송을 보는 사람들은 최민수가 좋은 퀘스트를 멋지게 깨는 데에 별 관심이 없었다.

중요한 건 최민수가 얼마나 망가지고 웃기느냐! 그리고 가끔씩 푸는, 태현과 친한 사람만이 알 수 있는 고급 정보들 정도!

[<마르체티 백작의 시종> 자리를 받았습니다.]
[명성이 아주 조금 오릅니다!]

[마르체티 백작령에서 권한이……]

[평판이……]

[기사들에게 무시당할 수 있습니다!]

"아이고! 너무 감사합니다!"

최민수는 넙죽 엎드리며 받았다. 양손은 벌써 삭삭 잘 비벼지고 있었다.

"날 따라다니면서 날 모셔라!"

"네!"

최민수는 신이 나서 백작의 뒤를 쫓았다. 이렇게 쫓아다니게 해주다니! 다른 길드원들은 벌써 부러워하고 있었다.

"내가 말할걸……!"

"크윽! 부럽다!"

"근데 백작 성격 더럽다던데……."

"성격 더러우면 어떠냐! 골드만 떨어지면 그만이지!"

"너희 때문이다!!"

주케넨은 사납게 일갈했다. 길드 동맹 때문인지는 잘 몰랐지만, 주케넨은 악마였다.

이런 상황에서는 일단 상대 탓부터 하고 보는 게 악마!

그걸 모르는 길드 동맹은 당황했다. 통로 앞에는 기사들이 우글거리고, 그 뒤에서는 '지원하러 간다! 버텨라!' 하면서 더 몰려드는 소리가 들리고……. 안 그래도 정신이 없는데 주케넨이 저렇게 나오자 더 당황할 수밖에 없었다.

"아니다! 우리는 철저히……."

"너희 같은 놈들과 손을 잡은 게 실수였다! 젠장! 나 같은 위대한 악마가 이런 실수를……."

"악마? 잠깐. 뭔 악마?"

"네놈 때문에 걸린 거 아냐?"

길드 동맹 플레이어들도 성깔만 놓고 보면 어디 가서 밀리지 않는 플레이어들! 태현 앞에서는 순한 양 같았지만 다른 사람들 앞에서는 사자 같았다.

"네가 끌고 다니는 놈들이 수상해!"

"맞아! 어디서 수상쩍은 웃음을…… 게다가 밖에서 악마라고 소리치잖아! 너희가 들킨 게 분명해!"

길드원들은 바로 무기를 뽑아 들고 주케넨과 부하들을 위협했다. 안 그래도 초조하고 짜증 나는데 잘됐다!

그러나 그건 실수였다. 주케넨이 악마여도 지금은 잘 달래서 써먹었어야 하는 순간!

태현이었다면 '그래그래 내가 잘못했다! 같이 싸우자!' 하면서 화살받이로 써먹었을 것이다.

안 그래도 악마인 주케넨에게 저런 식으로 위협을 가하자 주케넨은 바로 마음을 먹었다. 길드 동맹을 미끼로 버리고 도망치기로!

"흥! 감히 하찮은 것들이!"

주케넨은 재빨리 손을 휘둘렀다. 그러자 좁은 지하 통로 곳곳에 문양이 새기며 중하급 악마들이 빠르게 튀어나왔다.

길드 동맹의 정예에게는 이빨도 안 먹힐 수준!

촤아악!

실제로 길드원들은 칼 한 번, 스킬 한 번으로 정리해나갔다. 한 번 무기가 휘둘러질 때마다 악마 몇 마리가 쓸려 나갔다.

"이게 다냐?"

"이리 와, 이 자식아!"

길드원들은 매우 열 받은 얼굴로 주케넨을 노려보았다. 그러나 주케넨은 멍청해서 중하급 악마를 소환한 게 아니었다. 괜히 에다오르의 부하 중 손꼽히는 부하가 아니었던 것!

주케넨에게 필요한 건 바로 잠깐의 시간이었다. 길드원들이 악마들을 쓸어버리며 소모하는 잠깐의 시간!

"흥. 멍청한 놈들!"

-지옥 마력 폭발!

콰과과과꽝!

주케넨이 사악한 마법을 사용하자, 근처에 있는 악마와 악마 시체들이 부풀더니 폭발하기 시작했다.

좁은 부엌을 날려 버리는 강력한 폭발!

주케넨은 킬킬대며 웃었다.

"멍청한 놈들 같으니! 감히 나 주케넨을 상대할 수 있을 것 같으냐!"

주케넨은 그렇게 말하고 지하 통로로 다시 뛰어들려고 했다.

"이 개자식이……."

"허어억!"

주케넨은 기겁했다. 이 폭발을 정통으로 맞고서도 길드 동맹 길드원들 대부분이 멀쩡했던 것이다. 좀 다치고 장비에 흠집이 나긴 했지만, 저 정도면 거의 멀쩡한 수준!

'대체?!'

"네가 김태현인 줄 아냐? 어디서 개수작을…… 이리 와! 죽여 버린다!"

김태현에게 하도 많이 당한 터라, 길드원들은 기본적으로 폭발 대미지를 줄여주는 옵션이 달린 장비들을 차고 다녔다.

물론 태현의 숨 막히는 폭발 대미지를 막기에는 역부족이었지만, 주케넨의 기습을 버텨내기에는 충분했다.

"막아라! 내 부하들아!"

진짜로 당황한 주케넨은 네크로맨서들과 추종자들을 앞에 세우고 통로로 달려갔다. 길드원들은 이를 갈면서 잡아 죽이려고 했다.

넌 반드시 죽인다!

그러나 그럴 때가 아니었다. 벽이 박살 난 덕분에 지하의 사방에서 기사들과 병사들이 달려들기 시작한 것이다.

"악마 숭배자다! 잡아라!"

"악마와 결탁한 사특한 무리다!"

"볼로네 백작의 피를 받아내야 한다!"

"???"

"뭔 백작?"

"아니 거기 문 무너져서 뒤진 놈? 그건 기계공학 대장장이들 때문이잖아?!"

길드 동맹 길드원들은 당황했다. 볼로네 백작이 죽었다는 사실은 영상을 봐서 알고 있었지만, 그건 아무리 봐도 기계공학 대장장이들 때문이었다.

그렇게 폭탄으로 날려 버리는 놈들이 또 누가 있겠는가!

"감…… 감히 백작님을 모욕해! 저 뻔뻔한 놈들을 죽여라!"

[마르체티 백작 기사단이 <정의의 분노>를 사용했습니다!]

[마르체티 백작 기사단이 <악을 멸하는 칼날>을 사용했습니다!]

[마르체니 백작……]

"버프 그만 써 미친놈들아!"

길드 동맹 랭커들은 경악했다. 랭커이기에 알 수 있었다. 지금 상황이 얼마나 위험한 상황인지를. 안 그래도 하나하나가 강한 기사 NPC인데, 버프를 덕지덕지 받은 상태에다가, 길드 동맹은 불리한 상황에서 기습을 받고 있었다.

최악의 상황! 기사단과 싸우려면 유리한 입장에서 싸워야지 절대 이런 상황에서는 싸울 수 없었다.

순간 그들의 머릿속에서 한 단어가 떠올랐다.

떼죽음!

"도망쳐야 해!"

"통로로 달리자! 통로 좁아서 길 막으면 못 쫓아올 거야!"

콰르릉!

뭔 소리?

길드 동맹은 바로 알아차렸다. 먼저 들어간 주케넨이 엿 먹으라고 통로를 무너뜨린 것이다.

"아 저 미친 악마 새끼가 진짜!!"

"진짜 잡히면 죽여 버린다!!"

왜 저런 놈과 손을 잡았을까! 길드 동맹은 그제야 후회했다. 아무리 길이 없고 답이 없어도 저런 놈과 손을 잡는 게 아니었는데……!

"길을 뚫는다!"

"날 따라와라!"

길드원들은 놀랐다. 랭커들이 솔선수범해서 나선 것이다. 게다가 자기 뒤를 따라오라고 하다니.

저런 놈들이 아닌데?

"내 뒤만 따라와! 내가 뚫는다. 간다!"

"아냐! 내 뒤를 따라와!"

그러나 랭커들의 생각을 안다면 당연한 일이었다. 도망칠 곳이 없고 뚫고 가야 한다면 최대한 많이 데리고 가는 놈이 유리했다. 만약의 상황에 미끼로 쓰고 튈 수 있었으니까!

어쨌든 길드원들은 평소에 못 보던 랭커들의 모습에 살짝 감동을 받았다.

"따라간다! 가자!"

"길드 동맹! 가자!"

바닥까지 떨어졌던 우정이 아주 조금 부활한 느낌이었다.

볼로네 백작령을 일단 내버려 두고, 태현은 부하들을 잔뜩 이끌고 마르체티 백작령으로 들어온 상태였다.

미안하다 길드 동맹! 이렇게 된 이상 너희를 잡아야겠다!

길드 동맹은 배신이라며 펄펄 뛰며 계약을 맺은 영상을 공개하겠지만, 태현은 신경 쓰지 않았다.

그런 거 신경 쓸 사람이었으면 판온 1에서 안 그랬지!

그보다는 다른 귀족들한테 오해를 사지 않는 게 중요했다.

[오해가 아니라 사실……]

'시꺼.'

아키서스 포병대와 기사단, 전사대까지 이끌고 온 태현의 전력은 무시무시했다. 그걸 아는 귀족 전사대들이 옆에서 속삭였다.

"폐하. 이 병력으로 건방진 마르체티 백작을 공격하는 겁니다. 폐하의 위엄을 보여주십시오."

자기 일 아니라고 일단 지르고 보라는 귀족 전사대! 과연 아스비안 제국 출신다웠다.

"태현 님! 지금 싸움 붙은 거 같아요!"

"서둘러야겠다!"

길드 동맹이 벌써 통로를 통과해 지하에 도착했다는 사실을 들은 태현은 서둘렀다. 이러다가 도착하기 전에 끝나 버리겠다!

"통로 입구가 저기였지? 가자!"

태현은 비밀 통로 입구에서 길드 동맹이 달려오는 걸 싹 잡을 생각이었다. 길드 동맹이 바보가 아닌 이상 들어갔던 비밀 통로로 다시 나올 테니까.

파아앗!

아니나 다를까 입구에서 일행이 튀어나왔다.

"봐라. 나왔지?"

"?"

"……길드 동맹이 아닌 것 같은데?"

입구에서 튀어나온 건 주케넨이었다.

–……?

〈아키서스의 포병대〉 우리 안에 갇혀있던 악마, 구시온이 눈을 가늘게 떴다.

저놈 악마잖아?

그것도 꽤 급이 되어 보이는 악마였다.

에다오르의 심복, 주케넨!

구시온이 '왜 저런 악마가 여기 있지?' 하는 사이에 태현 일행은 수군거리고 있었다.

"길드 동맹이 아니잖아?"

"어떻게 된 거지?"

"길드 동맹이 나와야 하는데……?"

길드 동맹을 붙잡고 마르체티 백작한테 넘기면서 '볼로네 백작의 원수를 갚았다!'라고 외치려던 계획이 틀어지고 있었다. 물론 이미 떠넘기기는 성공한 것 같았지만, 원래 태현은 관을 묻을 때 못질까지 해서 묻는 사람이었다.

무엇이든지 철저하게!

"쟤네는 누구지?"

"보니까 길드 동맹이 만난 NPC 같은데요?"

이다비는 첩자들이 보낸 정보를 정리했다. 보아하니 길드 동맹은 아무것도 없이 싹 비워진 영지를 방황하다가 저 NPC들을 만난 것 같았다.

그리고……?

"……쟤네들이 악마라는데요?"

"뭐?"

태현은 깜짝 놀랐다. 물론 태현이 악마를 퇴치하기 위해 대대적으로 플레이어들을 선동하긴 했다. 근데 그건 그거였고, 이 넓은 판온 세계에서 만나게 될 줄이야!

'흠. 살짝 미안하군.'

약간의 죄책감을 느꼈다. 물론 태현의 영지에서 난리를 친 악마였다면 죄책감이고 뭐고 머리와 몸통을 분리해 줬겠지만, 적어도 저 악마는 태현의 영지에서 난리를 친 악마가 아니지 않은가.

친절하게 볼로네 백작의 영지에서 날뛰어 준 덕분에 태현을 도와준 악마! 그런 악마를 〈아키서스 십자군〉으로 탈탈 털어서 쫓아냈으니…….

"근데 왜 쟤네만 나와? 길드 동맹하고 같이 나와야 하지 않아?"

"……그게, 쟤네들이 통로를 무너뜨리고 쟤네만 빠져나왔다고……."

"……저런 악마 같은 놈!"

태현은 분노했다. 방금까지 갖고 있던 약간의 죄책감은 싹 사라졌다.

감히 계획을 망치다니!

"밟아버려!"

"화신님!"

태현이 분노해서 외치려는 찰나, 뒤에서 아키서스 포병대의 드워프 하나가 말했다.

"혹시 저희에게 저 악마를 주실 수 있으십니까?"

"그게 무슨 소리냐?"

"저 악마를 보아하니 뿔이 단단하고 색이 진하니 아주 기운이 튼실한 놈 같습니다."

악마 사육 전문가 드워프! 구시온을 소환해서 잡아넣은 다음 동력원으로 써먹었던 만큼, 그 안목은 보통이 아니었다.

드워프들은 군침을 흘리며 주케넨을 쳐다보았다.

저놈 잘 잡으면 대포 몇 개는 그냥 굴리겠구나!

"흠. 그래. 뭐 나쁘지 않겠지."

우리 안에서 듣고 있던 구시온은 문득 한 가지 사실을 깨달았다.

'저놈을 잡으면 내 부담이 줄어드나?'

생각해 보니 그랬다. 구시온의 에너지도 적게 뽑아갈 것이고, 두 마리를 감시하다 보니 빈틈도 늘어날 것이고…….

무엇보다 혼자 당하기는 억울하지 않은가!

구시온은 재빨리 고개를 들어 외쳤다.

-저놈은 주케넨! 에다오르의 심복 중 하나며, 키는 176㎝, 혈액형은 B형, 취약한 마법은 번개 마법, 약점은…….

"?!?"

통로를 빠져나온 주케넨 일행도 태현 일행 못지않게 더 당황했다. 게다가 전력이 무시무시해 보였던 것이다.

'속이거나 도망쳐야겠다!'

주케넨은 꿀꺽 침을 삼켰다. 이놈들을 속이면 좋겠지만 잘 안 될 수도 있으니 도망칠 방법을 준비해야 했다.

일단 공간마법을 준비하는 동안 추종자들과 네크로맨서들

을 동원해서 상대방을 막으면…….

-저놈 저거 도망치려고 한다! 저놈 특기가 공간마법이다! 빨리 마법 방해 걸고 마법 못 쓰도록 때려야 한다!

어떤 놈이 날 이렇게 잘 아는 거야!?

주케넨은 경악했다.

상대방 쪽에 악마 전문가라도 있는 것인가?

아니, 아무리 악마 전문 기사단이라 할지라도 주케넨의 능력은 알지 못했다. 주케넨은 그 정도로 철저하게 숨겨왔…….

-?????

그 순간 주케넨과 구시온의 눈이 마주쳤다.

'저놈 왜 저기 있어!?'

주케넨은 경악했다.

악마 공작 구시렉의 아들, 구시온! 마계의 공자로 불리는 강력한 악마가 왜 저기 우리에 갇혀서 자기의 약점을 줄줄 불고 있단 말인가.

그 모습에 주케넨의 머릿속에 번뜩이고 지나가는 게 있었다.

-아탈리 왕국에 있는 아키서스 놈이 악마 상대로 뭐 한지 넌 알고나 있냐? 거기 가면 곱게 죽을 수도 없다더라.

-영지로 잡아가 노예로 부려 먹거나 잡아서 우리에 가둔다더라!

같이 세계수를 타고 대륙에 내려온 악마들이 했던 소리.

처음에는 그 악마들이 겁쟁이라서 개소리를 했다고 생각했었다. 그런데 저렇게 갇혀 있는 악마를 보니 그 개소리가 진짜처럼 느껴졌다. 게다가 저렇게 강렬한 신성력이라니.

저놈이 설마……!

-아…… 아키서스!

주케넨은 자기도 모르게 소름이 돋는 걸 느꼈다. 그제야 후회가 되기 시작했다. 다른 악마들처럼 다른 왕국을 노릴 걸 그랬다!

[구시온에게 <지옥 마력 방해> 스킬을 얻었습니다.]

[구시온에게 <악마의 발목 봉쇄> 스킬을 얻었습니다.]

[구시온에게 <악마의 차원문 방해> 스킬을……]

"아. 그만 떠들어 인마!"

태현은 짜증 나서 구시온을 구박했다. 구시온은 주케넨이 혹시 도망이라도 갈까 봐 필사적이었다. 태현 일행에게 각종 마법을 가르쳐 주면서 막으라고 할 정도!

물론 마법 배워서 나쁠 건 없었지만, 저 스킬들은 좀 애매했다. 악마 상대로만 쓸 만한 애매한 스킬들!

<지옥 마력 방해>는 악마의 마법을 방해하는 스킬이었고 <악마의 발목 봉쇄>는 악마를 못 움직이게 만드는 스킬이었고 <악마의 차원문 방해>는 악마가 만드는 마계의 차원문을 없애는……. 굳이 저런 것까지 쓸 필요 없었다.

"케인!"

"오케이!"

-노예의 쇠사슬!

차르르르륵!

그 한 번에 주케넨은 태현 앞으로 배달되었다. 주케넨은 기겁해서 땅바닥을 기며 도망치려 했다.

"주케넨 님!!"

"뭐 하시는 겁니까!"

추종자들과 네크로맨서들이 경악할 정도로 추한 모습!

그러나 주케넨은 그런 걸 신경 쓰지 못할 정도로 겁에 질려 있었다.

여기서 도망쳐야 해!

탁!

[<아키서스 포병대>에 소속된 거인 전사가 악마 주케넨을 붙잡습니다!]

-이거 봐라!

-이거 먹어도 되나?

"안 돼."

-흑흑. 악마 맛있어 보이는데. 슬프다.

새로 추가된 거인 전사들은 시무룩한 얼굴로 주케넨을 우리에 집어 던졌다.

[악마 주케넨이 <아키서스 포병대>의 특제 악마 우리에 들어갑니다!]

-크하하하하하!

구시온은 그 모습을 보고 호탕하게 웃었다.

과연 악마 공작의 아들다운 호탕한 웃음소리!

-뭘 웃는 거야 미친놈아!!

물론 주케넨 입장에서는 기가 막힌 웃음이었다.

저 악마 놈이 돌았나!

-나 혼자 죽을 수는 없지!

그랬다. 원래 맛있는 거는 혼자 먹고 힘든 건 꼭 나눠서 같이 하려는 게 악마!

예전 아키서스가 마계의 악마들을 속이고 다닐 때도 왜 그렇게 피해가 컸었던가. 속은 악마들이 입을 싹 다물고 '야, 아키서스 정말 착한 신이던데? 너도 거래해 봐!'라고 추천해서 그러지 않았던가!

아키서스는 악마들의 이기심을 기가 막히게 이용하는 신이었다.

-멍청한 놈! 악마 공작 아들 주제에 잡혀 다니는 놈!

-훙. 안 들린다.

주케넨의 욕설은 이미 예상하고 있었기에 구시온은 타격을 전혀 받지 않았다.

저런 거에 흔들린다면 악마의 자격이 없다!

-그리고 멍청한 놈은 너 아니냐? 에다오르 심복이 아키서스의 영역에 오다니.

게다가 구시온도 할 말이 많았다. 그는 솔직히 실수한 게 없었던 것이다. 드워프들의 정식 소환에 나왔다가 잡혀서→아키서스한테 팔려가게 된 것!

이건 어쩔 수 없는 일이었다.

그렇지만 주케넌은? 지가 알아서 아키서스 영역에 출몰한 멍청한 놈! 완전 바보 아닌가?

-그게 무슨 소리냐?

-……너 설마 에다오르가 누구한테 당했는지도 모르는 거냐?

-주인님께서는…… 대륙의 영웅들과 교단들이 모두 힘을 합해서 비열하게 합공을 가한 것 때문에 잠시 상처를 회복하신다고…….

-크하하하! 그게 무슨 개소리냐! 에다오르는 아키서스한테 속아서 이용당하다가 무기까지 뺏겼는데!

구시온은 바닥을 탕탕 내려치며 웃음을 터뜨렸다.

역시 악마에게 가장 즐거운 순간은 남을 절망으로 빠뜨리는 이런 순간!

그걸 보며 드워프들은 흐뭇하게 미소 지었다.

"어이구. 저 악마놈이 요즘 웃지도 않고 너무 우울해서 걱정했는데."

"저렇게 웃으니 얼마나 예뻐. 내가 눈물이 다 나오네."

훈훈하게 미소 짓는 드워프들!

그러는 사이 주케넨은 엄청난 충격에 빠져 입을 뻐끔댔다.

그러고 보니……!

-말…… 말도 안 돼…… 그건 말도 안 돼!

-크하하하. 멍청한 놈. 멍청한 놈! 이제야 알…… 헉.

떠들던 구시온은 입을 다물었다. 태현이 다가오고 있었던 것이다. 구시온은 다소곳이 무릎을 꿇고 앉아 시선을 깔았다.

공손하고 조신하게!

아키서스 앞에서 어떻게 해야 하는지 직접 몸으로 체험한 것이다.

"구시온. 네가 세운 공이 크니, 1주일 동안 에너지를 뽑지 않겠다."

-감…… 감사합니다! 아키서스 님!

-????

주케넨은 충격에 빠져 있다가도 놀라서 정신을 차렸다.

방금 뭘 본 거지? 그 거만하고 강력한 악마 구시온이 무슨 강아지처럼 굽신거리고 있었던 것이다.

"아니다. 기분이다! 2주일!"

-허어억! 그럴 수가……!

"녀석. 좋아하니 나도 기쁘군. 구시온에게 먹이…… 아니, 간식을 주라고."

"예. 아키서스 님."

드워프들이 마력석을 꺼내 우리 안에 던져 넣었다. 주케넨은 입을 떡 벌리고 그걸 지켜보았다.

방금…… 먹이라고 하지 않았나? 완전 키우는 짐승 취급!

"자. 그러면 구시온한테서 못 뽑는 만큼 주케넨에게서 뽑아 내야겠지."

"지당하신 말씀이십니다! 크헬헬!"

드워프들은 간신 같은 웃음을 터뜨리며 손바닥을 비볐다.

매우 사악하고 간사한 웃음소리!

그 웃음소리에 주케넨은 움찔했다. 뭘 뽑아?

-이 하찮은 필멸자 놈들! 나는 에다오르의 악마 주케넨이다!

"에다오르?"

"어쩐지 호구 같아 보이더니……."

나름 협박하려고 외친 말이었지만, 다른 일행들은 그 말에 매우 불쌍하고 하찮은 걸 보듯이 쳐다보았다.

주케넨 입장에서는 더더욱 충격일 뿐이었다.

-내가 주케넨…….

"애들아. 악마가 입을 안 다물잖아."

"죄송합니다! 화신님! 지금 뽑겠습니다!"

"장치 가동시켜!"

우우우웅!

-크아아악!

주케넨은 전신의 힘이 뽑혀 나가는 느낌에 비명을 질렀다. 구시온은 그걸 보며 싱글벙글 웃었다.

-네가 와서 기쁘다. 주케넨.

-개…… 으아아악! 으아아악!

[<지옥 마력 방해> 스킬을……]
[<악마의 발목 봉쇄> 스킬을……]
[<악마의 차원문 방해> 스킬을……]
[악마 주케넨을 사로잡았습니다!]
[<악마의 기계공학 비전> 스킬이 해금되었습니다! 새로운 제작법을 얻었습니다!]

"오오!"

태현은 메시지창에 기뻐했다.

악마 대장장이들한테서 내려온 제작법들을 모은 <악마의 기계공학 비전> 스킬. 스킬 레벨이 오를 때마다 하나씩 랜덤으로 풀린다는 것만 제외하면 최고의 스킬이었다.

원래 대륙에서 천사나 악마의 제작법 같은 건 구하는 게 불가능한 수준이었으니까!

이번에는 뭐가 나왔을까?

[<에다오르의 머스킷> 제작법을 얻었습니다.]

'에이. 원거리 무기는 좀 별로인데.'

태현은 떨떠름했다. 장비, 혹은 기타 공성 병기면 모를까 활이나 머스킷 같은 건 지금도 충분했다.

유지수가 지금 쓰고 있는 활도 매우 비싼 전설 등급 활이었고, 이다비도 강력한 머스킷 아이템을 갖고 있었으니 굳이…….

게다가 이름에 에다오르가 들어갔다. 원래 아이템 이름에 저런 게 들어가면 보통 좋다는 뜻이지만, 에다오르가 들어가니까 뭔가 좀 약해 보였다.

[카르바노그가 동의합니다.]

에다오르가 들었다면 분해서 피눈물을 흘렸을 소리!

'만들어서 파워 워리어 애들한테 뿌려야 하나?'

사람들이 의외로 착각하는 게 있었다.

파워 워리어 길드의 전투력은 허접하다는 착각! 숫자는 어마어마하게 많지만 다른 길드에 비해 전투력은 별 볼 일 없다는 편견이 있는 것이다.

그러나 그건 옛날 이야기였다.

〈악마의 영혼이 갇혀 있는 사슬갑옷〉, 〈카르바노그의 단검〉 같은 판온에서 태현만이 만들 수 있는 특수 장비로 무장한 파워 워리어의 특수부대. 줄여서 단검단이라고 불리는 이들!

평소에는 레벨 1의 플레이어들로, 판온 레벨 경쟁에 관심이 없는 플레이어들로 보였다. 그러나 그 실체는 무시무시한 죽창이었다.

유사시 갑옷 능력으로 목숨을 사용해 미친 듯이 능력을 올리고, 단검으로 상대를 찔러 끝내 버리는 흉악한 전투력! 기계공학 대장장이들과는 다른 방식의 폭탄이나 마찬가지였다.

태현도 처음에는 커다란 기대를 하지 않고 밀어줬지만, 점점 더 강력해지는 그들의 모습에 슬슬 기대가 가기 시작했다. 이러다가 정말 나중에는 잘 써먹을 수 있을지도 모른다!

'단검단은 너무 극단적인 카드니까 다른 전투 파티도 몇 개 있으면 좋긴 하겠지.'

단검단은 정말 필요할 때가 아니면 꺼내고 싶지 않았다. 그리고 파워 워리어도 이제 대형 길드고 명성도 높다 보니 속아서 들어온 고렙 플레이어들도 꽤 됐다.

이들만 잘 꾸리고 조직해도 괜찮은 전력이 나오리라!

게다가 태현의 기계공학 아이템은 쓰기는 까다로워도 잘만 조합하면 몇 배가 되는 위력이 나왔으니……

'보자. 어떤 아이템인가?'

에다오르의 머스킷:

내구력 30/30, 물리 공격력 0, 마법 공격력 0.

착용 시 <악마의 천칭> 발동. <악마의 시야> 발동.

착용 시 지속적으로 레벨 감소.

사거리 400% 증가.

악마 종족 제한. 에다오르에게 허락을 받아야 착용 가능.

악마의 원한은 모든 이치를 초월해 상대의 숨통을 끊는다.

(추가 옵션: 해제 불가. 착용 시 NPC들에게 악마 관련 페널티 있음.)

또 극단적인 아이템! 좀 멀쩡하고 평범하게 성능이 좋은 아이템은 나와주지 않는 걸까?

[카르바노그가 그럴 거면 아키서스의 화신이 되면 안 됐다고……]

'내가 되고 싶어서 된 건 줄 아냐?'
'어어'하는 사이에 갑자기 되어버린 아키서스의 화신!
생각해 보니 카르바노그도 '어어' 하는 사이에 따라다니게 된 것 같은데…….

[카르바노그가 못 들은 척 딴청을 피웁니다.]

쯧. 내구력 구리고, 물리 공격력, 마법 공격력 0이고…… 거기에 제한도 빡세군. 악마 종족만 쓸 수 있고, 에다오르에게 허락을 받아야 쓸 수 있고. 거기에 착용하면 레벨이 계속 감소하고…….'
대체 뭔 옵션이 있길래 이렇게 제한과 페널티가 빡빡한지 의문이 들었다.
일단 사거리 400% 증가는 매우 강력한 옵션이긴 했다. 궁수 플레이어들에게는 사거리가 생명.
사거리 200% 옵션 달린 아이템만 나와도 경매장이 불타오르는데 400%라는 건…….
'경매에 나오지도 않는 사기 수준이란 거지.'
몇몇 궁수 랭커들이 자기들만 몰래 쓸 수준! 그렇지만 워낙 페널티가 많다 보니 그것만으로는 상쇄가 안 되어 보였다. 착용하면 NPC한테 욕먹고 레벨 내려가고 악마 종족이 되어야 하고 에다오르한테 허락까지 받아야 하는데!

'〈악마의 시야〉는 시야를 사거리에 맞게 늘려주는 평범한 패시브 스킬이고. 〈악마의 천칭〉은…… 헉.'

태현은 경악했다. 〈악마의 천칭〉 스킬을 봤기 때문이었다.

〈악마의 천칭〉

랜덤으로 HP의 일정 퍼센트를 깎아서 마탄을 발사합니다. 상대가 마탄을 맞으면 똑같이 HP에 일정 퍼센트의 대미지를 입힙니다.

'미친!'

공격력이 왜 0인가 했더니 이런 스킬이 있을 줄이야.

이건 무조건 써먹어야 했다. 판온에서 레벨 1과 레벨 100이 싸우면 아무리 레벨 1의 숫자가 많더라도 다 쓸려 나가는 경우가 많았다. 레벨 100에게 대미지를 줄 방법이 없는 것!

공격력이 방어력을 뚫지 못하니 당연한 일이었다. 몇몇 특수한 방법을 쓰지 않고서는 답이 없었는데, 이 머스킷은…….

이론상 레벨 1의 HP 50%를 깎아서 발사하면, 맞은 랭커도 HP 50%가 깎이는 것! 물론 이론상의 이야기였고 랭커 정도 되면 저런 원거리 공격을 피할 방법을 갖고 있을 것이다. 회복기도 많을 것이고.

그렇지만 이론상만으로도 충분했다. 상황은 만들면 되니까!

게다가 이 무기는 사거리가 어마어마하게 길었다. 태현은 직감했다. 이 머스킷은 단검에 버금가는, 아니 뛰어넘는 죽창이 될지도 모른다고!

레벨 1 플레이어들도 랭커에게 이빨을 들이댈 수 있는 강력한 무기! 그런 걸 생각해 보니 저런 제한들과 페널티가 납득이 갔다. 아니, 오히려 적은 수준이었다.

'미안하다. 에다오르! 넌 괜찮은 악마다!'

태현은 에다오르를 인정했다.

[에다오르도 기뻐할 거라고 카르바노그가 말합니다.]

'하하. 쑥스럽게.'

태현은 제한을 고민했다.

'일단 악마 종족은 내가 악마들을 데리고 있으니까 어떻게든 될 거 같아.'

한두 번 해본 게 아니었다. 케인도 우르크 지역에서 악마 관련 아이템을 잘못 먹었다가 악마로 오염되지 않았었던가.

게다가 태현은 싱싱한 악마들을 매우 많이 데리고 있었다. 영지에도 있고 지금 당장 우리에도 있고!

'흠. 역시 에다오르 관련 장비니까 에다오르 부하한테서 뜯는 게 좋겠지?'

오싹!

주케넨은 갑자기 오한을 느꼈다.

-여기 무슨 얼음 마법사라도 있는 거냐?

-무슨 헛소리를 하는 거야?

'피는 주케넨한테서 뜯고…… 아. 에다오르한테서 허락을 어떻게 받지?'

마계에 가서 에다오르한테 부탁하면 에다오르가 퍽이나 들어주겠다!

[에다오르의 뿔을 사용한 상태입니다.]

[에다오르의 무기를 뺏은 적이 있습니다.]

[에다오르 대신 허락할 수 있습니다.]

아, 그러고 보니 그랬었지?

에다오르 레이드를 한 적이 있다 보니, 에다오르에게서 나온 뿔을 사용한 적이 있었다. 생각지도 못한 해결!

'이야. 악마들은 참 쿨한데?'

괜한 뒤끝 없이 이기면 이런 것도 허락해 주는구나!

가장 커다란 문제가 해결되자 남은 건 쉬웠다.

'악마 피는 주케넨에게서 뽑아서 악마가 될 수 있는 약을 만들고, 사람만 모으면 되겠군. 얼마나 모이려나.'

태현은 이다비에게 부탁해 파워 워리어 길드에 공지를 올리게 했다.

"이런 장비들을 쓰게 하고 싶은데, 착용하는 순간 레벨이 쭉쭉 떨어지니까 이걸 꼭 말해줘야 해."

"어디서 또 이런 무기를…… 아차."

이다비는 웃으면서 말을 바꿨다.

"그렇게 올릴까요?"

"그렇게 이상한 무기 아니거든…… 근데 애들이 좀 안 모이려나? 음. 단검단 애들한테 쥐어줘야 하나……."

확실히 레벨이 떨어지는 페널티는 컸다. 단검단이야 레벨업에 관심 없고, 레벨 1로 플레이하는 걸 즐기는 변태들이 모인 거였지만, 그 외 플레이어들은 레벨에 애착이 있을 터.

레벨 내려가는 걸 좋아할 리 없었다.

'단검단은 이미 그런 식의 전투에 익숙해서 새 무기는 다른 사람들한테 익히게 하고 싶었는데.'

새 술은 새 부대에 담으라고, 원거리 무기는 따로 주고 싶었다.

"네? 애들 많이 모일걸요?"

"진짜?"

"이 제안이 얼마나 좋냐 안 좋냐를 떠나서 일단 태현 님이 뭔가 한다고 하면 안 읽고 신청할 사람들이 태반이라……."

그건 그랬다. 이제 파워 워리어는 태현이 '게임 접을 사람 선착순 100명!'이라고 해도 우르르 달려들 것이다.

일단 뭔진 모르겠지만 태현이 모으는 거니까 해야지! 남들보다 늦으면 못 해! 선착순이야!

이런 식으로 말이다.

"그리고 제안도 좋아요."

"뭐? 악마 종족 되고 레벨 내려가도 상관없는 사람 모집이란 제안이?"

"네. 다들 레벨 내려가고 싶어하는 걸요."

"!?"

태현이 모르는 사이에 그런 유행이 불었단 말인가?

사실 단검단 때문이었다. 단검단이 파워 워리어에서 점점 실적을 쌓아가자, 다른 길드원들 사이에서 말이 나왔다.

-아! 나는 왜 레벨이 이렇게 높아서! 내 레벨이 10인게 원망스럽다!

-이 자식! 네가 저번에 퀘스트를 깬 덕분에 나까지 경험치 들어와서 내 레벨이 3이잖아! 너 때문에 내 인생이 꼬였어!

-으아아아악! 나 어제 레벨업 해서 레벨 2인데!! 왜 이제야!!

단검단에 들어가고 싶지만 들어가지 못하는, 불운한 고렙 플레이어들! 사망으로 줄어드는 경험치도 저렙 때에는 거의 없다시피 했으니……. 레벨 1로 가는 건 정상적인 방법으로는 불가능!

결국 길드원들은 눈물을 흘릴 수밖에 없었다.

그런데 이런 획기적인 장비라니!

설명을 들은 태현은 어이없다는 듯이 말했다.

"난 너희 길드 애들을 잘 모르겠어……."

"저도 아직 잘 모르겠어요."

"재료는 루비랑 혈석, 악마 관련 재료 몇 개 들어가긴 하는데 못 구할 정도는 아니고."

루비와 혈석 같은 건 이번 영지를 탈탈 털어대면서 얻은 게 좀 됐다. 이렇게 알뜰하게 쓰게 될 줄이야!

"주케넨!"

-날 놓아줘라, 아키서스 놈! 내 주인께서 오신다면 너는 벌레처럼 짓밟힐 터이니! 조금이라도 자비를 구하려면 나를 놓아줘야……

"야. 얘 에너지 제대로 안 뽑았냐? 왜 이렇게 쌩쌩해?"

"죄송합니다!"

드워프들은 고개를 숙이더니 장치를 돌렸다.

우우우우웅!

-그아아아악! 그아아아아아악!

-크핫핫핫핫!

인생 최고의 시간을 보내는 구시온!

주케넨이 잠잠해지자 태현이 다가갔다.

"자. 피 좀 뽑자."

-?!?!?

"어허. 가만히 있어. 움직이면 더 아파. 알콜솜 줄 테니까 끝나고 문질러라."

-아니 이런 미친 놈이 칼을 휘두르면서 무슨……!

주사가 아니라 칼로 팔을 베는데 무슨 알콜솜으로 문질러!

뚝뚝뚝-

"폐하."

"?"

"마르체티 백작님께서 뵙고 싶어 하십니다. 그런데…… 그게 대체……?"

성 안에서 백작의 기사가 소식을 전하기 위해 달려온 것이었다. 기사는 태현의 모습을 보고 어리둥절한 표정이었다.

국왕이 우리에 갇힌 악마한테 뭔가…… 뭔가 하고 있다!

태현은 당당하게 말했다.

"왕국을 침범한 악마를 붙잡아서 심문하고 있네."

"아…… 역시 폐하! 대단하십니다! 대륙의 영웅!"

백작들과 달리 기사들 사이에서는 매우 호평인 태현!

괜히 에랑스 왕국의 기사단이 태현을 보고 졸졸 쫓아온 게 아니었다. 태현을 졸졸 쫓아다니던 에랑스 왕국의 〈은빛 검기사단〉 기사들이 재빨리 나섰다.

"폐하께서는 대단한 영웅이시지!"

"악마만 보면 눈이 돌아가서!"

"대륙에 악마가 소환되면 폐하부터 먼저 꺾으셔야 할 거다!"

"애들아. 오바는 하지 말자."

태현은 기사들의 입을 닥치게 했다. 괜히 불길한 소리를 하고 있어!

"마르체티 백작이 보고 싶어 한다고? 왜?"

태현은 찔리는 게 많은 사람! 일단 의심부터 하고 봤다.

"왜냐뇨…… 위대한 영웅이신 폐하를 뵙고 싶어 하는 건 당연한 거 아닙니까?"

기사는 어리둥절해서 되물었다. 태현 뒤의 기사들은 맞는 말이라고 고개를 끄덕였다.

"백작보고 직접 나오라고 해라."

"예. 그러실 겁니다."

"뭐? 진짜?"

태현은 당황했다. 여기서 '주인님이 싫다는데요?' 정도는 생각했던 것이다.

"볼로네 백작을 죽인 악마를 퇴치하기 위해 이렇게 달려와 주셨는데, 직접 나오지 않으실 리 없잖습니까?"

"그렇긴 한데……."

너무 순순히 감사하자 오히려 좀 당황스럽다!

다른 일행들은 태현에게 소곤거리며 물었다.

"왜 그래? 좋은 일이잖아."

"아니, 멀쩡하게 감사하니까 뭔가 좀 찜찜하네."

대체 어떤 인생을 살아왔길래……!

"뭐, 감사한다니 받아줘야지. 나오라고 해라."

그 틈을 타 귀족 전사대들이 다가와 소곤거렸다.

"폐하. 나오는 순간 백작의 목을 치십시오! 그러면 놈들이 혼란에 빠질 테니 저희가 안으로 들어가 성을 점령하겠습니다!"

태현에게 푹 빠진 귀족 전사대!

누가 아스비안 제국 출신 아니랄까 봐 아주 화끈한 방법을 속삭이고 있었다.

"아, 안 돼."

"폐하. 방금 망설이신 거 아닙니까?"

"아, 아니거든."

하고 싶지만 참아야 해!

태현은 악마의 속삭임을 참았다.

-구아아아아악!

물론 진짜 악마의 비명도 뒤에서 들리고 있긴 했다.

"폐하. 그런데……."

"아. 안 한다니까! 마르체티 백작을 사로잡은 다음 기사들과 안에 있는 용병들을 협박해 항복하게 만든 다음 백작령의 보물들을 털고 백작을 처형하는 일은……."

"……그, 그렇게까지 자세히는 말 안 했습니다만."

당황하는 귀족 전사대! 마치 머릿속으로 백번 정도는 연습한 것 같은 구체적인 시나리오!

[귀족 전사대의 친밀도가 크게 오릅니다!]

[귀족 전사대의 평판이 크게 오릅니다!]

[이 보고를 들으면 황제 우이포이틀이 매우 만족해할 것입니다.]

[……]

"그게 아니라, 마르체티 백작이 나온다면 저 악마를 닥치게 해야 하지 않겠습니까?"

"뭐? 죽이라고?"

태현은 '너희 너무한 거 아냐?'라는 표정으로 귀족 전사대를 쳐다보았다. 물론 귀족 전사대도 지지 않았다. 그들은 '폐하가 더 너무한 거 아닙니까?'라는 표정으로 태현을 쳐다보았다.

"아니 그냥 조용히 만들라는 소리였습니다만……."

[귀족 전사대의 친밀도가 크게……]

[카르바노그가 <귀족 전사대>가 귀족들인지 깡패들인지 모르겠다고 말합니다.]

폭군 짓만 하면 착착 오르는 친밀도와 평판!

어떻게 보면 태현과 궁합이 잘 맞긴 했다. 우이포아틀을 속이고 있는 게 있으니 언젠가 틀어질 사이라는 점이 문제였지만!

"아, 그래. 조용히 시켜야겠군."

마르체티 백작이 찾아왔는데 뒤에서 악마가 비명을 지르는 상황에서 대화할 수는 없었다.

-이봐. 조용히 하는 게 좋을 거다.

-닥쳐라! 이 패배한 쓰레기 같으니!

-감히 마계에서 날 만나면 고개도 못 들 놈이?

구시온은 분노해서 주케넨을 노려보았다.

기껏 조언을 해줬더니!

'하긴. 어차피 내버려 둬도 며칠이면 꺾이겠지.'

악마는 자존심으로 똘똘 뭉친 종족. 잡혀서 몇 대 맞고 피 좀 뽑힌다고 꺾이진 않았다.

아키서스 맛 좀 봐야 정신을 차리지! 악마는 굴복하지 않는다. 다만 아키서스당할 뿐.

'생각해 보니 그게 더 이득이겠군.'

구시온은 고개를 끄덕였다. 주케넨이 더 발악하면→주케넨이 더 에너지를 뽑히고→그동안 구시온은 편안!

-크아아악……! 크아악! 이 드워프 놈들아! 이걸 당장 멈춰라! 내 주인이신 에다오르 님께서 마계에서 곧 돌아오실 것이다! 그러면 너희들은 모두 죽은 목숨이다!

-멍청하긴. 마계가 아니라 저 밑바닥이겠지!

-아니다! 헛소리하지 마라!

-네 주인은 아키서스한테 맞고 찌그러졌어! 그것도 모르냐!

-아니다! 크아아악!

"저놈 왜 이렇게 기운이 좋아?"

"흠. 3단계로도 안 되겠군. 4단계로 올려!"

"아니! 그건 조금!"

"저놈은 튼튼해서 4단계도 될 거 같아."

드워프들은 수군거리며 장치를 더 올렸다.

CHAPTER 6

"폐하."

"백작."

"목을 땁시다!"

"……너희는 좀 저리 가 있어라."

태현은 귀족 전사대에게 손을 흔들었다. 저러다가 마르체티 백작한테 들리기라도 한다면 어쩌려고 그래!

어쨌든 태현과 마르체티 백작은 성 앞에서 마주했다.

"이렇게 와주셔서 감사합니다."

"그래. 당연히 해야 할 일이었지."

'아. 진짜 잡을까?'

태현도 사람이다 보니, 귀족 전사대가 자꾸 꼬드기자 흔들리기 시작했다.

솔직히 될 거 같다!

백작령 백성들의 인심? 마르체티 백작이 길드 동맹 막겠다고 싹 치우고 태워 버렸을 때부터 이미 바닥인 상태였다.

태현이 먹으면 바로 충성충성충성 나올 정도의 민심 상태!

백작의 기사나 용병? 지금 백작은 말 하나 타고 태현 가까이에서 마주 보고 있었다. 뒤에 호위기사 몇 명 있긴 했지만, 그 정도는 충분히 제압할 수 있었다.

[카르바노그가 정신 차리라고 합니다. 그 짓 하면 진짜 폭군 되는 거라고 말합니다.]

'난 사실 폭군 아니었을까?'

[찰싹찰싹!]

카르바노그가 필사적으로 태현을 말렸다.

신이 보기에도 이건 좀 아니다!

대화하러 나온 귀족을 냉큼 잡아서 영지 뜯어내는 순간, 다른 귀족들은 태현을 '와 무슨 저런 놈이 있냐' 하면서 경악할 것이다. 볼로네 백작 암살한 것도 지금 덮으려고 애쓰고 있는데 이건 정말 수습 불가능!

"폐하. 저는 한 가지 깨달았습니다."

"뭘? 나와 싸워야 한다는 걸?"

"아닙니다. 폐하께서는 자격이 있으신 아탈리 왕국의 국왕이십니다!"

"어?"

"제가 무례하게 굴었는데도 악마를 막기 위해 손수 군대를 이끌고 달려와 주신 폐하! 폐하야말로 진정한 국왕이십니다!"

"아니 음……."

방금까지 목을 딸까 생각하고 있던 입장에서는 살짝 양심에 찔리는 발언!

"제 충성 맹세를 받아주십시오!"

[마르체티 백작이 충성을 맹세합니다!]

[앞으로 마르체티 백작령에서 세금이 들어옵니다.]

[유사시에 마르체티 백작령에서 군대를 동원할 수 있습니다.]

[마르체티 백작의 기사단을 빌릴 수 있습니다.]

[현재 마르체티 백작령의 경제 상태가 낮습니다.]

[현재 마르체티 백작령의 주민 상태가 낮……]

[현재 마르체티 백작령의 치안……]

[문화도……]

[그냥 다 낮습니다.]

'……'

[카르바노그가 그냥 몰래 암살하자고 말합니다.]

영지 상태를 본 태현과 카르바노그는 할 말을 잃었다.

이런 미친놈이……! 무슨 동탁도 아니고 영지를 이딴 식으로 경영을 했단 말인가?

진짜 군사력 하나 빼고는 나머지가 다 최하급 상태!

태현이 아무것도 없는 〈절망과 슬픔의 골짜기〉를 받았을 때도 저것보단 상태가 나았었다. 기사들이랑 용병한테만 돈을 몰아주고 나머지는 다 관심을 끄고 있던 게 분명!

그러니까 길드 동맹이 왔다고 영지를 싹 비워 버리는 미친 전술을 내놨겠지!

"마르체티 백작…… 그…… 영주민들은 어떻게 관리하나?"

"예? 그냥 내버려 두면 알아서 세금 내는 놈들 아닙니까?"

"뭐 농업을 발전시킨다거나 상업을 발전시킨다거나……"

"그건 천한 놈들이 알아서 해야 하는 일 아닙니까?"

"아니, 그런 걸 안 하면 세금을 걷기가 힘드니까……"

"세금은 올리면 알아서 나오던데요?"

태현은 불길해졌다.

이놈 이거 폭탄 아닐까?

옆에서 듣고 있던 귀족 전사대들이 감탄한 듯이 고개를 끄덕였다.

"훌륭한 귀족이군."

"암살하자고 한 게 후회될 정도야."

"맞아. 아탈리 왕국에도 기개 있는 귀족이 있군!"

"……그래. 어쨌든 충성 맹세는 고맙다. 아, 길드 동맹……

아니, 악마와 결탁한 사악하고 역겹고 비열하고 더러운 볼로네 백작의 암살자들은 어떻게 됐나?"

"일부가 포위망을 뚫고 탈출해서 추적 중입니다."

"오…… 뚫었어?"

태현은 놀라웠다. 하긴 랭커들이 그렇게 많았으니 다들 힘을 모으면 탈출로 정도는 뚫었겠지!

'다른 영지도 털라고 제안해 볼까?'

[카르바노그가 길드 동맹이 미친놈들이 아닌 이상에야 그 제안을 받아들이지는 않을 거라고 말합니다.]

그렇게 호된 꼴을 당했는데도 아탈리 왕국에서 더 미적거리면 그건 정말 미친놈이었다.

'아냐. 미련이 남아서 받아줄 수도 있어.'

-저기 쑤닝.

[현재 귓속말이 차단된……]

아주 예전에 차단한 상태!

'흠. 앨콧한테 물어봐야지.'

태현은 바로 앨콧한테 연락했다.

지금 길드 동맹 상황이 어때?

그러자 앨콧은 아주 친절하게 장문으로 정리된 글을 보내주었다.

-마르체티 백작령에서 탈출한 다음 간신히 오스턴 왕국으로 귀환.
-의외로 네 욕은 없음.

'뭐? 말도 안 되는데?'

[카르바노그도 당황합니다.]

지금쯤 태현의 조상까지 욕하고 있을 줄 알았는데?

그러나 길드 동맹 입장에서는 당연한 일이었다. 이번 일은
딱히 태현 때문이 아니었으니까!

마르체티 백작이 미친 짓을 해서 휘둘렸고, 마르체티 백작
이 대기를 하고 있어서 함정에 빠졌고, 웬 주케넨이란 악마
NPC 때문에 피해가 더 커졌다. 여기에 딱히 태현이 한 짓은 보
이지 않았던 것이다.

'하긴 마르체티 백작이 영지 싹 비운 건 내가 한 짓이 아니
긴 했지.'

나머지는 다 내가 했지만!

덕분에 그렇게 두들겨 맞고 왔는데도 길드 동맹의 분위기는
최악까지는 아니었다.

"이번에는 어쩔 수 없었다! 너무 운이 없었으니까!"

"그래도 이번에는 김태현한테 속지 않았으니 그걸 위안 삼자!"

"소정의 성과는 거두었다! 골드 챙긴 게 있으니 당장 수습은 될 거다!"

그래도 털리기 전까지 챙겨놓은 것들이 있어서 당장 길드가 분해되지는 않을 것 같았다. 길드 동맹 정도의 덩치가 되면 유지하는 것만으로도 유지비가 어마어마하게 나갔던 것이다.

어떻게든 한숨 돌릴 수 있다!

서쪽은 쪼개져 나가고 안은 내분이 터져 나간 와중에 어떻게든 수습을 했다 싶었다.

체면도 세웠고.

랭커들은 탈출 도중에 '와 그래도 랭커가 뭘 좀 하네' 같은 시선을 받았고, 쑤닝도 '쑤닝도 뭘 좀 하네' 같은 시선을 받았던 것이다. 바닥까지 떨어졌던 길드원들의 신뢰가 아주 조금 회복!

"근데 뭔 놈의 김태현 동상이 이렇게 많아?"

"영지에 너무 많더라고요. 비싸 보여서 안 챙길 수가 없었어요."

"재수 없는데 그냥 버리면 안 되나?"

"이게 얼마짜린데…… 그리고 솔직히 김태현 동상 좀 비싸게 팔릴 거 같아요. 묵혀두죠?"

"하긴, 김태현 관련 아이템들 경매장에서 은근히 비싸더라. 세상에 이상한 놈들 많아."

"김태현이 만든 은화살이라고 따로 파는 거 봤냐?"

"난 김태현이 만든 폭탄이라고 따따블로 파는 놈도 봤다."

"그러면 좀 더 묵혀두고 팔아보자고. 프리미엄이 붙을 수도 있겠네."

태현의 인기가 하늘을 찌르면 동상의 가격도 올라갈 거라고 생각한 길드 동맹!

"창고에 넣어두자고. 어휴. 더럽게 무겁네. 뭐가 든 거야?"

"마르체티 백작. 일단…… 세금을 못 낸다고 영주민들을 쫓아내면 안 되네."

"예!? 어째서 말입니까?!"

정말 깜짝 놀라는 마르체티 백작!

"……그야 영주민들이 사라지면 다음에는 적게나마 낼 사람이 없어지니까 그렇지."

"그, 그런……! 그냥 알아서 생기는 거 아닙니까?"

'이 새끼 이거 오크 아냐?'

태현은 다시 한번 경악했다.

오크들이나 할 생각을 귀족이 하고 있어!

김태산은 가끔 집에서 한탄을 했다.

오크들이 정말…… 너무 멍청해! 믿을 수 없을 정도로 멍청해! 이 자식들 일부러 날 멕이는 거 같다! 어떻게 천막 세 개를 지으라고 했는데 그 숫자를 못 세서 재료 다 떨어질 때까지 짓냐!

오크들의 장점은 튼튼한 육체 능력과 빠른 번식 속도.

단점은…… 머리와 성격!

숫자를 세고 글자를 읽을 수 있으면 오크 중에서 매우 영리한 오크에 속했다. 그 정도 오크면 족장 친위대에 들어가거나 주술사로 키워졌다. 덕분에 김태산은 우르크 대족장이 됐는데도 매우 단순하게 지역을 관리하고 있었다.

"여기. 너희. 구역. OK?"

-취익. 이해했다. 대족장.

"나오면. 안 돼. 다른 놈들 치면. 안 돼."

-취. 몰래 하면?

"……나오면 너희 전부 죽는다. OK?"

-취이익…….

족장들끼리 알아서 관리하게 두고 풀어두는 형태! 아니, 생각해 보니 족장들도 자기 밑의 오크들이 배고프면 밥을 줬고 헐벗으면 장비를 줬다.

즉 마르체티 백작은 오크 이하!

태현은 골치가 아팠다. 버리자니 이렇게 충성 맹세를 해온 귀족 영주 NPC를 버리는 건 너무 아까웠고, 데리고 있자니 좀 많이 걱정이 됐다.

적보다 무서운 건 무능한 아군!

'어차피 버리기도 힘들긴 한데……'

마르체티 백작이 숙이고 들어왔는데, 암살이라도 하면 너무 위험했다. 게다가 이제 떠넘길 놈들도 오스턴 왕국으로 튀었으니까!

결국 답은 하나였다. 마르체티 백작을 참다운 백작으로 만드는 것!

[카르바노그가 사람은 고쳐 쓰는 게 아니라고 말합니다.]

'후. 카르바노그. 나도 그렇게 생각했지만…… 반례가 있지.'

[……?]

'케인을 봐라.'

[!!!]

카르바노그도 반박하기 힘든 예시! 그러나 카르바노그도 순순히 물러서지 않았다.

[펠마스를 보라고 카르바노그가 말합니다.]

'……그건 넘어가자.'

[!?]

대답하기 힘든 말은 슬쩍 피하고 태현은 마르체티 백작을
쳐다보았다.

그래도 사람 구실은 시켜야지!

"잘 듣게. 마르체티 백작. 내가 적어줄 테니까 외우게."

"예, 폐하."

마르체티 백작은 의외로 순순히 고개를 끄덕였다. 성질은 더
러워도 일단 귀족으로서 격이 높은 태현을 인정하고 나자, 명령
을 듣기 시작한 것이다.

만약 태현을 인정하지 않았다면 뭔 소리를 했어도 '너는 말
해라 나는 안 듣는다' 같은 태도였을 것!

"세금이 다 안 걷혀도 영주민들을 쫓아내면 안 되네."

"세금이…… 다…… 안 걷혀도……."

마르체티 백작은 메모했다.

"통행료가 다른 영지의 10배는 좀 심하네. 줄이게."

"얼마로 말입니까?"

"다른 영지랑 똑같이!"

"그렇군요. 통행료를…… 다른 영지처럼……."

"그리고 영지에 아키서스의 신전을 짓게."

"예. 영지에…… 아키서스의 신전을……."

"거기에 전 재산을 바치도록!"

"???"

태현과 마르체티 백작은 고개를 돌렸다.

'폐하께서 말씀하셨습니까?'

'난 거기까지 말 안 했는데?'

태현은 양심 넘치는 도둑이었다. 바치라고 해도 절반만 바치라고 말했을 것! 전 재산을 바치라고 말한 것은 갈락파드였다.

"갈락파드!? 언제 온 거냐?"

"지금 막 달려왔습니다. 폐하!"

갈락파드는 절절하게 끓는 목소리로 말했다. 누가 보면 충신 같았지만 태현은 갑자기 무서워졌다.

이 자식 왜 볼로네 영지에 안 있고 여기로 왔지?

"폐하. 지금 막 에르네스토 백작령을 함락시키고 오는 길입니다!"

"……????"

뭐락? 함락?

반도 형태의 아탈리 왕국. 태현의 영지인 중앙 수도 위쪽으로는 대충 5개의 영지가 있었다.

제일 동북쪽인 '그 골짜기'. 서북쪽의 볼로네 백작령은 백작이 죽고 아키서스 십자군에게 점령당한 상태. 마찬가지로 서북쪽의 보나조 백작령은 백작이 재빨리 항복해서 파워 워리어 길드원들에게 점령당한 상태. 남은 다른 두 백작령은 수도 바로 위에 붙은 마르체티 백작령과 동북쪽에 있는 에르네스토 백작령! 마르체티 백작령은 지금 막 태현이 충성 맹세를 받은 상태.

그러니 남은 건 에르네스토 백작령 하나였다.

태현은 길드 동맹한테 '야 너희 마르체티 백작령하고 에르네스토 백작령을 털어'라고 말했었다. 그러나 길드 동맹은 대부분 마르체티 백작령을 노렸다.

왜냐? 에르네스토 백작령은 바로 '그 골짜기'와 붙어 있었으니까!

길드 동맹에서는 〈절망과 슬픔의 골짜기〉라고 하지 않았다. '바로 그 골짜기'나 '이름을 불러서는 안 될 바로 그곳'이라고 하지. 길드 동맹은 태현이 괜히 수작을 부릴까 봐 걱정해서 그쪽으로는 잘 가지 않거나 가더라도 깔짝대다 빠졌던 것이다.

그래서 태현도 별 신경을 쓰지 않고 있었는데…….

근데 뭔 함락?

"폐하께서 이렇게 폭군 마르체티 백작의 목을 치고 백작령의 영주민들을 해방시키려고 노력하시는데……."

"야. 야!"

태현은 갈라파드의 입을 다물게 했다. 뒤에 마르체티 백작이 멀쩡히 살아있는데 무슨 소리를 하는 거야!

물론 목을 딸까 말까 고민했지만 하진 않았잖아!

"가만히 있을 수가 있겠습니까! 신 갈라파드. 〈아키서스 십자군〉을 이끌고 에르네스토 백작령으로 향했습니다!"

"미친놈아!"

태현은 참지 못하고 외쳤다. 안 그래도 다른 귀족들이 의심할까 봐 최대한 조심스럽게 행동하고 있는데 뭐 하는 짓이야!

그나마 볼로네 백작령은 악마 핑계나 있었지 에르네스토 백작령은 악마도 없었잖아!

"걱정 마십시오. 폐하!"

갈락파드가 당당하게 말하자 태현은 멈칫했다.

뭔가 믿는 구석이라도 있나?

"아키서스를 믿지 않는 에르네스토 백작은 악마나 마찬가지 아닙니까?"

태현은 얼굴을 감싸 쥐었다.

"……영상 줘봐라."

〈아키서스 십자군〉은 정말 완벽하게 에르네스토 백작령을 공략했다. 쓸데없이 완벽해서 더 짜증이 날 정도!

'너희들 이렇게 잘 하는 놈들 아니잖아!'

평소에는 온갖 실수란 실수는 다 하던 놈들이 왜 이럴 때만 잘해!

아키서스 십자군은 일단 둘로 나뉘어서 공략했다. 백작령 안에 들어간 플레이어들은 성 곳곳에 자리 잡고서 대기한 것이다.

그러다가 갈락파드가 이끄는 아키서스 십자군 본대가 성문 앞에 도착하자 곳곳에 불을 지르고 함성 발사! 에르네스토 백작은 예상치도 못한 기습에 깜짝 놀라 제대로 된 저항도 하지 못하고 내성에서 끌려 나왔다.

-이놈! 에르네스토 백작! 아키서스를 믿겠느냐 안 믿겠느냐!

-민, 믿겠소!

갈락파드는 상대가 백작이든 공작이든 아랑곳하지 않았다.

괜히 광신도가 아니었다.

-네가 파이토스 교단을 믿으며 파이토스 교단을 밀어주는 걸 알고 있다, 이놈! 파이토스 교단을 믿겠느냐 안 믿겠느냐!

-안 믿겠소! 다시는 안 믿겠소!

-영지에서 파이토스 교단의 신전을 모조리 치워 버려라! 신은 오로지 한 분! 아키서스 님뿐이다!

영상을 다 본 태현은 얼굴을 감싸 쥔 채로 한숨을 푹 쉬었다.

'내가 안일했다……'

아키서스 십자군은 볼로네 공성전이 끝난 다음에 해체시켰어야 했는데!

[카르바노그가 대단한 믿음이라고 위로해 줍니다.]

'끄응……'

국왕 노릇 좀 제대로 해보려고 밑의 영주 귀족들을 달래고 달래고 있는데 저렇게 화끈하게 해버리다니.

"그러면 지금 에르네스토 백작령은 누가 통치하고 있지?"

"〈아키서스 십자군〉이……."

사실상 아탈리 왕국 북부와 중앙은 태현이 다 먹은 셈이 됐다. 어느새 자신도 모르는 새 땅부자가 된 태현!

'남부 귀족들은 똘똘 뭉치겠군.'

[아탈리 왕국의 귀족……]

[아탈리 왕국의 귀족……]

[매우 경계합니다!]

[귀족들은 당신이 귀족들의 작위를 뺏을까 두려워……]

경계심 최대치! 아키서스의 '아' 자만 들어도 내쫓을 정도의 경계심이었다.

툭툭-

마르체티 백작이 태현에게 가까이 와서 등을 두드려 주었다.

"폐하. 너무 마음 쓰지 마십시오."

"마르체티 백작……!"

태현은 살짝 감동을 받았다.

"그래. 다시 시간을 들여서 설득하면 되겠지. 마르체티 백작이나 보나조 백작 같은 귀족들은 이렇게 살아 있으니까, 남부 귀족들도 잘 말하면……."

"예? 아니, 다 죽이면 되는 거 아닙니까?"

귀족 전사대들은 그 말에 박수를 쳤다.

짝짝짝짝-

"감히 왕에게 거역하는 귀족 놈들은 죽어봐야 합니다!"

"마르체티 백작이 뭘 좀 아는군!"

"……너희들은 절대 같이 있지 마라."

갈락파드+아키서스 십자군. 파워 워리어+기계공학 대장장이. 마르체티 백작+귀족 전사대. 붙여놓으면 사고 칠 거 같은 조합들!

태현은 한탄은 멈추고 상황 파악에 들어갔다.

이미 벌어진 일 어쩌겠는가.

[국왕의 권위가 크게 치솟습니다!]

[국왕의 명령이 추가 보너스 효과를 받습니다.]

[영지에 설치한 아이템들이 추가 효과를 받습니다.]

[<절망과 슬픔의 골짜기>의 농작물에 새로운 축복이 내립니다.]

[수도에 새로운……]

[현재 창고에 쌓인 골드가 있어 새 건물을 건설할 수가……]

'확실히 이득이긴 한데.'

왕국 북부 영주들을 제압하거나 손에 넣은 덕분에, 태현의 국왕 관련 스탯들이 팍팍 증가한 상태였다.

[공포 스탯이 10,000을 돌파했습니다. 칭호: 공포의 화신을 얻습니다.]

[공포의 화신을 최초로 얻었습니다. 추가 보너스를 받습니다.]
[레벨 업 하셨습니다!]

'공포가…… 언제 11,000을……?'

그냥 10,000도 아니라 11,000! 하긴 명성이 9만 후반대를 찍고서 10만을 바라보고 있는 걸 보면 그렇게 크게 놀랄 건 아니었다. 공포가 오를 만한 플레이를 하긴 했지!

<공포의 화신>

짧은 시간 동안 공포의 화신이 됩니다. 스킬 레벨이 오를수록 시간이 길어집니다.

칭호와 함께 주어진 스킬.

'……?'

태현은 고개를 갸웃거렸다. 보는 것만으로는 어떤 스킬인지 파악하기 힘들었던 것이다.

'공포가 10,000 찍고 나온 칭호에다가 최초 칭호니까 안 좋은 스킬일 리는 없을 텐데?'

[카르바노그가 아키서스를 떠올려 보라고……]

'……'

묘하게 아프다!

'전체 사기 저하 스킬인가? 이미 그런 건 충분히 많은데.'

대규모 전투에서 효과적인, 상대 파티의 사기를 꺾고 공포에 질리게 만드는 부류의 스킬들! 이런 스킬들은 쓸 경우도 적고, 얻기도 힘든 부류에 속했다.

그러나 태현은 아니었다. 혼자 화술 스킬을 최고급까지 찍은 태현! 다른 플레이어들은 하나 있을까 말까인데 태현은 위압에 혼란에 협박……. 이쯤이면 선동가 세트라고 봐도 좋았다.

'나중에 확인해 보고, 남부 상황부터 확인해 봐야지.'

[귀족들이 뭉치고 있습니다.]
[귀족들이 용병들을 고용하고 있습니다.]
[남부 귀족 연합이 결성되고 있습니다.]

'끄응.'

역시 예상한 대로!

'치고 들어오지만 마라.'

그냥 자기들끼리만 뭉쳐 있으면 상관이 없었지만 용병과 기사단을 이끌고 치고 올라오면 그때부터는 매우 골치가 아파졌다.

내전! 쑤닝과 길드 동맹이 기뻐서 손과 발로 박수를 치겠지!

-상황 보니까 공격은 아니라 성벽 올리고 있어요.

-후. 다행이군.

각 영지에 내려간 길드원들이 보고를 해오고 있었다. 다행히 군대를 끌고 나오진 않고 성벽을 보강하고 요새를 만드는 모양이었다. 태현이 혹시라도 치고 내려올까 두려워하는 게 분명!

그런 걱정은 필요 없었다. 태현은 지금 먹은 영지 관리하는 것만으로도 벅찼으니까. 이번 퀘스트로 번 골드도 순식간에 사라질 것이다. 영지는 돈 잡아먹는 하마였다.

"그런데 폐하."

"무슨 일이냐?"

귀족 전사대가 말을 걸어왔다.

"그 악마와 결탁한 놈들이 자기네 왕국으로 도망쳤다는데 안 쫓아가십니까?"

"아. 그거."

태현은 잠시 고민했다.

'근데 굳이 오스턴 왕국을 지금 칠 필요가 있나?'

길드 동맹은 반으로 쪼개지고 작아진 상태. 대형 길드끼리의 경쟁에서 많이 밀리게 된 것이나 다름없었다.

새로 생기는 다른 대형 길드들을 경계하면 경계했지, 굳이 길드 동맹을 지금 경계할 필요는 없었다.

'게다가 실드 동맹이 있으면 자기들끼리 또 싸울 테니까⋯⋯.'

길드 동맹에서 쪼개져 나온 랭커들이 모인 길드와, 길드 동맹이 사이가 좋을 리 없었다.

"지금 안 쫓으려고."

"어째서입니까?"

태현은 이유를 꾸미려다가 귀찮아졌다.

어차피 이제 아스비안 제국 갈 일도 없는데 대충 말할까?

"그냥 바빠서."

"그렇군요."

바로 납득하는 귀족 전사대!

태현도 카르바노그도 당황!

[평판이 매우 높습니다.]

[친밀도가……]

[귀족 전사대가 당신의 결정을 신뢰합니다!]

이런 신뢰까지 기대하진 않았었는데!

태현은 당황스러운 표정으로 고개를 끄덕였다.

"그, 그래. 믿어줘서 고맙다."

태현은 다음 작업으로 들어갔다. 아키서스 권능 퀘스트를 찾기 전에 할 수 있는 건 미리 해두기 위해서였다.

지금 제1 목표는 〈에다오르의 머스킷〉!

더 많이, 더 빨리 만들기 위해 태현은 골짜기로 향했다. 거기에는 〈악마의 대장간〉이 있었기 때문이었다.

"오늘도 골짜기는 훈훈하네."

"훈훈하네요."

"그치? 훈훈하지?"

다들 시선을 피했다. 언제나 한결같은 골짜기의 일상!

"이번에는…… 이번에는 뜬다!"

"아키서스 십자군에 들어오시오! 모든 죄를 사해주고 〈고블린 만능 제작기〉이용 티켓과 투기장 이용 티켓을 덤으로 드리오!"

"야. 불을 지르고 폭탄을 터뜨리는 게 세냐, 폭탄을 터뜨리고 불을 지르는 게 세냐?"

"악마의 연금술을 가르쳐 준다! 지금 배우면 무려 공짜로! 야! 연금술 좀 배워! 배우라고 인간 놈들아! 악마의 연금술을 배울 수 있는 기회가 흔한 줄 아냐!"

최근에 정착한 악마 프리드가 고래고래 소리를 지르면서 호객 행위를 하는 게 보였다.

태현 일행은 무시하고 안으로 들어갔다. 악마 대장장이 사루온은 태현을 보자 반갑게 인사했다.

"아키서스의 화신! 오랜만이군…… 으아악! 구시온!!"

악마 공작 아들놈이 왜 여기 있어!

그런데 자세히 보니 구시온은 우리 안에 갇혀 있었다.

더 자세히 보니 옆의 우리에도 한 마리가 더…….

사부온이 공포에 질려 물었다.

"화…… 화신."

"응?"

"나, 나도 잡혀가는 건가?"

드디어 때가 왔구나! 아키서스와 같이 일하니까 언젠가 이런 날이 오는구나!

"······뭔 소리를 하는 거야?"

"아, 아닌가?"

"아닙니까. 이런. 아쉬워라."

드워프들은 입맛을 다시면서 사루온을 쳐다보았다. 쟤도 꽤나 괜찮은 대장장이 같아 보이는데!

"얘네들은 나한테 적대했다가 잡힌 악마들이지."

-난 적대한 적 없다!!

구시온은 매우 억울한 목소리로 외쳤다.

내가 언제 널 적대했어!

태현은 무시하고 말했다.

"내가 사루온 너처럼 열심히 일하는 악마를 왜 잡아가겠어. 물론 네가 우르크 대족장 퀘스트 때 제대로 일도 못 하긴 했지만······."

"아니 그건 내 잘못이 아니잖나!"

에슬라의 피를 마시고 오염되었던 오크 대족장! 태현은 에슬라의 직속 부하인 사루온을 데리고 가서 대족장을 뺏어오려고 했었다. 상대 네크로맨서가 악마의 피로 조종한다면 태현도 그럴 수 있다고 생각했던 것이다.

물론 사루온은 실력이 부족했다. 뺏어오는 건 실력이 안 돼서 실패했고, 악마답게 '내가 못 가지면 너도 못 가진다!'라는 마인드로 폭주시켜 버린 것이다.

덕분에 계획은 꼬이고 난장판이 됐었지만······. 사루온은 억울했다. 그거까지는 자기 잘못이 아니었던 것이다.

"일 못하는 게 죄지. 인마. 어쨌든 그거 말고는 잘하고 있으니까 괜찮아."

사실 사루온은 태현 영지 NPC 중 손에 꼽히게 유능한 NPC였다. 〈악마의 대장간〉을 오랫동안 운영하면서 대장장이들을 키워내고 영지 스탯을 올려주고 각종 필요한 물건들을 만들어 온 것!

태현이 사루온의 주인인 에슬라를 봉인에서 풀어준 인연으로 구해서 이렇게 된 거지, 아니었다면 어림도 없는 인재였다.

'교단 NPC보다 악마가 더 뛰어나다는 게 좀 슬픈데……'

잘 생각해 보니 일단 아키서스 교단 NPC만 아니면 다 유능한 느낌이었다. 사루온부터 시작해서 태현이 잡은 천사인 요하스나 사띠끄. 외부에서 데리고 온 거인 전사들이나 기사단……. 얘네들은 다 유능하잖아!

왠지 나중에 아키서스의 천사가 나타나더라도, 아키서스의 천사는 무능할 것 같았다.

"어쨌든 내가 여기 온 이유는 네 도움이 필요해서다."

"……?"

"〈에다오르의 머스킷〉을 만들 건데, 아무래도 네가 잘 만들 수 있을 것 같아서."

"악마 관련 물건이라면 확실히 내가 자신이 있지."

[악마 대장장이, 사루온이 돕습니다! 제작 속도에 보너스가 붙습니다.]

[내구도에……]

"그런데 에다오르의 머스킷이라고?"

"그래. 이름만 듣고 얕보지 말라고. 성능은 의외로 좋……."

"……내가 왜 에다오르를 얕보겠나?"

사루온은 무슨 소리를 하냐는 듯이 쳐다보았다. 태현한테 몇 대 맞긴 했어도 에다오르는 여전히 마계의 한 층을 지배하고 있는 위대한 악마였다.

같은 악마 입장에서 사루온은 결코 에다오르를 얕볼 수 없었던 것!

"어? 아니, 에다오르 걔 맨날 나올 때마다 맞고 쫓겨났잖아."

"……그렇긴 하지."

우리 뒤에서 울음소리가 났다. 사루온은 의아해했다. 방금 악마가 울었던 거 같은데?

"물론 에다오르가 최근 대륙에 나올 때마다 네게 당하고 당해서 쫓겨나긴 했지만……."

-으흐흐흑!

"……?"

"무시해."

"그래. 쫓겨나긴 했지만, 그건……."

"그건?"

"네가 아키서스의 화신이라 그런 거지……."

자리에 있던 모두가 납득!

"그건 에다오르 잘못이 아니라고 나는 생각한다. 물론 좀 한심하긴 하지만……."

-감히……!

"뭐야 자꾸?"

사루온은 그제야 고개를 돌렸다.

"에다오르 부하 악마라나 봐."

"아. 그래서…… 너무 심한 거 아닌가? 또 에다오르 쪽 악마를 잡아 오다니."

사루온은 주케넨을 동정했다. 아무리 그래도 그렇지 주케넨을 또 잡아 오다니. 너무 심한 것 아닌가. 좀 다른 악마들을 잡아도 될 텐데!

"얘가 내 영지에 나타난 거거든?"

"뭐?! 에다오르 부하가 아키서스의 영지에 나타났다고!?"

사루온은 믿지 못하겠다는 듯이 외쳤다.

세상에 그런 멍청한 악마가 있나!

주케넨은 입이 열 개라도 할 말이 없었다.

"떠드는 건 여기까지만 하고, 시작하자고."

"그러도록 하지. 오. 이 장치 대단하군. 악마의 힘을 뽑아내는 장치인가?"

"뭘 좀 아는데? 악마?"

〈아키서스 포병대〉 소속 드워프들과 사루온은 화기애애하게 대화를 나눴다. 서로 통하는 게 많은 이들!

"여기에 성수 파이프를 달아놓으면 혹시라도 악마가 반항하거나 도망가려고 할 때 바로 제압할 수 있지."

"그런 방법이……! 악마답다!"

"하하. 칭찬 고맙군."

[사루온이 <아키서스 포병대>의 악마 포박 우리를 강화시킵니다.]

[<아키서스 포병대> 드워프들의 대장장이 기술 스킬이 늘어납니다.]

[사격이 더욱더……]

"악마들한테 사료를 줄 때에는 마석보다는 철광석을 섞어서 양을 늘리는 게 좋다. 맛은 좀 없어지더라도 마력량은 늘어나지."

"과연!"

-그…… 그만둬……!

구시온은 사루온을 말리려고 했지만 사루온은 귓등으로도 듣지 않았다. 구시온의 아버지가 무섭긴 했지만, 그 악마는 저 멀리 마계에 있었고 자기 옆에는 아키서스가 있었으니까!

[에다오르의 머스킷이……]

[에다오르의 머스킷이……]

땅땅땅땅땅!

무시무시한 망치 소리가 들렸다. 기계공학 대장장이들도 총 동원되어서 태현과 사루온을 도울 정도였다.

엄청나게 빠른 작업 속도!

한 치의 흔들림도 없이 망치를 두드리고 금속을 펴고 모양을 잡고 완성시키는 동작에 모두가 혀를 내둘렀다.

저게 사람인가?

태현은 오랜만에 판온 1 때의 모습을 보여주고 있었다. 절대 한두 번 해서는 이런 각이 나오지 않았다.

"태현 님. 이거 영상에 올려도 되나요?"

"응. 상관없어."

"태현아. 너 하고 있는 동안 근처에 몬스터 좀 처치하고 오려는데 괜찮지?"

"하고 와."

"크흠. 나도 잠깐……."

"케인. 개수작 부리지 말고 스킬 레벨 올려라. 너 이따가 스킬 레벨 확인해서 내려가 있으면 넌 아키서스 형이야."

일행들 사이에 끼어 슬쩍 놀려던 케인은 움찔했다.

어떻게 알았지?! 지금 계속 밍치와 작업대만 보고 있어서 모를 줄 알았는데……!

[대장간이 과열되었습니다!]

[한동안 대장간을 사용할 수 없습니다.]

"이런."

"걱정 마라! 방법이 있으니까."

사루온은 자신만만하게 악마 우리로 향했다. 그리고 구시온 앞에 있는 장치를 붙잡았다.

-잠, 잠깐! 나는 아니다! 나는 아니야!

"헛소리하지 마라. 구시온. 악마 공작의 아들답게 당당하게 굴어라."

-진짜 아니라니까! 화신한테 물어봐라! 나는 2주일 동안 휴식을 받았단 말이다!

구시온은 울먹이면서 말했다. 정말로 억울했던 것이다.

"그게 정말인가?"

"아. 그랬지. 옆에 있는 주케넨한테서 뽑아."

"알겠다."

사루온은 바로 주케넨에게 향했다. 주케넨의 얼굴이 절망으로 물들었다.

우우우우웅!

[악마의 에너지가 주입되었습니다!]
[악마의 대장간이 다시 가동됩니다!]

"악마의 에너지는 이렇게 쓸 수도 있지!"

"과연……!"

태현은 감탄했다.

"물론 아무나 쓸 수 있는 건 아니지만, 건물을 제작할 때 악마가 있다면 이런 식으로 악마의 에너지를 써서 기간을 줄일 수도 있다."

좋은 걸 배우고 가는 태현!

'앞으로 좀 괜찮은 악마가 있으면 죽이지 말고 잡아야겠군.'

-타협…… 타협하자.

"?"

에다오르의 머스킷을 산더미처럼 만들고 나자, 우리에서 가냘픈 목소리가 들려왔다.

주케넨의 목소리였다. 그걸 들은 구시온은 한심하다는 듯이 비웃었다.

-멍청한 놈 같으니. 이제야 그런 반응이 나오나?

나는 예전에 타협하자고 했다!

주케넨은 어처구니가 없었지만 꾹 참았다. 지금 구시온을 욕해서 좋을 게 없었으니까.

"타협하자고?"

-그래!

"구시온도 그런 소리를 하긴 했지. 물론 그러고 나서도 한동안 말을 듣지 않아 내 마음을 아프게 했지만……."

"너를 잡는 공을 세우면서 날 기쁘게 했다. 너도 그렇게 해라."

한마디로 다른 악마 잡힐 때까지 얌전히 닥치고 에너지 빨리라는 뜻!

주케넨은 필사적으로 우리 창살을 치며 외쳤다.

-아키서스의 화신! 내 말을 들어봐라! 네가 관심 있을 만한 이야기가 있다!

-건방진 놈! 어디서 감히! 화신이여, 이런 건방진 놈의 말을 들어줄 필요는 없다!

구시온은 혹시라도 주케넨 대신 자신이 다시 뽑힐까 봐 필사적으로 방해했다.

주케넨은 태현이 그냥 떠날까 봐 다시 외쳤다.

-화신님! 제 말씀을 들어주십시오!

-이런 비겁한 놈! 이런 비겁한 놈을 믿을 필요는…….

"아. 둘 다 시끄러워. 조용히 해."

태현은 주케넨 앞에 앉았다. 그러고는 말했다.

"주케넨. 혹시 몰라서 말하는 건데, 나를 풀어주면 내가 후하게 보답하겠다, 나를 풀어주면 내가 마계에 있는 물건을 갖다 주겠다, 이딴 소리는 하지도 마라. 이미 옆에 있는 놈이 한 적 있는 소리니까."

외상 사절! 태현의 원칙이었다.

악마를 뭘 믿고 외상으로 풀어준단 말인가. 풀려나고 싶으면 그에 걸맞은 걸 갖고 와라!

-풀…… 풀어달라는 게 아니라 힘을 뽑아가는 걸 좀 멈춰달라는 겁니다.

"흠. 그래서 뭘 줄 수 있는데?"

꿀꺽-

주케넨은 침을 삼켰다. 사실 원래 태현이 오면 헛바닥을 놀리며 사기를 칠 생각이었다.

인간은 탐욕스러운 종족! 아무리 아닌 척해도 그 탐욕을 자극하면 넘어갈 수밖에 없는 종족이었다.

'내가 엄청난 보물이 숨겨진 곳을 안다'나 '마계에 네가 가지면 대륙을 지배할 수 있는 검이 있다' 같은 말로 속이려고 했었는데…….

태현이 원천차단한 것이다.

"너 설마 아무것도 없는데 나 부른 건 아니지? 에이, 설마. 그렇게까지 멍청하진 않겠지."

-아니다. 저놈은 에다오르 부하 주제에 아키서스의 땅으로 온 놈이다.

"하긴 그것도 그래."

태현과 구시온이 떠드는 사이 주케넨은 필사적으로 두뇌를 풀가동하고 있었다.

'젠장! 가진 게 없는데 어떡하란 거야!'

태현이 맨몸으로 우리에 가둬놓고 지금 당장 내놓으라고 하니 뭘 할 수 있는 게 없었다.

그 순간 주케넨의 눈에 구시온이 들어왔다.

구시온은 어떻게 위기를 벗어났는가?

주케넨을 팔아서 벗어났다.

그렇다면?

'다른 악마를 팔아넘기자!'

구시온보다 훨씬 더 적극적으로 많이 팔아넘기면 풀어날 수 있을지도 모른다!

주케넨은 입을 열었다.

-다른 악마들을 바치겠습니다!

구시온은 경악했다.

이런 쓰레기 같은 놈이! 동족을 팔아넘긴다는 것 때문에 경악한 것은 아니었다. 악마들끼리는 그런 것 없었다.

'감히 내 방법을 훔쳐?'

자신의 방법을 뺏긴 것에 대한 불쾌감!

"으음…… 아니. 그거 다 일이잖아. 솔직히 할 시간이 있을까 싶은데."

저 멀리 어딘가에 있을 악마를 찾아 먼 여정을 떠나야 하나? 그 시간에 권능 퀘스트를 하는 게 나을 것 같은데.

-아닙니다! 가까이 있습니다! 에랑스 왕국입니다! 저와 같이 세계수를 타고 온 놈들 중 에랑스 왕국으로 향한 놈들이 있습니다. 그놈들이 어디로 간지 저는 잘 알고 있습니다!

주케넨은 다다다다 떠들어댔다.

그랬다. 세계수에서 내려올 때 같이 내려온 악마들! 그들은 주케넨을 아탈리 왕국으로 간다고 비웃었던 악마들이었다.

설마 그 비웃음이 이렇게 돌아올 거라고는 악마들도 생각지 못했을 것이다.

<1부 완결>

Wish Books

만 년 만에 귀환한 플레이어

나비계곡 퓨전 판타지 장편소설
WISHBOOKS FUSION FANTASY STORY

어느 날, 갑작스럽게 떨어진 지옥.
가진 것은 살고 싶다는 갈망과 포식의 권능뿐.

일천의 지옥부터 구천의 지옥까지.
수십만의 악마를 잡아먹고 일곱 대공마저 무릎 꿇렸다.

"어째서 돌아가려 하십니까?"
"김치찌개가… 김치찌개가 먹고 싶다고."

먹을 것도, 즐길 것도 없다.
있는 거라고는 황량한 대지와 끔찍한 악마뿐!

"난 돌아갈 거야."

「만 년 만에 귀환한 플레이어」

흙수저 판타지 장편소설

회귀자 사용설명서

어느 날, 이세계로 소환되었다.

짐승들이 쏟아지고, 믿을 수 없는 위기가 닥쳐오나.
가지고있는 재능은 밑바닥.

[플레이어의 재능수치는 최하입니다.]
[거의 모든 수치가 절망적입니다.]

선택받은 용사든, 재능 있는 마법사든,
시간을 역행한 회귀자든,
모든 것을 이용해야 한다.

살아남기 위해.

"쓰레기면 뭐 어떻습니까. 살아남기 위해서
뭔 짓인들 못 하겠어요?"

밥만 먹고 레벨업

박민규 게임 판타지 장편소설

WISHBOOKS GAME FANTASY STORY

바사삭, 치킨. 새벽 1시에 먹는 라면!
그런데 먹기만 해도 생명이 위험하다고?

가상현실게임 아테네.
먹고 싶은 음식을 먹을 수 있는 유일한 방법!

[식신의 진가가 발동됩니다.]
[힘 1, 체력 1을 획득합니다.]

「밥만 먹고 레벨업」

"천년설삼으로 삼계탕 국물 내는 놈이 세상에 어디 있냐!"
"여기."